Uwe Goeritz

Rosen hinter Burgmauern

Bibliografische Information der Deutschen Nationalbibliothek:

Die Deutsche Nationalbibliothek verzeichnet diese Publikation in der Deutschen Nationalbibliografie; detaillierte bibliografische Daten sind im Internet über http://dnb.dnb.de abrufbar.

© 2019 Uwe Goeritz

Coverbild: Marion Jana Goeritz / Enrique Meseguer auf pixabay.com

Covergestaltung: Uwe Goeritz

Herstellung und Verlag: BoD – Books on Demand, Norderstedt

ISBN: 978-3-7347-0321-8

Inhaltsverzeichnis

Rosen hinter Burgmauern 9
  In Flammen aufgegangen 10
  Schreie in der Nacht 13
  Zwei Mädchen 17
  Böse Überraschung 21
  Ein guter Ruf 25
  Eine gute Wahl? 29
  Gedankenreisen 33
  Entscheidungen 37
  Pfade in die Ferne 41
  Glaubensfragen 45
  Eine Lichtung des Todes 49
  Mädchenziele 53
  Wort gegen Wort 57
  Burg oder Schloss? 61
  Mägdezeit 65
  Klostervorbereitungen 69
  Neue Aufgaben 73
  Spurensuche 77
  Schuhbänder 81
  Drei Münzen 85
  Der Garten der Herrin 89
  Freundinnen? 93
  Verbindende Gefühle 97

Sonntagsfragen	101
Die goldene Fibel	105
Zweifel	109
Schuld und Strafe	113
Tage der Demut	117
Freie Menschen	121
Blutige Spuren	125
Kräutersuche und Badefreuden	129
In ein neues Leben?	133
Ungeahnte Annehmlichkeiten	137
Schellentänze	141
Augensterne	145
Glück auf Erden?	149
Hilfe in der Not	154
Konfrontation mit der Angst	158
Rosenblüten	162
Im Kindbett	166
Tod und Verderben	170
Fremde Schuld?	174
Tiefe Wunden	179
Flinke Hände	183
Ein verrückter Plan	187
Was bleibt zu tun?	191
In reißenden Fluten	195
Auf Messers Schneide	199

Törichte Gedanken	203
Im letzten Augenblick	207
Zeichen aus der Vergangenheit	211
Bittere Tränen	215
Ja oder Nein?	219
Kräutermond	223
Nur eine List?	227
Die Frage der Ehre	231
Ein neuer Weg	236
Das Tor zum Paradies	240
Schwere Zeiten	244
Pfarrersstündchen	248
Schrecken der Nacht	252
Probe der Geduld	256
Fliegende Hufe	260
Hochzeitsvorbereitungen	264
Feiern in der Burg	268
Eine ungeliebte Pflicht?	272
Das Ende der Rosen?	276
Mutterfreuden	280
Ein Wiedersehen	284
Kinderspiele	288
Der Ruf der Pflicht	292
Abschied und Ankunft	296
Zeitliche Einordnung der Handlung:	300

Rosen hinter Burgmauern

Sachsen zu Beginn des sechzehnten Jahrhunderts. Die Geschichte von Johanna aus dem Buch „Nur ein Hexenleben..." setzt sich in ihrer Tochter fort. Gwendolyn, die mit der Wirkung der Kräuter gut vertraut ist, wird auf dem Weg in das Kloster, in dem die Mutter sie vor der Umwelt in Schutz wissen will, überfallen und geschändet. Verängstigt findet die junge Frau Zuflucht in einer Burg. Dort verliebt sie sich in den verheirateten Burgherren.

Doch damit schwebt sie nun täglich in der Gefahr, ihren Kopf zu verlieren. Sei es aus Liebe oder durch das Schwert des Henkers. Kann diese Liebe doch noch zu einem glücklichen Ende kommen?

Die handelnden Figuren sind zu großen Teilen frei erfunden, aber die historischen Bezüge sind durch archäologische Ausgrabungen, Dokumente, Sagen und Überlieferungen belegt.

Prolog

In Flammen aufgegangen

Das Feuer war so nah, dass es die Tränen der jungen Frau auf den Wangen trocknete, nachdem sie herausgelaufen waren. Sie spürte die Hitze im Gesicht und doch konnte sie den Blick nicht abwenden. Seite für Seite übergab sie das Buch des Pfarrers den Flammen. Hans hatte in einem Kübel im Garten des Hauses Holzscheite hinein gestapelt und die Glut geschürt. Bei jeder Seite sah sie die Gesichter der Frauen vor sich. Barbara, die Bäuerin, Bärmuth und ihre Mutter. Das Schicksal einer jeder der Frauen war auf den gelblichen Blättern verzeichnet und die Flammen löschten es langsam aus. So wie die Tinte durch das Feuer langsam verging, so löschte es auch das Leid in Johannas Herzen. Mit jedem Blatt und jeder Träne wurde es ihr leichter ums Herz. Manche Tränen tropften in die Glut und ließen ein Zischen ertönen.

Johanna war es, als ob all diese Frauen von oben auf sie heruntersahen und genauso war sie sich sicher, dass der Pfarrer und seine Schergen schon jetzt in der Hölle, im Feuer der ewigen Verdammnis, für ihre Verbrechen schmorten. So viele unschuldige Leben hatten sie im Laufe der letzten zwanzig Jahre ausgelöscht, dass es sicher war, dass Gott es wusste und sie sicher nicht durch das Himmelstor lassen würde. Langsam wurde es dunkel in dem kleinen Garten. Der Feuerschein beleuchtete die Frau und Hans, der in einiger Entfernung stand. Sie sah zu ihm auf und nickte dem Mann zu. Er war so sehr um ihre Sicherheit bedacht, dass er sie selbst hier, im abgetrennten Garten, nicht aus den Augen ließ.

Nach dem letzten Blatt trat Bärmuth zu ihr und hielt ihr auch das andere Buch hin. Johanna sah sie fragend an und nickte dann.

Wenigstens würde dieses Exemplar des Hexenhammers nicht dazu dienen, unschuldiges Leben zu zerstören. Sie schlug es auf und riss das erste Blatt heraus. Danach ließen sie es gemeinsam in den Kessel fallen. Es begann sich langsam von der Mitte her bräunlich zu verfärben, bevor es sich zusammen rollte und zu Asche zerfiel. Nur kurz war die Flamme aufgelodert. Es war anderes Papier, als das Buch des Pfarrers. Seite für Seite rissen die beiden Frauen nun aus dem Buch heraus und zerstörten so dieses verdammte Werk.

Als nur noch der Einband übrig war, ließ Johanna auch diesen in die Glut fallen. Der Geruch des verbrannten Leders erweckte die schlimmen Erinnerungen noch einmal und sie wäre fast am Feuer zusammen gebrochen. Schnell hatte Hans sie aufgefangen.

Auf ihn gestützt ging sie zurück zum Haus. Von der Tür aus sah sie zurück zu Bärmuth, die immer noch am Feuer stand, wohl wartend, dass alle Spuren der Vergangenheit ausgelöscht werden würden, doch die Wunden auf der Haut der Freundin würden sie wohl auf ewig daran erinnern, was sie und die anderen Frauen dort in diesem Keller erlebt hatten. „Bärmuth!", rief Johanna leise und die Freundin wendete sich ihr zu. Johanna hielt die Hand hin und Bärmuth kam zu ihr herüber. Zu dritt betraten sie das Haus wieder, an dessen Tisch gerade das Abendessen vorbereitet wurde. Die Magd Giseldis deckte mit einigen der Lehrlinge den Tisch.

In diesem Raum war ein Lachen und singen, das die dunklen Gedanken draußen im Garten ließ. Nach ein paar Augenblicken machten sich auch Johanna und Bärmuth mit an die Arbeit. Aber Johanna vermied es, aus dem Fenster auf die noch immer im Garten leuchtende Tonne zu sehen. Sie schaute auf den festlich gedeckten Tisch und legte ihre Hände auf den unübersehbaren Babybauch. Sie wollte nun nur noch an die Zukunft denken und gab ein schnelles Gebet an Mutter Maria ab, dass ihr Kind gesund auf die Welt kommen würde. Sie sah zu der geschnitzten Figur, die Siegbert in der Ecke der Werkstatt aufgestellt hatte.

Diese war ein Abbild der Figur, die er für den Altar damals geschnitzt hatte und damit hatte sie die Züge von Johannas Mutter und gerade im Moment hatte Johanna den Eindruck, dass die Figur ihr zunickte. Vielleicht war es nur durch das Flackern der Kerze geschehen, die zu Füßen der Figur stand, aber Johanna hatte das Gefühl, dass nun alles gut werden würde. Hans trat an sie heran und nahm ihre Hand. Mit einem Kuss vertrieb er die letzten dunkeln Gedanken aus ihrem Kopf. Nun musste alles gut werden!

1. Kapitel

Schreie in der Nacht

Mit einem Schrei presste sie das Kind aus sich heraus und mit einem Schrei begrüßte der Säugling diese Welt. „Es ist ein Mädchen", sagte Bärmuth und drückte ihr die Tochter in den Arm. Fast die ganze Nacht hatte sich Johanna von einer Wehe zur nächsten gequält und es schien kein Ende zu nehmen, doch nun sah sie erschöpft in das kleine Gesicht. Es war wunderschön und nicht, wie befürchtet, wieder ein Teufel. Der Fluch schien gebannt. Mit dem Tode des Pfarrers war alles Leid von ihr gefallen. „Du sollst es einmal besser haben als ich", sagte Johanna erschöpft und drückte dem Kind einen Kuss auf die Stirn. Das Mädchen beruhigte sich augenblicklich und schien zu schlafen. „Wie soll sie den heißen?", fragte Bärmuth und Hans trat in den Raum. „Gwendolyn", sagte er im selben Moment wie Johanna und beide mussten lachen. Sie hatten sich schon vor ein paar Tagen auf einen Namen geeinigt. Je nachdem, ob es ein Mädchen oder ein Junge sein würde. „Du musst dich jetzt erst mal ausruhen", sagte Bärmuth und nahm Johanna das Kind wieder aus dem Arm. Dann verschwand sie aus dem Raum, um das Kind zu säubern und nun griff die Erschöpfung zu. Johanna fielen die Augen zu und schnell schlief sie ein. Das Weinen der Tochter holte sie aus dem Traum zurück. Das Kind hatte Hunger und die Pflichten der Mutter setzten ein. Da Bärmuths Tochter ein Jahr älter war, würden sie sich die Beaufsichtigung der beiden Kinder teilen.

Die Wochen vergingen und die Tochter war aus den gefährlichen ersten Tagen heraus. In manchen Momenten sah Johanna das Gesicht von Barbara in den Zügen ihres Kindes. Ob das wohl wirklich sein konnte? War es die Seele der toten Freundin, die sie immer mal wieder besuchte? Gwendolyn entwickelte sich gut, aber es zeigte sich, dass sie fast keine Nacht wirklich durchschlief. Immer wieder holten die Schreie und das Weinen des Kindes Johanna aus ihrem Schlaf. Dann versuchte sie alles, um das Kind zu beruhigen, aber es war, als ob das Einsetzen der Dunkelheit das Kind in Schrecken versetzte. Johanna nahm dann das Kind und ging durch das Haus, aber da schliefen die Handwerker und die wollten ja nicht jede Nacht durch das Weinen des Kindes um ihren Schlaf gebracht werden. Alles, was Johanna versuchte, funktionierte nicht, bis sie auf die Idee kam, der Tochter etwas vorzulesen.

Das erste Buch, das ihr in die Hand fiel, war das Buch der Hildegard von Bingen. Dies schien dem Kind zu gefallen, auch wenn das Buch nur in Latein war. Doch dem Kind machte die unverständliche Sprache nichts aus. Allerdings lief Johanna Gefahr, dass irgendjemand anderes sie so sitzen sah. Im Mondlicht, das Kind auf den Knien und etwas Unverständliches erzählend. Dann würde sie mit einem Male dem Scheiterhaufen wieder näher sein, als ihr im Moment lieb war. Dabei dachte sie an Barbara und ihre Mutter, die beide unschuldig als Hexen verbrannt worden waren. In einer Zeit, in der jede falsche Handlung sofort mit Hexerei gleichgesetzt werden konnte, war es gefährlich, irgendetwas zu tun, was auch nur den Anschein von etwas hatte, was man nicht tun sollte.

So zog sie sich damit jede Nacht mit dem Kind in die Kammer zurück und lernte dabei selbst noch vieles dazu. Seltsamerweise wollte das Kind aber immer nur aus diesem Buch vorgelesen haben. Als Johanna versuchte, ihr ein Buch mit Gedichten vorzulesen, da setzte sofort das Geschrei des Kindes wieder ein. Nur das Kräuterbuch beruhigte Gwendolyn. Anscheinend war es ein sehr besonders Kind, dass ihr das Schicksal gegeben hatte.

Ein neuer Tag begann mit den ersten Strahlen der Sonne. Johanna blickte zum Fenster hinaus. In den letzten Tagen war Hans sehr verschlossen gewesen. Er hatte ihr nicht gesagt, warum er sich von ihr zurückzog. Bisher hatte er immer in seiner Werkstatt gesessen und Bilder gemalt, aber sein Vater hatte sich noch nicht zurückgezogen und ihm nicht, wie geplant, das Meisteramt übergeben. Damit würde Hans aber auch kein Meister werden können. Eine andere Gilde würde ihn nicht aufnehmen können, da er ja nur das Schnitzen und das Malen gelernt hatte. Offensichtlich trieb ihn dieses Problem immer wieder aus dem Hause. So auch an diesem Tage. Während Johanna mit dem Kind die Stiege herab kam, verließ ihr Mann das Haus.

Seine Werkstatt war nun fast jeden Tag verschlossen gewesen und genauso verschlossen war sein Gesicht, wenn er erst zum Abend wieder zurück zu ihr kam. Auf ihre Fragen reagierte er abweisend und winkte nur ab, doch sie hatte schon erkannt, dass er ein offensichtlich schweres Problem mit sich herumtrug.

Schließlich eröffnete er ihr eines Abends, dass er das neben dem Hause liegende Kontor gekauft hatte. Mitsamt aller Waren und Güter hatte er es von einem Kaufmann übernommen, der in eine andere Stadt weiterzog. Damit war er nun kein Handwerker mehr, sondern war, praktisch über Nacht, Kaufmann geworden. Doch eigentlich hatte er von den Dingen, die ein Kaufmann so brauchte, keine Ahnung. Bärmuth und Johanna waren die beiden, die sich im Kontor auskannten, doch beide hatte im Moment kleine Kinder zu betreuen.

Das ganze Unterfangen war schwierig, doch sie wollten es versuchen. Dazu kam nun, dass Hans sie heiraten durfte, denn nun war er ja ein Kaufmann mit eigenem Haus und Geschäft. Vermutlich ging es dem Manne hauptsächlich darum, denn sonst hätte er ja auch weiterhin in seiner Werkstatt beschäftigt sein können.

Die Hochzeit in der Kirche war sehr schön, doch danach kam die Arbeit im Kontor. Johanna oder Bärmuth mussten nun „zufällig" immer im Kontor sein, da Hans noch nicht so viel Erfahrung hatte, um die Abschlüsse zu machen. Jedoch durften Frauen nun mal das Kontor nicht leiten und Abschlüsse oder Verträge machen, das war auch nur dem Kaufmann persönlich gestattet. Es dauerte einige Monate, in denen Johanna fast jeden Abend, mit der Tochter auf dem Schoß, im Kontor saß und mit den Rechenmünzen die Einnahmen des Tages zusammenrechnete, bevor Hans begriffen hatte, wie er zu handeln hatte und was ein gutes Geschäft versprach.

Aber der Mann erwies sich als ein gelehriger Schüler seiner Frau. Da das Kontor im Nebenhaus lag, konnten sie weiter im Hause von Meister Siegbert wohnen bleiben. Mit allen Lehrlingen und Gesellen waren sie eine große Familie. Nun saßen an manchen Abenden zwanzig Personen um den Tisch, Männer, Frauen und Kinder. Keiner störte sich daran, dass in diesem Hause die Frauen nicht in der Küche saßen, um zu essen. Es hatte sich bei ihnen so ergeben und keiner sagte etwas dagegen, zumal der Hausherr es genau in dieser Weise haben wollte. Und sein Wort war, wie überall, unter seinem Dach das Gesetz.

2. Kapitel

Zwei Mädchen

Gwendolyn war nun sechs Jahre alt geworden. Durch die frühe Beschäftigung mit den Pflanzen kannte sie jeden Strauch, der auch nur irgendwo wuchs. Ihre Mutter war gerade wieder schwanger und so musste sich das Mädchen mit sich selbst beschäftigen, so gut es eben ging. Bisher hatte sie lesen, schreiben und rechnen gelernt. Mit Latein und deutsch war sie praktisch aufgewachsen und konnte beides besser, als so mancher Pfarrer. Da sich die Mutter nicht um sie kümmern konnte, war Gwendolyn oft beim Großvater und lernte von ihm das Schnitzen. Die ersten Versuche waren noch ziemlich unansehnlich gewesen und das Messer lag ihr nicht so gut in der Hand, wie die Schreibfeder, doch die Arbeit mit dem Holz gefiel ihr.

Das Mädchen lernte zusammen mit einiger Lehrlingen, die der Meister eingestellt hatte. Die waren zum Teil mehr als doppelt so alt, wie sie, und in den ersten Tagen immer überrascht, mit einem Mädchen zusammen zu lernen. Das kannten die Jungs von ihren Elternhäusern nicht. Da waren die Frauen und Töchter immer in der Küche oder mit den Tieren beschäftigt. Keine von ihnen hätte dort geschnitzt. Aber Gwendolyn war nicht nur geschickt mit dem Messer, sondern auch schnell mit der Zunge. Es machte ihr nichts aus, den viel älteren Jungen ruppig über den Mund zu fahren, wenn ihr etwas nicht passte. Mit dem sie beschützenden Großvater hinter sich konnte ihr ja nicht viel geschehen. So geschah es manchmal auch, dass sie sich im Garten hinter dem Hause mit den Jungs prügelte, wobei es ihr aber so vorkam, als ob die Jungen sie dabei gewinnen ließen. So führte sie eigentlich das Leben eines Jungen und nicht, wie ihre ein Jahr ältere Tante, das Leben eines Mädchens, das nur im Haushalt und der Küche half. Oft bedauerte sie Rebecca dafür, doch die wollte es ja vermutlich nicht anders, sonst hätte Siegbert wohl auch nichts dazu gesagt.

Abends, beim Essen, saßen die beiden Mädchen nebeneinander. Während Rebecca die schönsten Kleider trug, hatte Gwendolyn oft aufgeschlagene Knie oder blaue Flecke. Obwohl sie im selben Haus lebten, entwickelten sie sich völlig anders. Schließlich kam es soweit, dass Rebecca nur noch mit hochgezogenen Augenbrauen zu ihr herübersah und dafür manchen Stoß mit dem Ellenbogen in die Rippen erhielt. Sie hätten Freundinnen sein können, aber aus irgendeinem Grund konnten sie sich nicht leiden. Vielleicht lag es daran, dass Gwendolyn praktisch das Leben eines Jungen führte und die waren in der Gesellschaft einfach besser angesehen, als die Mädchen. Trotzdem würde sie aber irgendwann mal als eine Frau leben müssen!

Schon früh hatte sie dies gemerkt und begriffen. Wenn sie mit der Mutter und einem der Lehrlinge auf den Markt ging, so wurde als Erstes der Lehrling gefragt, dann die Mutter als Frau eines Kaufmannes und über sie selbst sahen die Marktfrauen geflissentlich hinweg. Falls sie doch irgendwie in das Gespräch kam, dann nur als Tochter des Kaufmannes. Nicht wirklich als Mädchen, sondern eben nur anders. Vielleicht lebte sie daher das Leben eines Jungen. Es war praktisch eine Art von Trotz und Widerspenstigkeit.

Dazu kam dann auch noch, dass sie viel belesener war, als Rebecca. Die Ältere konnte nicht sehr gut lesen, Gwendolyn aber sogar schon in Latein. Das schürte natürlich den Neid des anderen Mädchens, doch davon ließ sich Gwendolyn nicht beeindrucken. Sie suchte auch nicht den Schutz der Mutter, wie es Rebecca tat, sondern eher der Rat des Vaters oder Großvaters. Irgendwie war sie wohl so etwas wie der Ersatz eines Sohnes für ihren Vater und damit konnte sie gut Leben.

Das alles führte dazu, dass sich in ihr ein freier Geist entfalten konnte. Aber als Gwendolyn Hosen anziehen wollte, war dies auch ihrem Vater zu viel. Es wäre einfach praktischer gewesen, beim Herumbalgen mit den Jungen, doch da hatte sie nun anscheinend eine Schwelle überschritten, die sie lieber unberührt hätte lassen sollen. Die gehässigen Kommentare von Rebecca überhörte sie, sie konnte es nur nicht verstehen, dass sie keine Hosen anziehen durfte. Zu lange hatte man ihr alles Mögliche erlaubt. Warum das jetzt nicht? Somit reagierte sie ziemlich trotzig auf das Verbot, das ihr weder der Vater noch der Großvater begründeten. Die Mutter hätte es ihr sicherlich erklären können, aber die war im Moment für sie nur schwer zu sprechen.

Eines Abends nun brachte die Mutter unter viel Geschrei ein weiteres Mädchen auf die Welt. Gwendolyn nahm sich vor, der Schwester von klein auf genau die Dinge zu lehren, die sie selbst gelernt hatte. Damit war der Streit um die Hosen erst mal beiseitegelegt und sie begann sich um die Schwester zu Sorgen. Auch die Mutter konnte ihr nur schwer begründen, dass es wohl Gottes Wille war, dass Mädchen keine Hosen tragen durften. Aber es war schon mehr als peinlich, sich in einem Rock mit den Jungen zu prügeln. Zu oft rutschte das Kleidungsstück hoch und dann schimpfte immer jemand von den Erwachsenen mit ihr, obwohl sie doch gar nichts dafür konnte.

Anscheinend war es nun die Zeit, dass sie die Mutter auf die Dinge vorbereiten sollte, die für sie als Mädchen in der späteren Zeit mal wichtig werden würden. Doch mit Hausarbeit, weben, sticken und stopfen konnte sie so gar nichts anfangen. Nun lästerte auch noch Rebecca über ihre Fähigkeiten herum, was sie gar nicht mochte. Einen Ringkampf mit der Älteren hätte sie sofort gewonnen, aber einen Kochwettkampf vermutlich einfach verloren. Bei der Hausarbeit hatte sie noch viel nachzuholen und dabei sah sie noch nicht einmal ein, dass sie das überhaupt lernen musste.

Doch Bärmuth, ihre Großmutter, und die Mutter bestanden nun darauf, dass sie es zu lernen hatte. Ab sofort war sie, zusammen mit Rebecca, dafür zuständig, dass jeden Abend das Essen auf dem Tisch stand. An den ersten Abenden murrten die Gesellen herum, weil der Brei angebrannt war, und sie hätte jeden dafür unter den Tisch boxen können, aber nach ein paar Tagen gelang ihr auch das Kochen. Nun wechselte sie ständig zwischen der Werkstatt und der Küche hin und her. Das gefiel nun ihrem Vater und ihrer Mutter. Mit den Wochen arrangierte sie sich damit, dass sie am Tage das Leben eines Jungen und abends das Leben eines Mädchens führte.

3. Kapitel
Böse Überraschung

Johanna lehnte an der Fensterbank und schaute in den Raum hinein. Die Vorarbeiten des Mahls begannen gerade. Normalerweise war sie immer die Erste, die mit den Vorbereitungen anfing, doch diesmal hatte sie es einfach verpasst und da hatten ihre beiden Töchter schon mal ohne sie angefangen. Doch was eigentlich ein Grund zur Freude für die Mutter hätte sein können, das wurde für sie zu einer bösen Überraschung. Aber nicht die Töchter waren es, die diese Überraschung ausgelöst hatten, oder nur indirekt, sondern die Männer, die sich gerade auch mit im Raum befanden. Es war ja bei ihnen normal, dass alle gemeinsam aßen und genauso normal war es, dass alle zusammen den Tisch deckten oder sich anderweitig bei der Essenszubereitung beteiligten.

Meister Siegbert hatte dies vor langer Zeit so vorgesehen, als sie in der Werkstatt nur Männer gewesen waren. Da es ja nun auch fünf Frauen gab, hatte es sich schleichend gewandelt, sodass die Frauen nun das Essen zubereiteten und auch den Tisch vorbereiteten, während die Männer von der Werkbank aufstanden, die danach der Tisch wurde. In all den Jahren waren die Männer dann kurz aus der Werkstatt gegangen, um sich zu waschen oder zu unterhalten. Doch mit den Jahren hatte sich nun etwas geändert.

Gwendolyn war erwachsen geworden!

Von Johanna unbemerkt hatte sie sich zu einer strahlend schönen jungen Frau entwickelt. Mit ihren fast sechzehn Jahren war sie nun genauso alt, wie Johanna damals, als dieser unsägliche Vorfall geschehen war. Und nun stand sie da und sah, wie die jungen Männer auf die Oberweite und den Hintern ihrer Tochter starrten. Wie bei einigen sich schon die Hose spannte. Das war zu viel! Sie jagte die Männer einfach für eine Weile in den Garten, wo sie aber wenig später durch das offene Fenster hereinschauten. Weder Carola noch Gwendolyn hatten bei ihrer Beschäftigung etwas davon gemerkt, was Johanna da gerade gemacht hatte und weder die eine, noch die andere würde im Moment begreifen, warum es die Mutter getan hatte.

Der elfjährigen Carola würde sie es nicht erklären, aber Gwendolyn sollte nun wissen, was da so zwischen Mann und Frau passierte. Passieren konnte. Gleichzeitig musste nun aber Johanna vorsorgen, dass genau das nicht passieren würde. Die beiden Töchter schliefen oben in einem gemeinsamen Raum, aber immer noch unter einem Dach mit mehr als zehn jungen Männern, die sicher alles in ihrer Macht stehende tun würden, um in das Zimmer der Mädchen zu gelangen. Offenbar hielt sie nur die Angst vor Siegbert davor zurück.

Aber sie hatte an den lüsternen Blicken der Männer gesehen, wie Nahe sie an der Übertretung der Weisung waren. Nach dem Essen ging daher Johanna mit Gwendolyn in den Garten und setzte sich auf eine der Bänke. Es begann ein Gespräch zwischen Mutter und Tochter, bei dem die Tochter des Öfteren rote Ohren bekam. Allerdings war es besser, der Tochter zu erzählen, was geschehen konnte, bevor es geschah. Es würde wohl nicht mehr lange dauern, bis auf dem Markt das erste Gerücht aufkam und dann würde es schwierig sein, die Gerüchte wieder zum Verstummen zu bekommen.

Schließlich begann die Mutter, zuerst stockend, von ihren Erlebnissen zu berichten, die sie damals machen musste, als sie in Gwendolyns Alter gewesen war. Von der Schändung, der Entehrung, der täglichen Buße bei dem Bauern und der Gewalt, der sie ausgesetzt gewesen war. Dabei begannen ihr bei der Erinnerung die Tränen zu laufen und die Tochter musste sie trösten. Gemeinsam betraten sie das Haus wieder und gingen nach oben, wo Carola schon im Bett schlief. „Du wirst verstehen, dass ab jetzt in der Nacht eure Tür immer verschlossen sein wird. Es ist nur zu deinem Schutz", erklärte die Mutter und Gwendolyn nickte. Dann gaben sie sich einen Gute-Nacht Kuss und Johanna verschloss die Tür. Sie zog den Schlüssel ab und verbarg ihn in ihrem Mieder, nahe bei ihrem Herzen. Nun konnte sie sicher schlafen. Den beiden Töchtern würde jetzt nichts mehr passieren.

Doch was sollte sie gegen die Gerüchte tun? Diese waren nicht so einfach zu beseitigen. Da gab es keinen Schlüssel dafür. Johanna ging zum Zimmer hinüber, in dem sie mit ihrem Mann schlief. Hans war gerade aus dem Kontor herübergekommen und nun begann sie ihm ihre Befürchtungen zu schildern. Es war eigentlich eine einfache Frage: wie trennt man eine junge Frau von vielen jungen Männern. Der „goldene Käfig", den Hans scherzhaft in das Gespräch einbrachte, war da keine Lösung. Eine unverheiratete Frau mit vielen Männern unter einem Dach MUSSTE für Klatsch bei den Frauen in der Stadt sorgen. Blieb also immer noch die Frage, wie sie die Männer von ihr trennen sollte. Der Schlüssel half nur nachts. Und am Tag mit der Tochter jeden Schritt Hand in Hand zu machen, das war auch nicht die Lösung. Hans brachte es auf die einfache Lösung: das Dach von Gwendolyn trennen. Oder mit anderen Worten: die Tochter aus dem Haus bringen. Bis zu ihrem sechzehnten Geburtstag blieben da nur noch zwei Wochen und damit nicht mehr so viel Zeit.

Eigentlich gab es für eine Kaufmannstochter wie Gwendolyn nur zwei Möglichkeiten: Heirat oder Kloster. Für beides war die Zeit nun aber auch schon mehr als knapp geworden. Einen freien Klosterplatz in einem entsprechenden Kloster oder Stift zu bekommen, das ging da vielleicht noch mit ein paar Münzen in die Wege zu leiten, aber eine Hochzeit, mit einem entsprechenden Mann, zu organisieren, dazu würde die Zeit nun wohl kaum mehr reichen.

Johanna hatte es einfach versäumt, zu Gwendolyns fünfzehnten Geburtstag nach einem passenden Mann Ausschau zu halten, den sie dann Hans vorschlagen konnte. Und nun? Sollte die Tochter den erstbesten Mann heiraten, der in das Kontor ihres Mannes kam? Das schien ihr auch nicht wirklich die beste Lösung zu sein. Obwohl die Töchter und auch die Frauen, bei der Wahl des Mannes keinerlei Mitspracherecht hatte, wollte es Johanna für Gwendolyn anders halten. Sie sprach mit Hans ab, dass dieser der Tochter einen Kandidaten vorschlagen sollte. Wenn die Tochter diesen aber ablehnen würde, so blieb nur das Kloster.

Bereits am nächsten Morgen würde Johanna zum Pfarrer gehen und ein paar Münzen mitnehmen. Sie würde dies, in Anbetracht ihrer Vergangenheit, nur ungern tun, aber sicherlich wäre der Geistliche den glänzenden Gulden nicht abgeneigt. Noch hatte Johanna keinen geistlichen Herren gesehen, der der Macht des Geldes widerstehen konnte. Den Platz konnte sie ja dann immer noch zurückgeben. Das Geld würden sie dann bestimmt nicht zurückerhalten.

4. Kapitel

Ein guter Ruf

Natürlich hatte Gwendolyn die Blicke der jungen Männer schon lange bemerkt, aber das hatte für sie bisher keinerlei Bedeutung gehabt. Sie kannte die Meisten einfach viel zu lange. Oft kamen die Lehrlinge schon mit elf oder zwölf Jahren zu Meister Siegbert. Sie hatte mit den Jungen schnitzen gelernt, hatte mit Hinner im Kontor des Vaters lesen, schreiben, rechnen und Kontorführung geübt. Alles bisher ganz normal. Wie Freunde eben. Nicht wie Mann und Frau. Vor ein paar Jahren hatte sie sich noch mit ihnen hinter dem Haus im Garten gerauft, aber das war nun anscheinend vorbei. Die Aussprache mit der Mutter am Abend zuvor hatte ihr noch ein bisschen mehr die Augen geöffnet.

Noch mehr war aber die Geschichte der Mutter, die sie erst jetzt erfahren hatte, etwas, was sie erschreckt hatte. Durch die mehr als drastische Schilderung hatte sie erkannt, wie schnell man den Ruf verlor und ein verloren gegangener Ruf, eine nicht mehr vorhandene Ehre, hatte in den Kreisen der Kaufleute oft den Ausschluss aus diesen Gesellschaftskreisen zur Folge. Für ein Mädchen wie sie würde das aber auch den Abstieg bedeuten. Die Mutter hatte nur mit sehr viel Glück diese Schande und Schmach überwunden. Doch genauso hätte es auch sie, als Tochter, nie geben können. Bei den Bettlern und Ausgestoßenen legte man sich keine Kinder zu. Da war man froh, wenn man den nächsten Tag überlebte.

Allerdings kam nun ein völlig neuer Blickwinkel dazu: jetzt versuchte sie mit ihren Bewegungen die Männer zu necken und sie bemerkte natürlich, dass die Männer ganz besonders nach ihr schauten, wenn sie sich beim Tischdecken über die Tafel beugte.

Die etwas tieferen Einblicke in das Kleid waren ihr da nicht peinlich, aber die Männer wurden rot bis über beide Ohren, wenn sie sich von ihr ertappt fühlten. Das gefiel ihr! Es hatte also auch seine guten Seiten, eine Frau zu sein, auch wenn sie das bis zum Tag zuvor noch nicht so gemerkt hatte. Dass sie mit diesem Spiel die Mutter nur noch mehr reizte, nahm Gwendolyn nur am Rande wahr. Sie war mit sich selbst und ihrer Ausstrahlung beschäftigt. Noch trug sie keine Haube, noch konnte sie, wie unbeabsichtigt, mit den Fingern in ihren Haaren spielen. Praktisch über Nacht war sie vom kleinen Mädchen zur jungen Frau geworden.

Die Mutter ließ sie nun aber auch nicht mehr auf die Straße. Selbst den Einkauf machte die Mutter nun mit Carola. Jede Marktfrau hätte sofort erkannt, dass sich Gwendolyn verändert hatte und dann wäre der Klatsch über sie das Gesprächsthema auf dem Markt gewesen. Am Ende der Woche ging es nun, eigentlich wie jede Woche seit ihrer Geburt, in das öffentliche Badehaus. Sie kannte dort jeden und jeder kannte sie, doch nun war auch bei ihr etwas anders. Sie bewegte sich anders. Mit der bis dahin immer angelegten Schürze, die den Rücken frei ließ, war sie für die Mutter auf einmal zu nackt. Daher musste Gwendolyn das sonst nur für Männer verwendete Badehemd überziehen, dass ihr bis auf die Oberschenkel fiel. Darin sah sie nun erst recht komisch aus, zwischen all den nackten Frauen, die sich um ihr Auftreten keinerlei Gedanken machten.

Doch da in dem Becken nebenan, mit direktem Blick auf das Becken der Frauen, die Männer saßen, war es wohl für die Mutter besser so. Allerdings wurde dieses Hemd mit zunehmender Badedauer immer durchsichtiger und so kam es, dass Gwendolyn praktisch nackt vor den Männern aus der Wanne stieg. Der dünne Stoff hatte sich an ihren Körper angelegt und jede Kontur nachgezogen. Was die Mutter eigentlich mit dem Hemd verhindern wollte, das wurde nun mehr als deutlich gezeigt. Die dickeren Badeschürzen blieben auf Abstand zum Körper, da sahen die Männer nur den nackten Rücken.

Bei einem flüchtigen Blick in das Becken der Männer sah sie, das ihre Bekleidung auch eine direkte Wirkung bei den Männern auslöste. Sie dachte wieder an die Erklärung der Mutter und bekam dabei rote Ohren. Schnell verschwand sie daher in dem angrenzenden Raum, wo sie sich von einer der Mägde abtrocknen und wieder ankleiden ließ. Allerdings ging ihr nun das Gesehene nicht mehr aus dem Kopf. Zusammen mit der Beschreibung der Mutter setzte sich in ihrem Kopf ein Bild zusammen, wie es sein konnte, verheiratet zu sein. Freute sie sich darauf? Vielleicht. Neugierig war sie auf alle Fälle. Aber sie musste wieder auf ihren guten Ruf achten, sonst würde daraus nichts werden.

Hatte sie diesen aber gerade mit ihrem Auftreten in dem Bad riskiert? In dem Becken der Frauen, aus dem sie gerade gestiegen war, saßen auch zwei Marktweiber. Während des ganzen Weges in den hinteren Raum hatte sie die Blicke der beiden Frauen auf ihrer fast nackten Rückseite gespürt. Bis zu ihrem sechzehnten Geburtstag gab es nur noch einen Markttag und das war das einzig tröstliche daran. Damit gab es für Gerüchte eigentlich keine Zeit mehr. Plötzlich gab es einen Knall aus dem Baderaum und Gwendolyn lief, obwohl sie ja schon angezogen war, noch einmal zurück. Ein sehr dicker Mann lag vor der Wanne und um ihn herum war alles voller Wasser. Wie ein Fisch auf dem Trockenen zappelte er, auf dem Rücken liegend, herum und versuchte aufzustehen. Er hatte beim Einsteigen in eine der kleineren Wannen diese einfach durch sein Gewicht zum Zerplatzen gebracht. Alle in dem Raum konnten sich nicht mehr halten vor Lachen.

Zwei der Bademägde versuchten nun den Mann wieder anzuheben, rutschten aber selbst ständig im Wasser aus. Erst der geballten Kraft von vier Männern gelang es dann, den Dicken wieder auf die Füße zu heben. Schimpfend verließ der Mann das Bad, aber für Gwendolyn hätte es nicht besser kommen können.

Niemand würde über das fast durchsichtige Hemd reden. Alle würden sich nur über das Ungeschick des Dicken auf dem Markt ihr Maul zerreißen. Ein Unglück hatte ihren guten Ruf gerettet. Wenn es nicht so rutschig gewesen wäre, dann hätte sie jetzt in dem Bad vor Freude tanzen können. So beließ sie es nur bei einem Schmunzeln und nahm Carola in Empfang, die sich vor Lachen bog. Mit der Schwester ging sie zu der Bademagd, um Carola abzutrocknen und anzuziehen.

5. Kapitel

Eine gute Wahl?

Nun war also der Zeitpunkt heran, vor dem sie sich so lange gedrückt hatte. Johanna musste mit Hans reden. Es blieben ja nur noch wenige Tage und bisher hatte Hans noch keinen geeigneten Kaufmann gefunden, der noch ledig war. Oder verwitwet. Er kannte zwar, durch seine vielen Kontakte, die meisten Kaufleute persönlich, aber es war auch nicht so einfach, diese zu kontaktieren. Nach einer Woche hatte er noch nicht wirklich einen gefunden. Vorsorglich hatte Johanna daher mit dem Pfarrer gesprochen und einen Platz in einem Nonnenkloster gefunden. Im Kloster „Heilig Kreuz", einem Benediktinerinnenkloster in der Nähe von Meißen, hatte sie gegen die Gabe von ein paar Gulden eine Zelle für Gwendolyn reserviert. Es war zwar sehr weit von ihr entfernt, aber auf die Schnelle das Einzige, welches noch einen Platz frei hatte.

Die Mitgift, die auch bei einer Aufnahme in das Kloster fällig werden würde, hatte Hans als Erstes beisammen gehabt, das war ja auch ein leichtes für den Kaufmann gewesen. Nun blieb nur noch der Ehemann. Sie nahm sich ebenfalls vor, bei Carola etwas eher mit der Suche zu beginnen, doch ob das dann auch gelänge, das konnte sie noch nicht sagen. Bei Gwendolyn war es ja auch mehr als deutlich gewesen, dass sie hätte tätig werden müssen. Oder bei Hans vorsprechen. Oder hatte der Mann Schuld? Johanna dachte zurück an ihren Vater. Der hatte weder sie noch Bärmuth gefragt, da war sie eigentlich nur ein Tauschobjekt gewesen. Tochter gegen Geschäftsanteile! In all den Jahren zuvor hatte sie sich ständig gesagt, dass sie es bei ihrer Tochter anders machen wollte und hatte dabei dennoch den richtigen Zeitpunkt verpasst.

Wie fast jeden Abend war Hans auch an diesem Tag lange in seinem Kontor gewesen. Erst nach dem Abendmahl kam er in ihr Zimmer und begann fast sofort zu erzählen, dass er einen Kaufmann gefunden hatte, der ledig war, in den nächsten Tagen nach Leipzig kommen würde, und der auch schon Interesse an Gwendolyn bekundet hatte, ohne die Tochter zuvor gesehen zu haben. Das war eigentlich zu schön, um wahr zu sein und darum sah sie den Mann fragend an. Sicherlich hatte er noch nicht alles gesagt.

Immer weiter zögerte Hans die Antwort heraus und damit war es für Johanna offensichtlich, dass das glänzende Angebot, als das es Hans gerade noch geschildert hatte, so nicht wirklich stimmen konnte. Schließlich sagte er „Der Mann ist so alt wie mein Vater. Schon drei Mal verwitwet." Johanna musste sich erst mal setzen. Dann dachte sie daran, dass sie ja der Tochter eine Wahl lassen wollte „Du hast ihm aber noch nichts versprochen?", fragte sie zögerlich. „Nein. Er kommt nur unverbindlich. Wenn Gwendolyn zustimmt, so nimmt er sie zur Frau. Wenn nicht, so wird er sich wohl eine andere suchen müssen", erklärte er. Johanna sah auf den Fußboden zu ihren Füßen. Eigentlich wusste sie die Antwort der Tochter schon jetzt. Da würde es sicher keine Wahl für sie geben.

„Wo kommt der Kaufmann den her?", wollte Johanna wissen und Hans antwortete ihr „Aus Dresden. Er wird Hinner mit dorthin nehmen, damit dieser bei ihm seine letzten Jahre der Gesellenzeit lernen wird." „Das trifft sich gut", setzte Johanna hinzu „Falls sich Johanna gegen ihn entscheidet, so kann er sie doch vielleicht auf dem Weg zurück im Kloster absetzen, das ist ja direkt auf seinem Weg." „Ich werde ihn danach fragen, ob er dies für uns tun wird. Und dann wird er unsere Tochter also auf jeden Fall mit sich nehmen", ergänzte Hans und Johanna nickte. „Dann wird es für uns langsam Zeit, von ihr Abschied zu nehmen", erklärte der Mann nachdenklich. Sicherlich dachte er gerade an all die Erlebnisse mit der Tochter zurück. Johanna setzte sich leise in den Stuhl. Die Frau sah zu der Kerze, deren Licht gerade durch einen Luftzug zu flackern begann. Dann überlegte sie Was konnte sie der Tochter noch an Wissen oder Dingen mitgeben? Unbewusst griff sie an den Hals und spürte das kleine Kreuz zwischen ihren Fingern. Dabei dachte sie daran, was im Kloster getragen werden durfte. Die Benediktinerinnen leben als Nonnen in der Klausur. Dort lernten sie, beteten und trugen ihre Tracht. Auch ein schlichtes Kreuz führten sie. Also war das Kreuz aus Silber, das Johanna um ihren Hals trug, sicherlich nicht mit den Regeln des Ordens zu vereinbaren. Bestimmt wurde auch die Kleidung einheitlich getragen. Was konnte sie der Tochter mitgeben, das diese auch im Kloster immer an sie erinnern würde?

Johannas Blick fiel auf ihre Schuhe. Das war es! Schuhe hatten die Nonnen sich selbst zu besorgen! Und da sie unter dem Habit verborgen waren, so würde sicher keiner die Schuhe einer Nonne kontrollieren. Die Mutter würde Gwendolyn ein paar schöne Schuhe besorgen, welche die Tochter dann bei jedem Schritt an sie erinnern würden. Sie sah auf und begann Hans ihre Idee zu erklären und er stimmte ihr sofort zu. „Die kann sie tragen, wenn sie verheiratet wird und auch im Kloster", gab er mit einem Lächeln zu wissen. Dann zog er einen Beutel mit Münzen aus dem Kästchen, das vor ihm auf dem Tisch stand, und gab ihn an Johanna weiter. Die Frau nickte und verwahrte den Beutel. Am nächsten Tage würde sie mit der Tochter in ein Kontor gehen und dort würden sie dann die Schuhe heraussuchen. Schließlich stand sie auf, trat zu ihrem Mann und küsste ihn.

„Bei Carola werde ich etwas eher mit der Suche beginnen", bemerkte Hans schuldbewusst und bestätigte damit auch ihre Gedanken. „Ich sehe noch einmal nach den beiden Mädchen", sagte Johanna und zog den Schlüssel aus dem Beutel. „Ich komme mit", erklärte Hans. Zusammen gingen sie über den Gang, sie schloss die Tür auf und dann sahen sie zu zweit im Kerzenlicht in die schlafenden Gesichter ihrer beiden Töchter, die zusammengekuschelt in dem großen Bett lagen.

Alles war so, wie es schon seit Jahren war. Und in einigen Tagen würde sich für jeden von ihnen daran etwas ändern. Nicht nur für Gwendolyn, sondern auch für Carola, die bisher noch keinen Tag ohne die große Schwester gewesen war. Leise verließen sie den Raum wieder und verschlossen die Tür. Die Eheleute nickten sich zu und gingen zurück in ihren eigenen Raum. Zeit zu schlafen. Wenig später lagen sie genauso zusammengekuschelt in ihrem Bett, wie wenige Schritte entfernt die beiden Töchter.

6. Kapitel
Gedankenreisen

Die letzten paar Tage waren angebrochen. Es war die letzte Woche bis zu ihrem sechzehnten Geburtstag und damit auch die letzte Woche in ihrem bisherigen Zuhause. Jeden Schritt in dem Hause machte sie nun ganz bewusst. Jeder Handgriff, den sie solange schon ausgeführt hatte, konnte in diesem Haus der letzte sein. Über so vieles hatte sie sich nie Gedanken gemacht. Nie machen müssen. Schon in der Woche zuvor war ihr vieles durch den Kopf gegangen. Die Schilderung der Mutter, über deren Zeit als Magd bei dem Bauern, hatte dafür gesorgt, dass sich Gwendolyn gefragt hatte, wie viel Glück sie doch damit hatte, in diesem Hause groß geworden zu sein. Erst jetzt hatte sie wirklich die zerlumpten Gestalten und die ausgehungerten Kinder wahrgenommen, die am Markttag immer dort an der Kirche saßen und die Hand aufhielten. Womit hatte sie das Glück verdient, hier zu sein? Und nicht dort in diesem Elendsviertel? All die Jahre war sie immer satt in ihr Bett gegangen. Sie konnte lesen, schreiben, rechnen und liebte Gedichte. Die Kinder an der Kirche konnten all das nicht. Sie waren glücklich, wenn man ihnen ein Stück trockenes Brot gab.

Gwendolyn ging in das Kontor des Vaters hinüber, das sich im Nebenhaus befand. Einst hatte er gemalt und geschnitzt, so wie ihr Großvater es noch immer tat, doch dann hatte er dieses Kontor übernommen und war ein angesehener Kaufmann geworden. In dem Raum saß Hinner an seinem Tisch. Er hatte die Rechenmünzen vor sich liegen und zählte gerade die Abschlüsse des Tages zusammen. Der junge Mann lächelte sie an und sie lächelte zurück. Sie kannten sich eine halbe Ewigkeit. Sie fragte sich in Gedanken „Warum kann ich eigentlich nicht in diesem Kontor bleiben?" Doch die Antwort war klar, das würde nur gehen, wenn ihr Vater es an seinen Nachfolger abgeben würde, mit welchem sie dann verheiratet würde. Dazu war er aber anscheinend noch viel zu jung. Vielleicht hätte Carola da mehr Glück. In ein paar Jahren konnte das schon alles anders aussehen, aber auch Meister Siegbert, ihr Großvater, dachte noch lange nicht daran, sich zur Ruhe zu setzen. Damit war die letzte Möglichkeit, in dem Hause zu bleiben, vertan. Erst in der letzten Woche hatte sie darüber nachgedacht, dass das Privileg, in einer wohlhabenden Familie zu leben, auch ein paar Nachteile hatte.

Für die Tochter eines Kaufmannes gab es nur drei Möglichkeiten: erstens sie blieb zu Hause, weil ein Geselle das Meisteramt des Vaters übernahm. Zweitens sie verließ das Haus, weil sie mit einem anderen Kaufmann verheiratet wurde. Oder drittens sie verließ das Haus und ging in ein Kloster. Weitere Möglichkeiten gab es nicht, wenn nicht der soziale Abstieg der jungen Frau in Kauf genommen wurde. Und für Gwendolyn gab es nur die letzten beiden Optionen. Nachdenklich setzte sie sich neben Hinner und sah auf die kupfernen Rechenmünzen, die der Geselle des Vaters auf die Linien des Brettes gelegt hatte. Wie oft hatte sie hier das Tagesgeschäft ausgerechnet, aber ihre Zukunft ließ sich so leider nicht berechnen.

„Was denkst du?", fragte sie Hinner, der wohl gesehen hatte, dass sie nachdenklich war. Sie schob eine der Münzen einen Strich nach oben und verfünffachte damit deren Wert. „Ich denke daran, was nächste Woche wird", erwiderte sie und Hinner schob die Münze wieder zurück „Was bei mir in der nächsten Woche wird, das weiß ich schon. Ich gehe nach Dresden zu einem anderen Kaufmann. Dort beende ich meine Gesellenjahre", erklärte er und sie sah ihn überrascht an. „Na du wirst doch auch gehen", setzte er ihr entgegen, weil er wohl Gwendolyns Überraschung gesehen hatte. Er zog das Schriftstück nach vorn, dass der Vater gerade eben ausgestellt hatte. Es war ein Empfehlungsschreiben für den fremden Kaufmann.

„Vielleicht gehe ich ja auch nach Dresden und man könnte sich dort wiedersehen", sagte Gwendolyn, als sie ihm den Brief zurückgab. „Wohl eher nicht", begann Hinner, „Ich werde als Geselle kaum die Frau eines Kaufmannes treffen können. Es sei denn, sie ist die Frau meines Kaufmannes." Sie nickte „Das ist wohl eher kaum zu erwarten", sagte sie, denn sie dachte, dass der andere Kaufmann, bei dem Hinner bald arbeiten würde, bestimmt schon verheiratet war. „Habt ihr nun alles ausgerechnet?", fragte der Vater und Hinner sah auf das Brett. Schnell schob er die Münzen zusammen und sagte „Wir haben heute 373 Gulden eingenommen." Dann schob er die Münzen in die kleine Schachtel und verschloss diese. „Gut so", stellte der Vater fest und dann kam ein älterer Mann durch die Tür des Kontors. Der Vater begrüßte ihn und brachte ihn zu dem Tisch, an dem Gwendolyn saß. Sie stand auf und machte einen Knicks, dann schickte der Vater sie und Hinner aus dem Raum und setzte sich mit dem Manne an diesen Tisch.

Vor dem Kontor sah sie Hinner an. „Was war das denn? Er hat mich doch noch nie aus dem Kontor geschickt", fragte Gwendolyn und Hinner gab zu verstehen „Ich glaube, da drin geht es gerade um dich." Erschrocken fuhr sie herum. „Ach du Schreck. Du meinst er…?", fragte das Mädchen und zeigte über die Schulter mit dem Finger zum Kontor. Hinner nickte „Vermutlich ja", entgegnete er und sah sich zum Hause um. Jetzt drehte sie sich ebenfalls noch einmal zum Kontor um und schaute auf die verschlossene Tür. Konnte es wirklich sein, dass das da drin ihr Mann werden sollte? Dieser Kaufmann war so alt wie Meister Siegbert. „Wenn das mein Mann werden soll, dann bleibt nur noch das Kloster für mich übrig", sagte sie bestimmt, „Ich hoffe, deine Eltern lassen dir diese Wahl", entgegnete Hinner und verwies darauf, dass die Töchter normalerweise keinerlei Mitbestimmungsrecht hatte. Sie zuckte mit den Schultern und ging zurück in das Haus. Die Vorbereitungen des Abendmahles musste noch getroffen werden.

Fragend sah sie ihre Mutter an. Gwendolyn versuchte im Gesicht der älteren Frau zu lesen und eine Antwort zu finden, doch da war nichts zu erkennen. Eventuell hatte der Vater ja auch noch nicht mit ihr darüber gesprochen. Schnell waren das Geschirr auf dem Tisch und das Essen aufgetragen. Meister Siegbert sprach ein Gebet und alle langten kräftig zu. Alle bis auf Gwendolyn, die sorgenvoll auf die noch geschlossene Tür schaute, durch die der Vater bald kommen musste. Was würde er sagen? Ließ er ihr eine Wahl oder sagte er nur „Du musst los!". Die Zeit dehnte sich zu den schrecklichsten Augenblicken, die sie jemals erlebt hatte. Keine Bissen bekam sie herunter und vor all den Anderen in dem Raum wollte sie auch nicht mit der Mutter darüber reden. Was würde geschehen?

7. Kapitel

Entscheidungen

Die Entscheidung war so gefallen, wie es sich Johanna schon gedacht hatte. Ein Blick auf den Kaufmann hatte Gwendolyn genügt, um sich für das Klosterleben vorzubereiten. Damit blieben nun noch die letzten drei Tage. Der Kaufmann wollte diese Zeit abwarten, bis Johanna ihren Geburtstag gefeiert haben würde, dann wollte er wieder aufbrechen. Er hatte ihrem Mann versprochen, gut auf die Tochter aufzupassen und er hatte ja auch ein paar bewaffnete Knechte dabei. Bis dahin war der Kaufmann natürlich ihr Gast und schlief in einem der Gesellenzimmer unter dem Dach. Immer wieder dachte Johanna daran, wie schnell doch die Zeit verflogen war. Sie sah immer noch, wie die Tochter durch den Garten tobte, wie sie auf ihren Knien gesessen hatte. Wie sie das erste Buch zusammen gelesen hatten. Erinnerungen, die sie fröhlich und traurig zugleich stimmten. Zu gern hätte sie ein paar Enkel gehabt, die sie auf den Schoß sitzen haben konnte, so wie Bärmuth es mit Gwendolyn gemacht hatte. Aber eigentlich war Johanna ja noch nicht zu alt, um nicht noch ein weiteres Kind haben zu können. Wie jeden Tag, so wartete sie auch an diesem Abend auf Hans. Da der aber mit dem anderen Kaufmann sicherlich in der Schänke war, wurde es besonders spät. Damit hatte sie genug Zeit, um weiter zu überlegen.

Sie war jetzt zweiunddreißig Jahre alt und dachte daran, dass sie in Gwendolyns Alter ihr erstes Kind bekommen hatte. Noch immer dachte sie mit Schrecken an dieses ungestaltete Kind zurück, dass zum Glück nicht lange gelebt hatte. „Teufelsbalg" hatte die Freundin damals gesagt und auch sie selbst hatte so gedacht. Nun war die Zeit gekommen, Abschied von der Tochter zu nehmen, aber es konnte auch der Zeitpunkt werden, eine neue Tochter zu empfangen. Bisher hatte sie immer Glück gehabt. Alle ihre Schwangerschaften hatte sie überlebt, auch wenn nur diese beiden Töchter es überlebt hatten. Andere Frauen waren schon bei der ersten Geburt gestorben. Sollte sie das Schicksal noch einmal herausfordern? Johanna setzte sich vor den Spiegel und begann ihre Haare zu bürsten. Sie machte sich schön für ihren Mann und das würde sicherlich genau die Wirkung haben, die sie sich vorstellte, wenn Hans nicht zu viel von dem Wein getrunken hatte.

Anschließend stand sie auf und suchte in der Kleidertruhe das schönste Unterkleid heraus, welches sie nur finden konnte. Als sie ihn auf der Treppe hörte, zog sie sich das Kleidungsstück über. Mitten im Raum stehend erwartete sie ihn. Er war noch nüchtern und begrüßte sie mit einem Kuss, aus welchem sie sich einfach nicht mehr löste. Die Frau hatte eine Entscheidung getroffen und er musste nun einfach mit. Auch wenn es sich für eine Frau nicht gehörte, die Initiative zu ergreifen, zog sie ihn einfach hinter sich her zum Bett.

Der neue Tag begrüßte sie mit seinem Licht und das erste, was sie dachte war: „Nur noch zwei Tage." Dann sah sie zu dem Mann, der neben ihr unter der Decke lag. Johanna schob die Decke weg und zog sich das in der Nacht verrutschte Unterkleid wieder zurecht. Sie musste die Töchter aus ihrem „Gefängnis" befreien, damit diese sich waschen konnten. Und das Frühmahl musste auch vorbereitet werden. Vorsichtig beugte sie sich über ihren Mann und gab ihm einen Kuss. Danach schlich sie nach draußen und schloss die Tür des Zimmers auf. „Guten Morgen", sagte sie zu Carola und Gwendolyn, die sicherlich auch gerade eben erst aufgewacht waren. Wieder hatten die beiden Mädchen in einem Bett geschlafen, obwohl doch jede ein eigenes hatte. In ein paar Tagen würde eines davon für lange Zeit verweist bleiben, aber wenn alles gut ging, so würde es vielleicht auch bald wieder belegt werden.

Sie war der guten Hoffnung, dass es so sein würde und was sich Johanna einmal in den Kopf gesetzt hatte, das würde sie auch wahr machen. Johanna sah die neuen Schuhe vor Gwendolyns Bett stehen und hob sie auf. Die Tochter nickte und sah zu ihr herüber „Schönes Kleid", sagte sie und zwinkerte ihr zu. Waren ihre Absichten so offensichtlich? Die Mutter stellte die Schuhe zurück, nickte und verließ das Zimmer wieder. Es wäre ja noch schöner gewesen, wenn sie vor den beiden Mädchen noch rote Ohren bekommen hätte.

Flugs war sie wieder in ihrem Zimmer, wo sich Hans gerade im Bett aufsetzte. Schnell streifte sie sich das Unterkleid vom Körper und wusch sich in der kleinen Schüssel. Ihr Hans trat an sie heran und küsste sie, dann wartete er mit der Morgenwäsche, bis sie fertig war. Wenig später gingen sie zusammen nach unten und während er in das Kontor ging, um dort nach dem Rechten zu sehen, bereitete Johanna mit den Mädchen das Frühstück für alle vor. „Nur noch zwei Tage", rauschte es immer wieder durch ihre Gedanken. Der fremde Kaufmann betrat den Raum und Johanna begrüßte ihn freundlich. Er war es nun schon gewohnt, dass in diesem Hause alle Bewohner, Männer wie Frauen, zusammen am Tisch saßen. Nachdem die Gesellen und Lehrlinge Platz genommen hatten, setzte sich auch der Kaufmann und Meister Siegbert, der Hausherr, eröffnete mit einem Dankgebet das Mahl.

Die Tage verflogen nur so und irgendwann sagten ihre Gedanken „Morgen früh bricht sie auf!". In dieser Nacht saß sie lange mit Gwendolyn im Garten hinter dem Haus und sie schwiegen. Keine wusste etwas zu sagen, was nicht schon in den letzten Tagen gesagt worden wäre. Sie genossen einfach nur die Anwesenheit der jeweils anderen. Spät kamen sie in ihre Betten und früh standen sie wieder auf. Vor dem Kontor wurde da schon lautstark der

Wagen beladen. Wenig später umarmten sich die beiden Töchter zum Abschied.

Johanna stand einfach nur daneben und sah ihnen mit Tränen in den Augen zu. Dann löste sich Gwendolyn aus Carolas Armen und kam zu ihr herüber. „Ich wünsche dir eine gute Fahrt und viel Glück", begann Johanna mit stockender Stimme. Gwendolyn konnte im Moment nichts antworten. Auch der Tochter hatte es die Stimme verschlagen. Der Schmerz des Abschiedes lag über ihnen. So standen sie nur stumm einfach dort vor dem Haus. Dann brachte Hans mit Hinner die kleine Truhe heraus, welche die Mitgift für das Kloster enthielt und verluden diese in den Wagen. Damit war nun für den Aufbruch alles vorbereitet.

Nun umklammerte Johanna die Tochter, die sie ebenfalls fest umarmte. Unlösbar schien diese Verbindung, doch schon ein paar Augenblicke später löste sie sich von der Tochter, die sich nun von Hans verabschiedete. Johanna trat zu Hinner und sagte „Pass gut auf meine Tochter auf." Der Geselle nickte und antwortete ihr „Ich werde sie mit meinem Leben beschützen." Die Mutter erkannte, dass es dem jungen Mann damit ernst war. Beide nickten sich zu, dann stieg Gwendolyn auf den Wagen und winkte zu ihnen zurück.

8. Kapitel

Pfade in die Ferne

Der Wagen zuckelte den holprigen Weg entlang. Gwendolyn durfte vorn neben dem alten, grauhaarigen Kutscher sitzen. Die anderen Männer liefen neben ihr und auch Hinner war zu Fuß unterwegs. Der Freund ging vorn neben den Pferden und immer wieder sah er zu ihr zurück. Direkt vor sich hatte sie die Hintern der beiden Pferde. Ihre Gedanken flogen voraus und sie dachte daran, dass sie schon am nächsten Tag im Kloster sein würde. Dann würde sie nicht mehr auf einem Wagen sitzen können oder den Vögeln im Wald zuhören können, wie jetzt gerade eben. Aber sie hatte es sich ja so ausgesucht. Es würde noch eine kleine Ewigkeit dauern, bis sie dort an ihrem fernen Ziel sein würden. Viel wusste sie noch nicht von den Dingen, die in einem Kloster auf sie zukommen würden. Arbeiten, Lesen, Schreiben? Schreiben, lesen und rechnen hatten ihr die Mutter und Bärmuth schon beigebracht. Alles andere würde sie schon noch früh genug sehen. Eigentlich wusste sie nur, dass sich dort eine Tür für immer hinter ihr schließen würde. Erneut flogen ihre Gedanken voraus und gleichzeitig auch zurück, zum Haus der Eltern. Die Entscheidung des Vaters war schnell gekommen. Sehr schnell. Doch sicher hatte er keine unverheiratete Tochter in der Nähe der Männer lassen wollen.

Abermals sah sie nach vorn und Hinner blickte ihr in die Augen. Wie auf einen stummen Zuruf kam er nach hinten und lief nun neben ihr. Sie mochte den Gesellen, der nur ein paar Jahre älter war als sie. Schon ein paar Jahre hatte er bei ihrem Vater gearbeitet und nun würde er mit diesem Kaufmann in Dresden arbeiten. Aber vorher würde er sie noch, im Auftrage ihres Vaters, zum Kloster begleiten. „Hast du dir das richtig überlegt?", fragte er sie und sie legte den Kopf schräg. „Heirat oder Kloster, hat mein Vater gesagt", antwortete sie und setzte leise hinzu „Wir begleiten den Mann doch. Wie hättest du entschieden?". Hinner nickte „Da ist das Kloster vermutlich wirklich besser für dich. Du wirst eine Braut Christi. Da hast du einen besseren Mann", stellte Hinner leise fest und griff nach ihrer Hand.

„Schade, dass ich noch kein Kaufmann bin. Ich hätte dich gern geheiratet", sagte er und sie setzte hinzu „Dann wäre ich vielleicht nicht ins Kloster gegangen." „Nur vielleicht?", fragte er lachend und strahlte sie richtig an. Immer wieder ruckelte der Wagen, sodass der Freund ihre Hand wieder loslassen musste und noch einmal nach vorn zu den Pferden ging. Die Straße war nicht wirklich gut.

Die Gedanken an die Zukunft holten sie wieder ein. Kloster oder Heirat? Vor was für eine Wahl hatte sie da der Vater gestellt! Beides war ein Abschied für immer gewesen, aber wenn Gwendolyn an all die Frauen dachte, die schon im Kindbett gestorben waren, so war das Klosterleben viel ungefährlicher. Ein paar Vögel flogen über sie dahin und sie dachte daran, dass diese wirklich frei waren. Wenn sie nicht die Tochter ihres Vaters gewesen wäre, dann hätte sie noch nicht einmal diese Wahl gehabt, aber irgendwie hatte er einen Platz im Kloster für sie bekommen. Schade war nur, dass sie die Mutter und die Schwester nie wiedersehen würde. Wieder ruckelte der Wagen und sie musste sich festhalten.

Immer dichter standen die Bäume an beiden Rändern des Weges. Der Kaufmann kam zur anderen Seite an sie heran und sagte „Ab jetzt fahren wir im Wald. Erst morgen Mittag werden wir ihn wieder verlassen." „Dann bleiben wir über Nacht auch in diesem Wald?", fragte sie und der alte Mann nickte zur Bestätigung. Dann ging er zu den bewaffneten Männern nach hinten. Gwendolyn sah ihm kurz nach, dann ging ihr Blick wieder nach vorn, wo die dunklen Bäume bedrohlich auf sie zukamen. Doch mit all den Männern um sich herum verdrängte sie diese Angst. Der Kaufmann hatte fünf Bewaffnete mit und die sahen ziemlich kampferfahren aus. Wozu sollte sie sich also ängstigen und der Mann würde doch nicht seine kostbare Ware riskieren. Oder etwa doch? Nun wurde es immer dunkler auf dem Weg. Die Bäume ließen nur wenig Licht bis zu ihr herunter. „Ein guter Reiter braucht nur einen Tag von Leipzig nach Dresden", erklärte ihr Hinner ziemlich laut und ging wieder nach vorn zu den Pferden. Nun führte er eines der Tiere am Zaumzeug. Einer der Bewaffneten führte das andere. Gwendolyn sah, dass er seine andere Hand am Griff des Schwertes hatte. Mit weit aufgerissenen Augen sah sie in den Wald hinein, aber nichts passierte. Unendlich schien sich der Weg durch das Gehölz zu schlängeln.

Am Abend fuhr der Wagen auf eine Lichtung neben dem Weg. Offensichtlich waren hier oft Wagen, den ein niedergebranntes Feuer war in der Mitte des Platzes zu sehen. Der Kutscher spannte die Pferde aus, tränkte sie aus einem Eimer und führte sie zur Seite, wo sie grasen konnten. Mit einem Strick band er einen Huf von jedem Pferd an einen Baum, so konnten sie sich bewegen und nicht weglaufen. Während Gwendolyn unschlüssig am Wagen stehen blieb, suchten die Männer Holz im Wald und fachten damit das Feuer wieder an. Ein Kessel wurde über diesem Feuer aufgehängt und Suppe hineingegeben, die erwärmt werden sollte. Als alle um das Lagerfeuer saßen, verteilte der Kutscher Brot, Wurst und kleine Schüsseln mit Suppe. Gwendolyn zog ihren Löffel aus der Gürteltasche und begann mit der Mahlzeit. Die aufgewärmte Suppe war richtig lecker. Ein Trinkschlauch kreiste am Feuer und auch Gwendolyn nahm einen großen Schluck von dem süßen Wein.

Immer dunkler wurde es auf der Lichtung, dann sagte der Kaufmann „Die Frau schläft im Wagen. Wir Männer hier am Feuer. Immer zwei halten Wache." Gwendolyn sah zum Wagen und ging hinüber. Hinner folgte ihr, dann zog er ein paar der Säcke so zurecht, dass sie sich darauf hinlegen konnte. „Ich danke dir", sagte sie. „Das wird dann deine letzte Nacht in Freiheit sein." „Auch im Kloster bin ich frei." „Es ist sicher etwas anderes", entgegnete Hinner „Mögen Gott und alle Heiligen deinen Schlaf beschützen", sagte er und sie nickte ihm zu. Dann ging er und sie kniete sich für ein Gebet in den Wagen.

Draußen suchten sich die Männer ihre Plätze und sie zog die Plane zu, damit keiner von außen zu ihr herein sehen konnte. Durch das Feuer vor dem Wagen hatte sie aber drinnen Licht. Sie schnürte ihre Schuhe auf und stellte sie ab. Dann zog sie sich das Kleid über den Kopf und hängte es auf. Da es Sommer war, war es auch im Wagen warm. Die junge Frau legte sich im Unterkleid auf die von Hinner zurecht gezogenen Säcke. Es lag sich weich auf den Ballen, die der Kaufmann nach Dresden bringen wollte. Trotzdem dauerte es eine ganze Weile, bis sie endlich eingeschlafen war. Die Männer waren bestimmt viel müder, weil sie ja, im Gegensatz zu ihr, den ganzen Tag gelaufen waren. Ein Geräusch weckte sie auf. Leise Schritte waren draußen am Wagen zu hören. Vermutlich war es die Wache, die ihre Runde drehte. Gwendolyn horchte weiter in die Nacht, bis sie ein dringendes Bedürfnis nach draußen zog. Eigentlich hätte sie vor dem Schlafen noch einmal nach draußen gehen sollen, doch nun musste sie.

Sie schlug die Plane zurück und stieg in ihrem Unterkleid rückwärts vom Wagen. Als ihr Fuß den Boden berührte, schlug ihr jemand auf den Kopf. Die Frau fiel lautlos in sich zusammen.

9. Kapitel
Glaubensfragen

Noch lange hatte Johanna dem Wagen nachgesehen. Ihre älteste Tochter war nun fort und sie dachte daran, wie es ihr in demselben Alter ergangen war. Vermutlich hatte sie ihren Mann so sehr gedrängt, von Gwendolyn eine schnelle Entscheidung zu erhalten, um sie in Sicherheit zu wissen. Das Kloster, das die Tochter gewählt hatte, schien ihr noch besser als die Heirat. Dort würde sie etwas für ihr Seelenheil tun und konnte damit den Versuchungen des Teufels besser widerstehen. Sie saß am Tisch und sah zu Bärmuth hinüber. Die Stiefmutter kam zu ihr herüber und sagte „Es war ihre Wahl." Offensichtlich hatte sie das Grübeln von Johanna richtig gedeutet. „Ich denke an mich. Wie ich damals war und an Barbara. Ich will meine Tochter vor dem Höllenfeuer bewahren", erklärte Johanna „Ich hoffe, dass es die richtige Entscheidung gewesen war", setzte sie hinzu „Nichts ist besser für die Seele, als ein gottgefälliges Leben im Kloster", sagte Bärmuth und setzte sich zu ihr an den Tisch. Die Lehrlinge und Gesellen begannen gerade den Tisch zu decken, so dass die beiden Frauen ihnen Platz machen mussten. „Außerdem ist es nicht gut, eine sechzehnjährige mit so vielen jungen Männern unter einem Dach zu haben. Die Gerüchte wären da noch das geringste Problem gewesen", erklärte Johanna schmunzelnd. Bärmuth nickte zustimmend.

Ihre jüngere Tochter Carola kam zum Tisch gerannt. Sie war nun elf Jahre alt und sah zu ihrer Mutter auf. Johanna strich ihrer Tochter über den Kopf „In ein paar Jahren stehe ich wieder vor dieser Entscheidung. Dann muss ich wieder jede Nacht die Tür verschließen", stellte sie seufzend fest. „Aber jetzt erst mal Abendbrot", sagte Bärmuth und rief ihren Mann „Meister Siegbert.". Der alte Mann schlurfte in den Raum. Nur der Meister durfte das Mahl eröffnen. Auf seinen Wink setzten sich alle. Es wurde ein Gebet gesprochen und dann langten alle kräftig zu. Natürlich drehten sich die Gespräche an diesem Abend um Glauben, Kirche und Kloster. Jeder der Männer hatte Gwendolyn in sein Herz geschlossen und wäre sicher sofort für sie durch jedes Feuer gegangen. Verspätet kam Hans und setzte sich auf die Bank. Kurz ließ er seinen Blick über die anwesenden Menschen gleiten, als suche er jemanden, dann küsste er Frau und Tochter und nahm sich das Brot. Er hörte zu, während die Gespräche um ihn herum gingen. Johanna sah ihm an, dass er sich um Gwendolyn sorgte. Sie legte ihre Hand auf die seine und nickte ihm beruhigend zu.

Einer der neuen Gesellen, der bisher nur zugehört hatte, begann zu erzählen „Ich habe in Wittenberg die Predigt eines Mönches gehört. Er hat gesagt, dass ein Leben im Kloster nicht von sich aus wirklich gut für die Seele ist." Johanna sah zu ihm hinüber und alle Anwesenden verstummten sofort. „In der Bibel steht: seid fruchtbar und mehret euch. Nicht: bleibt keuch und fasst euch nicht an", sagte der junge Mann. Carola kicherte, verstummte aber sofort beim Blick der Mutter „Und du hast das wirklich gehört?", fragte Johanna ungläubig nach. „Ja. Von einem Mönch und der muss es ja wissen", antwortete der Geselle. „Aber es kann auch nicht schaden. Oder?", fragte Johanna. „Na wenigstens kommt man da nicht in Versuchung", erklärte der Mann und wieder kicherte die elfjährige. „Werte Mutter, darf ich mich entfernen?", fragte Carola nach einem erneuten Blick.

Johanna nickte und Carola gab ihr einen Kuss. Dann blickte die Mutter zu Bärmuth. „Da wird dich deine Großmutter mal in dein Bett bringen", begann die ältere Frau und stand auf „Und eine Geschichte erzähle ich dir auch noch", sagte sie weiter und nahm das Mädchen mit. Nun begann das Gespräch sich um Klöster zu drehen. „Wenn ich da so an die Mönche denke. Die Treiben es ziemlich bunt im Kloster", stellte der Meister klar und viele stimmten ihm zu. Fast täglich waren die Männer im Kloster, da sie dort gerade einen Altar aufbauten.

„Ich denke mal, da gibt es sicher auch einen Unterschied zwischen Mönchs- und Nonnenkloster", sagte Johanna und die Männer nickten, aber sie durften ja nicht in ein Nonnenkloster hinein. „Es lässt sich ja auch besser prüfen, ob eine Nonne ihr Keuschheitsgelübde einhält, als bei einem Mönch", bemerkte einer der Lehrlinge „Na du musst es ja wissen", erwiderte einer der älteren Gesellen. Der Lehrling wurde rot bis zu den Ohren und alle lachten. Bärmuth kam wieder zu ihnen und nun begannen die Frauen den Tisch abzuräumen. Ein paar Krüge mit Wein ersetzten das Abendmahl und es wurde auf Gwendolyns Wohl angestoßen. Jeder begann nun Geschichten von Pfarrern und Mönchen zu erzählen, die in Unkeuschheit lebten.

Da die Gesellen und Lehrlinge aus vielen Städten kamen und ein jeder so etwas kannte, war dies vermutlich ziemlich weit verbreitet. Mit jedem Becher wurden die Ausschmückungen blumiger und Johanna war froh, dass die Tochter nun im Bett war. Sonst hätte sie der Halbwüchsigen hinterher die ganzen Geschichten wieder aus dem Kopf nehmen müssen, damit sie nicht auf dumme Gedanken kam. Es wurde sehr spät an diesem Abend und zum Schluss betete Johanna zu der Marienfigur in der Ecke, damit diese die Tochter beschützen sollte.

Ihr Mann trat an sie heran und sah zu der Figur. „Glaubst du, dass wir die richtige Wahl getroffen haben?", fragte er und Johanna antwortete „Ich hoffe es. Sie soll nicht so leiden müssen, wie es bei mir war. Du weißt doch noch? Sechzehn, geschändet und entehrt." und der Mann nickte. „Und außerdem war es ihre Wahl", sagte Johanna und drehte sich zur Tür. Sie ließ wieder ihren Blick über die jungen Männer schweifen. „Bald ist es auch bei Carola so weit", sagte sie seufzend. Schließlich hatte sie ja nur noch diese Tochter. Die anderen drei Kinder, die sie geboren hatte, waren jung gestorben.

„Wenn du Enkel haben willst, so darf sie nicht auch noch ins Kloster gehen", erklärte Hans und Johanna nickte zustimmend. Plötzlich verspürte Johanna einen Stich in ihrer Brust. Sofort fasste sie sich dort hin und fragte „Und wenn ihr unterwegs etwas passiert?" „Ich kenne den Kaufmann gut. Er ist ein gottesfürchtiger Mann. Er und seine Leute werden Gwendolyn mit ihrem Leben beschützen. Und Hinner auch. Er war mein stärkster Geselle", antwortete Hans und nahm die Frau in den Arm, so als ob er auch sie hier beschützen müsste. Johanna nickte „Morgen ist sie im Kloster sicher verwahrt", sagte sie und gab ihrem Mann einen Kuss.

10. Kapitel

Eine Lichtung des Todes

Gwendolyn kam wieder zu sich und merkte, dass sie irgendwo saß. Jemand hatte sie an einen Baum gelehnt, die Arme nach hinten gezogen und dort festgebunden. Deutlich spürte sie den Strick, der in ihre Handgelenke schnitt, aber noch mehr spürte sie ihren Unterleib. Es schien ihr so, als ob er in Flammen stand. Sie schlug die Augen auf und sah auf ihr eigenes Blut herab, das aus ihrem Schoß lief. Eine kleine Lache hatte sich im Gras zwischen ihren Beinen gebildet. Eigentlich waren es doch noch ein paar Tage hin, bis zu ihrer monatlichen Blutung und noch nie zuvor hatte es so wehgetan. Was war geschehen? Noch hatte sie nichts verstanden. Das Unterkleid, das sie als Nachthemd getragen hatte, war in der Mitte zerfetzt, und nur deshalb konnte sie ihren nackten Schoß sehen. Ihr Kopf tat weh und der Schoß schmerzte. Die Schmerzen wurden übermächtig, sie stöhnte auf und hob den Kopf.

Der Wagen, in dem sie geschlafen hatte, stand etwa fünf Schritte entfernt. Davor brannte noch das Feuer. Zwei Männer saßen dort mit dem Rücken zu ihr, die anderen lagen noch und schienen zu schlafen, obwohl es doch schon fast hell war. Als sie genauer hinsah bemerkte sie das Blut bei den liegenden Männern. Offensichtlich waren sie alle tot. Auch Hinner lag dort, zwei Schritte vor ihr, und schaute sie mit offenen Augen an. Blut lief aus seiner durchschnittenen Kehle. Der Blick seiner toten Augen versetzte ihr einen Schreck, wodurch sie aufschrie und die beiden Männer sich zu ihr umdrehten. Diese grinsten sie an und einer sagte laut „Nun ist sie wach." Danach standen sie auf und kamen zu ihr herüber. Der eine zog ihren Kopf hoch und strich ihr die Haare zurück. „Wie hübsch du bist", sagte er und der andere erwiderte

„Halte dich nicht damit auf. Du wolltest sie schreien hören und sie hat geschrien." dabei zog er sein Messer und setzte es ihr an den Hals.

Vor Angst hielt sie die Luft an. Das blutige Messer schnitt langsam in ihr Fleisch. Ein neuer Schmerz kam dazu. „Moment noch", sagte der andere Mann und schob das Messer zurück. „So ein hübsches Weib bekomme ich nicht so schnell wieder in meine Hände. Das will ich bis zum Schluss auskosten", erklärte er und strich ihr über die Wange. Nun wusste Gwendolyn, das auch sie an diesem Tag sterben würde, doch sie versuchte trotzdem, die Männer dazu zu bewegen, sie freizulassen. „Ich bin auf dem Weg in das Benediktinerinnenkloster Heilig Kreuz, um Nonne zu werden. Bitte lasst mich ziehen. Ich habe euch doch nichts getan. Bitte!", bettelte sie um ihr Leben. „Das mit dem Kloster ist seit dieser Nacht für dich vorbei", sagte der Mann vor ihr und beide lachten. Was sie bisher nur geahnt hatte, war nun Gewissheit. Die beiden Männer hatten sie in der Nacht geschändet und wollten sicher am Tage mit ihrer schändlichen Tat weitermachen. Nur so konnte sie die Worte des einen deuten.

„Na schön", sagte der Mann mit dem Messer und durchtrennte die Fesseln an ihren Händen. Sofort zog sie ihre Arme nach vorn. Wollten die Männer sie wirklich laufen lassen? Hatte ihr Flehen etwas genutzt? Ungläubig schaute sie den Mann an, als sich sein Gesicht zu einer Grimasse verzog. Die wollten sie nicht verschonen! Der Vordere der Beiden, der ihr grinsend ins Gesicht sah, packte ihre Füße und zog sie, trotz ihres heftigen Strampelns, vom Baum weg. Der andere hielt ihre Hände fest, sodass sie lang ausgestreckt mit dem Rücken auf den Waldboden fiel. Der Mann hinter ihr stützte sich auf ihre Arme und presste sie somit zu Boden. Er war sicher noch keine dreißig, hatte aber schon keinen Zahn mehr im Mund. Fauliger Atem schlug Gwendolyn entgegen, sodass sie den Kopf wegdrehen musste. „Nun mach schon. Ich will hier nicht ewig zwischen den Toten bleiben", fuhr er den anderen Mann an.

„Las mich mal machen", sagte er und schlug das zerfetzte Kleid zur Seite, um sie ausgiebig zu betrachten. Seine schmierigen Finger pressten ihre Brüste zusammen. Er hatte ihre Beine dazu losgelassen und wieder versuchte sie strampelnd zu entkommen, doch der Andere war zu kräftig für sie. Sie sah zu ihm hin und er kniete sich vor sie. Schnell öffnete er seine Hose und ließ sich auf sie fallen. „Bei allen Heiligen", schrie sie, dann stieß er in ihr wundes Fleisch und es fühlte sich an, als ob er ein Messer zwischen ihre Beine trieb, die er nun an den Knien festhielt. Gwendolyn schrie ihren ganzen Schmerz heraus und der Mann grunzte zufrieden. Offensichtlich war es genau das, was er von ihr gewollt hatte. Ungehört verklangen ihre Schreie im Wald. Immer weiter machte er mit seinen Bewegungen und stieß immer wieder in sie hinein. Dann stand er auf, schloss seine Hose und sagte „Jetzt du." Dann gingen er zu ihren Schultern und der andere Mann anschließend zu ihren Beinen. Obwohl er sie doch vor ein paar Augenblicken nur schnell hatte töten wollen, sah sie ihn nun vor Geilheit geifern. Während der andere Mann, der sich gerade an ihr vergangen hatte, noch versuchte ihre Arme festzuhalten, trat sie zu und traf den zweiten in den Unterleib.

Ohne einen Laut fiel er zur Seite um und hielt sich die Hände vor sein schon entblößtes Gemächt. Der Mann schnappte nach Luft und dann war er es, der sich schreiend am Boden befand. Der andere Mann ließ einen Arm los, um sie dafür zu schlagen, doch sie kam ihm zuvor. Schnell zog sie ihre Fingernägel einmal quer über sein Gesicht, wodurch vier blutige Streifen darauf zurückblieben. Nun ließ er vor Schmerz den zweiten Arm los, schlug sich die Hände vor sein Gesicht und Gwendolyn war frei. Flink sprang sie auf und lief los.

Wackelige Schritte waren es, der Schmerz zwischen ihren Beinen behinderte sie beim Laufen. „Bleib stehen!", schrie einer der Männer und sie biss die Zähne zusammen. Mit nackten Füßen rannte sie über die Lichtung. Von hinten hörte sie die Schritte der Männerschuhe. Doch sie drehte sich nicht um, sondern versuchte das Unterkleid vorn zuzuhalten. Durch den langen Schlitz konnte sie ihre Beine besser aufsetzen, als wenn sie noch das Kleid angehabt hätte. Nur der Schmerz bremste ihren Weg, die Todesangst jagte sie jedoch vorwärts. Die ersten Bäume kamen auf sie zu und sie lief in eine Schneise hinein. „Bleib doch endlich stehen du Dirne!", schrie der Mann hinter ihr und er schien beängstigend nahe zu sein.

Die junge Frau lief und lief. Konnte sie den Männern entwischen? Sicherlich würden sie Gwendolyn nicht entkommen lassen, sie war ja eine Zeugin ihres Verbrechens. Orientierungslos lief sie durch den Wald. „Nur nicht stürzen! Dann haben sie dich!", dachte sie die ganze Zeit. Das Schnaufen der Männer war unüberhörbar und konnte nicht weit hinter ihr sein. Denen konnte sie nicht entgehen, warum also weiterlaufen? Doch der Lebenswille zog sie vorwärts!

11. Kapitel

Mädchenziele

Mit einem Schrei war Johanna aus dem Schlafe erwacht. Im Traum hatte sie die Tochter durch den Wald irren und danach von einer Klippe in den Abgrund stürzen sehen. Schweißgebadet saß Johanna in ihrem Bett und sah in das verschlafene Gesicht ihres Mannes. „Nur ein Traum", sagte sie beruhigend, dann schlief Hans wieder ein. Draußen verschwanden gerade die ersten Sterne im Blau des ersten, noch hinter dem Horizont verborgenen, Sonnenlichtes. Sie stand auf und ging in das Zimmer von Carola hinüber, wo das Bett von Gwendolyn die erste Nacht seit so langer Zeit verweist war. War es richtig gewesen, die Tochter fortzuschicken? So weit weg? Wieder haderte sie mit sich selbst, dass sie nicht früher angefangen hatte, sich um das Schicksal der Tochter Gedanken zu machen. Nur dadurch war diese unnötige Hast entstanden.

Mit etwas mehr Zeit und Planung wäre das alles viel eleganter gegangen. Vorsichtig strich sie über den Kopf der schlafenden Tochter und ging dann zurück in ihr Zimmer. Dort setzte sie sich auf das Bett und sah zum Fenster hinaus. Noch war die Tochter irgendwo unterwegs. Erst gegen Abend war sie sicher im Kloster und dort würde sie dann für alle Zeiten vor den Gefahren des Lebens verschlossen und behütet sein. Hatte sie die Tochter richtig auf ihr Leben vorbereitet? Dabei dachte sie zurück an die ersten Monate mit ihr, die sie vorlesend in der Kammer verbracht hatte.

Was konnte schon aus einem Mädchen werden, dem man kurz nach der Geburt das Buch einer Nonne vorlas? Auch nur eine Nonne? Wieso eigentlich dieses „Auch nur"? Sie sah auf ihren schlafenden Mann herunter. Vielleicht konnte es Gwendolyn im

Kloster sogar aus eigener Kraft zu etwas bringen. Es war durchaus möglich, dass sie vielleicht Äbtissin werden konnte. Das war so ziemlich das Einzige, was eine Frau aus ihrer eigenen Leistung schaffen konnte. Alles andere ging nur mit einem Mann an ihrer Seite. Mit Sicherheit hatte sie die Tochter genau dazu erzogen. Welche andere Möglichkeit hätte Gwendolyn sonst gehabt? Frau eines Kaufmannes? Vielleicht. Aber sonst? Bei allem anderen wäre es ihr nur schlechter gegangen und das Kloster „Heilig Kreuz" hatte einen sehr guten Ruf. Es war ein Kloster der denkenden Frauen, keines der Arbeitenen. Nur dort konnte Gwendolyn noch mehr Wissen erwerben, als sie ohnehin schon besaß. Die Tochter durfte ja als Frau nicht studieren und mit dem Kräuterwissen wäre nur noch eine Hebamme aus ihr geworden.

Und diese Frauen waren zwar wichtig, aber sie waren völlig Rechtlos. Dabei war ihre Arbeit auch noch gefährlich. Eine falsche Beschuldigung und man konnte als Hexe angeklagt werden. Sie hatte es ja bei Barbara gesehen. Die Grenzen zwischen dem Sammeln von Kräutern und der Hexerei waren durchaus fließend. Eine falsche Pflanze im Korb reichte da schon aus. Als Nonne war sie da über jeden Zweifel erhaben.

Blieb nur noch die Zeit bis zum Erreichen des Klosters übrig. Doch da hatte ihr Hans ja schon zuvor die Angst genommen, indem er ihr gesagt hatte, dass ja genügend bewaffnete Knechte dabei waren. Da sollte ihr also nichts geschehen. Warum aber hatte sie dann diesen Traum gehabt? Kam er von der Tochter? Oder kam er aus ihr selbst, weil die Tochter nun für immer von ihr getrennt sein würde? Die Frau legte sich neben ihren Mann und dachte daran, dass sie ja doppelt privilegiert war. Sie war die Frau eines Kaufmannes und ihr Mann ließ ihr auch noch bei fast allen Entscheidungen freie Hand. Dies hatte wohl ihre Ansichten vom Leben einer Frau getrübt und trotzdem wusste sie, wie es ihnen ergehen konnte. Hatte sie es nicht selbst bei ihrem Vater gesehen? Eine Frau war nicht viel wert. Ihr Einfluss beruhte nur auf der Stellung ihres Mannes. Arbeiten durften sie nur mit seiner Zustimmung. Ledige Frauen waren fast ganz unten in der Hierarchie. Noch weiter unten standen nur die Hübschlerinnen. Da waren Mägde noch mehr Wert, sie gehörten ihren Herrn. In ihrem Hause wurde es zwar anders gehalten, aber überall sonst, da war der einfachste Lehrling höher im Stand, als die Frau des Meisters. In diesem Moment erst erfasste sie ihr Glück in Gänze. Dankbar küsste sie ihren Mann und er schlug die Augen auf.

„Glaubst du, dass es ihr gut geht?", fragte sie und er nickte. „Sicher. Meinst du deinen Traum?", fragte er und nun nickte sie. „Ich zweifle immer noch, ob wir die richtige Entscheidung getroffen haben", sagte sie und Hans entgegnete „Nicht wir, sondern Gwendolyn hat entschieden." „Das macht es für mich auch nicht leichter", seufzte sie. „Die Tochter ist trotzdem fort", setzte sie traurig hinzu und sah zum Fenster, als ob sie Gwendolyn dort noch irgendwo sehen könnte. „Wir haben ja noch Carola", bemerkte Hans und wieder seufzte Johanna „In ein paar Jahren muss ich diese Entscheidung wieder treffen", entgegnete sie und setzte sich im Bett auf. Vielleicht sollte sie ab dem heutigen Tag die Tochter schon mal auf ein Leben im Kloster vorbereiten?

Allerdings würde sie damit auch auf die Enkel verzichten. Eine schwere Entscheidung. Oder ganz einfach? Es ging ja hier nicht um sie, sondern um Carola und deren Leben. Wie konnte sie sicher sein, dass die Tochter genau dies so wollte? Das ging ja eigentlich nur mit ihr zusammen. Johanna stand auf, wusch sich und zog sich an, dann ging sie in das Zimmer der Tochter und setzte sich an deren Kopfende. Carola sah sie fragen an und Johanna begann „Was sind deine Ziele im Leben?". Die Tochter setzte sich verschlafen im Bett auf, gähnte ausgiebig und rieb sich mit den Handrücken den Schlaf aus den Augen.

Vermutlich hatte sie sich darüber bis gerade eben noch gar keine Gedanken gemacht, daher setzte Johanna fort „Es gibt für dich nur zwei Wege: den, welchen Gwendolyn gegangen ist, und den Weg als Frau eines Kaufmannes." Sie sah die großen Augen der Tochter und setzte weiter hinzu „Du musst dich nicht heute entscheiden, aber je eher du das tust, desto eher kannst du dich auf dein weiteres Leben vorbereiten." Die Tochter nickte und gab der Mutter einen Kuss. Johanna stand auf und ging nach unten, wo sie zusammen mit Bärmuth das Frühstück für alle vorbereitete, auch dies zum ersten Mal ohne die älteste Tochter. Der Blick der Mutter ging dabei wieder zum Fenster hinaus. Ging es Gwendolyn gut?

12. Kapitel

Wort gegen Wort

Wie aus dem Nichts heraus stand plötzlich ein Pferd vor Gwendolyn und sie wäre fast dagegen gelaufen. Ein Mann saß obendrauf und schaute zu ihr herunter. Sie dachte an die Verfolger und tauchte unter dem Tier hindurch, sodass sie es nun zwischen sich und den Männern hatte. Ihr Atem ging rasselnd und sie konnte sich kaum noch auf den Füßen halten. Gegen den Kopf des Pferdes gestützt sah sie zu ihren Verfolgern, die wirklich nur ein paar Schritte Abstand zu ihr hatten. „Utz, Knuth! Was macht ihr hier im Wald? Warum verfolgt ihr diese Frau?", sagte der Reiter und die Männer sahen zu ihm hinauf. „Gnädiger Herr. Sie ist eine Dirne, die uns unser Geld gestohlen hat", sagte einer der Männer und deutete eine Verbeugung an. „Ich bin keine Diebin! Und eine Dirne bin ich auch nicht!", sagte Gwendolyn, als sie nun wieder Luft bekam. Der Reiter sah auf sie herab und dann blickte er wieder zu den beiden Männern.

„Sie lügt!", sagte der Größere von ihnen und der Reiter sah wieder zu ihr herab. Die Frau hatte das Schwert an seiner Seite erkannt. Er war sicher ein Ritter, vielleicht sogar der Lehnsherr der beiden Männer. Gwendolyn versuchte eine Erwiderung, doch der Blick des Ritters ließ sie verstummen, bevor sie etwas gesagt hatte. „Beweist, dass sie euch bestohlen hat und ich werfe sie in den Kerker!", sagte er und sie riss fassungslos die Augen weit auf. Schnell sank sie vor ihm auf die Knie und richtete ihren Blick demütig zu Boden. „Gnädiger Herr, wo soll ich denn Münzen versteckt haben?", sagte sie und er sah an ihr herunter. Nur notdürftig hielt sie das nun völlig zerfetzte Unterkleid vor ihrer Brust zusammen.

„Das stimmt und für eine Dirne blutest du zu stark", sagte der Reiter. „Erzähle!", forderte er sie auf. „Ich bin Gwendolyn. Mein Weg sollte mich ins Kloster führen, aber diese beiden Männer haben meine Begleiter getötet und mich geschändet", antwortete sie und nun liefen Tränen über ihre Wangen. „Du sagst, dass sie deine Begleitung getötet haben? Wo war das?", erkundigte sich der Ritter. „Auf einer Lichtung. Aber ich weiß nicht mehr wo." „Das ist eine Lüge gnädiger Herr", sagte einer der Männer. „Du beschuldigst also diese beiden Männer des Mordes und hast keinen Beweis dafür?", fragte der Ritter und zog sein Schwert. Gwendolyn musste schlucken. Die Schwertspitze näherte sich ihrer Kehle, an der das Messer schon eine blutige Spur hinterlassen hatte. „Erbarmen gnädiger Herr.", bettelte sie mit fast brechender Stimme. Vor wenigen Augenblicken hatte sie geglaubt, gerettet zu sein und war nun dem Tode schon wieder ziemlich nah. Oder dem Kerker. „Hier steht Wort gegen Wort. Zwei gegen eine!", erklärte der Ritter. „Aber da du unmöglich noch Münzen bei dir haben kannst, so will ich dir glauben", beschloss er seine Rede, dann steckte er das Schwert weg und sagte zu den beiden Männern „Verschwindet aus dem Wald!". Die beiden machten eine Verbeugung und liefen schnell davon.

Fassungslos sah Gwendolyn den Männern nach. Der Ritter hatte sie entkommen lassen und nicht zur Rechenschaft gezogen. Aber sie hatte ja auch keinen Beweis für ihre Behauptung gehabt! „Ich weiß, wo die Männer wohnen, und wenn an deiner Schilderung etwas Wahres dran ist, dann werde ich sie noch hängen", erklärte der Reiter und sie stemmte sich mühsam hoch. Wacklig stand sie dort auf dem Waldweg. „Wo willst du nun hin?", fragte der Ritter und sprang von seinem Pferd herab. Jetzt sah sie an sich herunter. Immer neue Tränen liefen über ihre Wange. Hier stand sie, entehrt und geschändet. Damit kam das Kloster nicht mehr infrage und eine Hochzeit auch nicht mehr, selbst wenn sie zu ihren Eltern zurückkehren würde. Nun hatte sie alles verloren, doch über ihre Zukunft, da hatte sie sich bis gerade eben noch keine Gedanken gemacht. Da wollte sie nur überleben.

Und nun? Doch zurück zur Mutter? Aber warum? Sicherlich würde die Eltern die entehrte Tochter nur verstoßen. „Ich weiß es nicht", kam nur leise über ihre Lippen. „Wenn du magst, so kannst du mit auf meine Burg kommen. Ich suche noch eine Magd und war gerade auf dem Weg zu einem Dorf, um mir dort eine zu holen." „Gern, wenn ihr mich dort haben wollt. Ich bin entehrt", sagte Gwendolyn. „Das spielt bei einer Magd keine Rolle. Wenn du nur ehrlich bist und gut arbeiten kannst", entgegnete der Reiter. „Die Beiden haben dir übel mitgespielt", sagte er und zeigte auf das Blut, dass als dünnes Rinnsal an ihrem Bein herablief. Gwendolyn nickte nur stumm. Der Mann zog an den Zügel und das Pferd folgte ihm. Die Frau schloss zu ihm auf und nebeneinander schritten sie den Waldweg entlang, bis sie an einen schmalen Bach kamen. „Möchtest du dich säubern?", fragte er und sie nickte erneut.

Schwankend ging sie die zwei Schritte bis zum Bach und stieg mit den Füßen in das kalte Wasser hinein. „Gnädiger Herr. Könnten sie sich bitte umdrehen?", fragte sie und der Ritter nickte. Nachdem sich der Mann umgedreht hatte, streifte sie schnell die Reste des Kleides ab und setzte sich, mit dem Rücken zu ihm, in den Bach. Das Gewässer spülte das Blut fort und kühlte ihren pochenden Unterleib. Mit beiden Händen wusch sie sich den Rest des Körpers, nur die Haare konnte sie sich sitzend nicht waschen. Strähnig hingen sie an ihr herab. Schnell drehte sich zu dem Mann um, doch er stand, wie versprochen, mit dem Rücken zu ihr und kraulte sein Pferd.

Die Frau erhob sich, kniete sich auf einen Stein und tauchte ihren Kopf in das klare Wasser. Schnell wusch sie sich die Haare, aber sie hatte nichts zum Trocknen. Schließlich streifte sie sich das zerrissene Kleid wieder über und rief „Fertig." Daraufhin drehte er sich wieder zu ihr um, nahm seine Jacke, die bisher auf dem Pferd gelegen hatte, und hängte diese ihr um die Schultern. Dankbar nickte sie und verschloss die Jacke vorn. Das Blut war jetzt von ihrem Körper abgewaschen und der Schmerz hatte durch die Kühlung etwas nachgelassen. Nun gingen sie weiter. Schweigend liefen sie durch den Wald. Erst jetzt hatte sie die Zeit, ihn genauer anzusehen.

Der Mann war etwa zehn Jahre älter als sie. Bart und Haar waren kurz und gut gepflegt. Die vom Kämpfen gestählten Muskeln seines Oberkörpers zeichneten sich deutlich unter dem Leinenhemd ab. Wenn ihr Vater ihr diesen Mann präsentiert hätte, dann hätte sie sich sicherlich nicht für das Kloster entschieden. Doch das war müßig. Er war ihr Herr, sie ab jetzt die Magd. Die Zeit als Kaufmannstochter war aus und vorbei. Ohne Ehre gab es keine Heirat!

Ab sofort würde sie arbeiten müssen, um zu überleben. Was bisher eher dem Zeitvertreib gedient hatte, würde nun dazu dienen, sie am Leben zu erhalten. Das Pferd lief zwischen ihnen und er ging immer noch. Als sie den Waldrand erreichten, sprang er auf und ritt nun neben ihr her. Die Burg war in einiger Entfernung zu sehen. Auf einer Felsnadel über einem Fluss stand sie mit einem hohen Turm. Gwendolyn streifte die Jacke ab und reichte sie nach oben. Nun musste sie wieder das Unterkleid mit beiden Händen vor der Brust zuhalten, aber so erschien ihr das besser. Schließlich war es ja die Jacke ihres Herrn!

13. Kapitel

Burg oder Schloss?

Er lehnte an der Brüstung des Turmes und schaute auf den schnell fließenden Strom hinunter. Nicht weit entfernt sah er die Brücke über diesen Fluss, wegen der die Burg hier irgendwann mal gebaut worden war. Diese kleine, eher unscheinbare, Brücke war die wichtigste Verbindung von Norden nach Süden. Wer also von Leipzig in das nahe Erzgebirge wollte, der musste dort hinüber. Die Zschopau war manchmal ein ziemlich reißender Strom und hatte genug Kraft, um die Sägemühle zu betreiben, die sich unmittelbar unter der Burg befand. Peter ließ seinen Blick über die Burg wandern. Eigentlich war es schon lange keine richtige Burg mehr. Sie selbst lebten nun seit zehn Jahren hier und einer ihrer Vorgänger hatte begonnen, diese Burg zum Schloss umzubauen. Die alten Gebäude waren neuen Räumen gewichen. Fast jeder Raum war beheizbar und an einer Stelle, direkt am Fuße des Turmes, klaffte noch eine Lücke in der alten Ringmauer.

Irgendwann hatte da mal ein Wirtschaftsgebäude gestanden, auf dessen Fundament nun ein kleiner Garten entstanden war. Peter war der Knappe des Burgherrn und dachte daran, wann er ihn zum ersten Male gesehen hatte. Damals war er fünf Jahre alt gewesen. Der alte Herr hatte ihn bei Peters Familie abgeholt, weil er genauso alt gewesen war, wie Friedrich, sein Sohn. Ziemlich unsanft war Peter aus der eigenen Familie heraus gerissen worden, aber er konnte sich nur noch an den Trennungsschmerz erinnern. Vermutlich waren seine Eltern ganz froh gewesen, dass sie einen Esser losgeworden waren.

Seitdem hatte sich einiges geändert. Friedrich, seinen Herrn, kannte Peter nun schon zwanzig Jahre. Zusammen waren sie wie Brüder aufgewachsen, aber der alte Herr hatte ihm immer klar gemacht, dass er nur der Knappe von Friedrich war. Satt war er seit dem immer geworden und stark war er nun auch. Nicht mehr das schmächtige und halb verhungerte Kind, als das er aus der Armut gekommen war. In den Jahren hatte sich eine Art von Freundschaft zwischen ihm und seinem Herrn entwickelt und gemeinsam führten sie nun diese Burg. Unter ihm, auf dem Hof, sah er die Herrin.

Vor drei Jahren war sie hierhergekommen. Eigentlich als Braut für den alten Herrn, doch da dieser, noch vor der Hochzeit, dann plötzlich verstorben war, hatte Friedrich die Frau geheiratet und auch das Schloss übernommen. Der alte Herr hatte sich immer noch Ritter genannt, doch so wirkliche Ritter gab es schon lange nicht mehr. Unten im Saal stand noch eine Rüstung, mit der er damals zum Turnier geritten war, aber weder Friedrich noch Peter waren irgendwann mal auf einem dieser Turniere gewesen. Geschweige denn, dass hier noch jemand eine Rüstung trug. Schnelle Pferde und scharfe Schwerter waren jetzt das, was zählte.

Auf ihrer Burg gab es auch keine Kanonen, nur Hakenbüchsen und Armbrüste zur Verteidigung. Aber selbst dann brauchte man diese wahrscheinlich nicht. Die Lage der Burg sorgte dafür, dass sie praktisch uneinnehmbar war. Lange Belagerungen, wie es sie vielleicht früher mal gegeben hatte, gab es schon ewig nicht mehr. Die Zeiten der Raubritter waren vorbei, die Zeiten der Räuber leider nicht. Dafür stand auch er hier auf dem Turm. Direkt vor der Burg schlängelte sich die Straße von der Brücke den Berg hinauf. Ihre wichtigste Einnahmequelle war der Zoll zum Passieren der Brücke und wer diese überqueren wollte, der musste direkt vor ihnen vorbei. Da der Weg auch noch ziemlich steil war, blieb den Kaufleuten gar nichts anderes übrig, als anzuhalten und das Geld an die Posten zu übergeben, die gleichzeitig das Tor und die Straße bewachten.

Ein Wagen zuckelte den Berg hoch, aber es schien sich nicht um einen Kaufmann zu handeln. Vermutlich war es fahrendes Volk, das den Berg herauf kam. Zoll war ja nur auf die Waren zu zahlen, also kamen die Leute sicher mit ein paar Kreuzern davon. Richtig viel Geld musste die reichen Kaufleute zahlen. „Brückenzoll" wie es so schön hieß. Ein Teil für den Regenten und ein Teil für sie in der Burg. Die Brücke gehörte dem Herzog Georg von Sachsen, aber das Land hatte er an sie verpachtet. Irgendwann würde der Herzog einem anderen Mann diese Burg geben und sie würden zur nächsten weiterziehen. Die Zeiten der Stammburgen schienen lange vorbei. Nur die Fürstenhäuser und Könige hatten so etwas noch.

Peter drehte sich wieder zurück und ließ seinen Blick über das grüne Blätterdach der Wälder schweifen. Nur ein paar Wege zogen sich da durch. Er kannte sie alle und wusste sich im Wald zu bewegen. Wenn er nicht Knappe geworden wäre, dann hätte er auch gut als Jäger für seinen Herrn dienen können. In der Gegend verstreut lagen ein paar Dörfer, aber da sie mit der Brücke genug Geld bekamen, hatte Friedrich beschlossen, die Leute in den Dörfern nicht zu sehr zu schröpfen. Wichtig war, dass der Fernhandel reibungslos die Straße entlang fahren konnte. Dafür hatte er seine Knechte, mit denen er für den Schutz der Reisenden zu sorgen hatte. Erst vor einer Stunde war er von einem Ausritt mit seinen Männern zurückgekommen.

Friedrich war alleine aufgebrochen, um die Magd zu ersetzen, die vor ein paar Tagen am Fieber gestorben war. Der Mittag war lange vorbei und von unten stieg der Rauch der Küche auf. Das großzügige Küchengebäude war erst vor ein paar Jahren entstanden. Dort konnte auch für große Empfänge gekocht werden, die dann im Saal abgehalten werden konnten. Aber bisher hatte es da noch keinen gegeben. Das Leben hier war ziemlich langweilig für ihn. Um wie vieles langweiliger musste es für die Herrin sein, die gerade aus dem Garten zurück in den Palas ging? Einer der Knechte kam die Treppe im Turm herauf, um seinen Posten zu übernehmen. Von hier aus wurde die Brücke beobachtet und im Notfall konnte der Knecht mit einem Hornsignal die Männer auf den Weg schicken.

Peter warf noch einen Blick zum Flussübergang, dann übergab er das Horn. Als er sich der Treppe zuwendete, sah er Friedrich auf der Straße entlang reiten. Eine Magd war an seiner Seite. Langsam stieg Peter hinab. Sie würden sicher zum selben Zeitpunkt unten im Hof angekommen sein und er musste seinem Herrn noch Bericht über den Kontrollritt erstatten.

14. Kapitel
Mägdezeit

Eine dicke Frau stand im Hof der Burg. Der Ritter zeigte auf sie und sagte „Das ist Martha. Sie steht unserer Küche vor und ab jetzt auch dir." Dann schob er Gwendolyn zu ihr und sagte „Das ist Gwendolyn. Deine neue Magd." Augenblicke später war er auch schon verschwunden und Martha stützte die Hände in die Hüfte. Sie musterte Gwendolyn von oben bis unten. „Wie siehst du den aus? Kannst du überhaupt arbeiten?", fragte sie, sah sich ihre Hände an und Gwendolyn musste dazu ihr zerrissenes Unterkleid loslassen. Martha schüttelte missbilligend den Kopf. „Na da werde ich dir erst mal was zum Anziehen suchen. Komm mit", erklärte die dicke Frau und zog Gwendolyn hinter sich her in eines der Häuser. Es ging ein paar Treppen hinauf und dann öffnete sie die Tür zu einem kleinen Raum mit vier Strohsäcken. „Das ist das Zimmer der Mägde. Warte hier", sagte sie und drückte die neue Magd auf einen der Strohsäcke. Dann verschwand die alte Frau und ließ sie dort sitzen.

Ein winziger, schmuckloser und spärlich eingerichteter Raum, gerade groß genug, damit vier Mädchen hier schlafen konnten, mehr nicht. Ein kleines Fenster ließ etwas Licht in die Kammer. Etwas Staub tanzte in den Sonnenstrahlen. Erst jetzt kamen die Schmerzen zurück. In der Ruhe brannte ihr Unterleib wieder und sie presste ihre Hände auf ihren geschundenen Schoß, um den Schmerz so zu stoppen.

„Wer war denn das?", fragte Martha, die im Gang stand und zu ihr in das Zimmer sah „Der Ritter nannte sie Utz und Knuth", antwortete Gwendolyn unter Schmerzen und die Tränen begannen wieder über ihr Gesicht zu laufen. „Diese Unholde! Einem Mädchen Gewalt anzutun!", sagte die dicke Frau und gab Gwendolyn ein neues Unterkleid, dass diese sich sofort überstreifte. Dann ein Kleid mit Schürze und zum Schluss die Mägdehaube. „Schon besser", bemerkte Martha, als sie die letzten Haarsträhnen unter der Haube verstaut hatte. „Komm mit", sagte sie und es ging wieder hinab. Schuhe hatte Gwendolyn keine bekommen, aber die nackten Füße hatten auf der Treppe besseren Halt. Zu ebener Erde war ein großer, verrauchter Raum. Die Küche! Ein paar Frauen sah sie dort drin, die darin geschäftig tätig waren. „Bevor du die Küche betrittst, immer Hände und Gesicht waschen!", sagte Martha und zeigte auf das Brunnenhaus im Burghof, direkt vor der großen Küchentür. Die Magd nickte, lief hinüber und wusch sich dort schnell. Dann kam sie flugs zurück. „Und immer die Haare unter der Haube lassen!", setzte Martha mit erhobenen Zeigefinger hinzu. Gwendolyn nickte erneut und sah sich in der Küche um.

Durch den Rauch konnte sie drei andere Mägde erkennen, die in dem Raum beschäftigt waren. Alle drei waren nicht viel älter als sie. Die ihr am nächsten stehende Frau nickte ihr freundlich zu, sagte „Ich bin Simone. Du kannst die Gans dort rupfen." und zeigte auf das Flügeltier, welches auf dem Tisch lag. Gwendolyn nickte, nahm sich den toten Vogel und zog sich einen Hocker zur Tür. Sofort begann sie das Tier zu rupfen und die Federn in einen Eimer zu legen, so, wie sie es bei Bärmuth gelernt hatte. Es dauerte etwas, bis das Tier nackt auf ihrem Schoß lag. Diese Arbeit lenkte sie gleichzeitig auch von ihren Schmerzen ab. Dann gab sie Simone den Vogel und sah sich nach einer neuen Arbeit um. „Gemüse putzen!", sagte Martha, die wohl ihren Blick bemerkt hatte, und zeigte auf den Tisch an der Seite. Gwendolyn lief dort hin und suchte ein Messer, da sie ja keines besaß.

„Du kannst meines nehmen", ließ sich Simone aus der Ecke vernehmen. „Du faules Stück", rief ihr Martha zu und setzte hinzu

"Gwendolyn bekommt ihr eigenes von mir." Simone zuckte etwas zusammen und schnitt die Gans auf. Martha kam herüber und legte Gwendolyn einen Gürtel mit einem Messer um die Hüften. "Wenn ich das heute Nacht gehabt hätte", zischte Gwendolyn durch die Zähne, als sie das Messer zog und den blitzenden Stahl auf seine Schärfe testete. "Dann hätte es dir auch nichts genutzt", erwiderte Martha und legte ihr beruhigend die Hand auf die Schulter. "Und nun los!", setzte die dicke Magd hinzu, dann ging Martha aus der Küche.

Während sie das Gemüse putzte, kam ein Knecht und brachte ein Bündel Holz in die Küche herein. Er legte es neben dem Feuer ab und küsste dann Simone, die neben ihm stand. Gwendolyn sah den beiden zu. Dann kam Martha in die Küche. "Utz raus mit dir! Du fauler Hund!", rief Martha und Gwendolyn zuckte bei der Nennung des Namens zusammen. Fester umschlossen ihre Finger den Messergriff. Doch es war ja ein anderer Mann, der nur zufällig denselben Namen trug. Schon alleine der Name reichte aus, dass der Schrecken zurückkam. Der Knecht sah zu ihr herüber, schlug mit der flachen Hand auf Simones Hintern und lief nach draußen. Dabei musste er an Martha vorbei, die ihm eine schallende Ohrfeige gab. Gwendolyn klappte der Unterkiefer herunter. Eine Frau schlug einen Mann. Und der nahm es ihr anscheinend noch nicht einmal krumm. Lachend lief er auf den Hof hinaus. In der Küche war vermutlich Martha die Herrin über alles und jeden.

Die Arbeit ging weiter. Als alles fertig war, mussten die Mägde das Essen in den Saal tragen. "Bleibe hinter mir", sagte Simone und lief los. Mit einem Braten folgte sie ihr und sie liefen in das größte Haus der Burg. Laute Stimmen waren zu hören, dann betraten sie den Speisesaal. Viele Männer und auch eine Frau saßen dort drin. Simone stellte den Kessel auf die Tafel und Gwendolyn den Braten dazu. Kurz sah sie sich um, sie sah den Ritter und neben ihm saß eine schöne Frau, die offensichtlich hochschwanger war. „Das ist Friedrich unser Herr und Gundel, seine Gemahlin", flüsterte Simone und zog Gwendolyn hinter sich her.

Nun eilten sie wieder in die Küche zurück und liefen noch ein paar Male nach oben. Erst nach dem letzten Gang durften die Mägde Suppe und Brot essen. Für Gwendolyn war es die erste Mahlzeit des Tages. Von der Rennerei schmerzten ihre Füße und sie sah, dass auch die anderen Mägde keine Schuhe trugen. In der Küche brauchte man die wohl nicht. Sie hatte sich besonders vorsichtig gesetzt, aber die Füße schmerzten im Moment mehr, als ihr geschundener Unterleib. „Dann müssen wir noch das schmutzige Geschirr holen, säubern und danach ist Schluss für heute", sagte Simone, die sich neben ihr die Füße rieb.

Erst jetzt hatten sie etwas Zeit, sich gegenseitig vorzustellen. „Ich muss mal", sagte Gwendolyn und Simone griff zu ihrer Hand. Statt nach draußen zu laufen, wie es Gwendolyn erwartet hatte, ging es die Treppe hinauf. „Das ist der Austritt", erklärte Simone und zeigte den Erker mit dem Brett, in dem ein Loch war. „Bitte schön", sagte die Freundin. Gwendolyn raffte Kleid und Unterkleid nach oben und setzte sich vorsichtig. Der Schmerz war fast nicht zum Aushalten und sie biss die Zähne zusammen. Alles brannte noch. Stöhnend ließ sie das Wasser laufen.

15. Kapitel
Klostervorbereitungen

Carola hatte sich ziemlich schnell entschieden. Sie wollte in ein Kloster gehen. Ob sie das nun entschieden hatte, weil auch Gwendolyn in ein Kloster gegangen war, blieb nun mal dahin gestellt. Doch da nun eine Wahl getroffen worden war, begann Johanna auch sofort damit, die Tochter entsprechend vorzubereiten. Carola war so ganz anders als Gwendolyn. Während die älteste Tochter sich lieber mit den Jungs hinter dem Haus geprügelt hatte, hatte sich die jüngere eher mit Bärmuth zurückgezogen und Handarbeiten gemacht. Johanna setzte sich in eine Ecke des Kontors, um zu überlegen. Es gab für Nonnen zwei verschiedene Arten von Klöstern. Zum einen gab es die, in welchen die Nonnen lernten und ihr Wissen vermehrten. Zum anderen gab es aber auch Klöster, in denen gebetet und gearbeitet wurde. Gwendolyn war in einem der ersteren untergekommen.

Nun blieb es also Carolas Wahl, in welchem der beiden Klöstern sie sich eher eine Zukunft vorstellen konnte. Daraufhin zielte dann auch die Vorbereitung ab, die sie in den nächsten fünf Jahren nehmen wollte. Den wissenden Weg konnte ihr Johanna zeigen, den arbeitenden Weg vermutlich eher Bärmuth. Die beiden Frauen hatte sich das einfach so eingeteilt. Nicht, dass Bärmuth nicht schlau genug war, alles, was Johanna wusste, hatte ihr Bärmuth beigebracht, aber im Geschäft von Siegbert war es nicht so wichtig, viel zu wissen. Im Kontor von Hans wiederum, da war Wissen bares Geld wert. Man musste alles Wissen. Je mehr, desto besser! Münzwechselkurse, Gewichte der verschiedenen Länder, Heringspreise der Hanse. Alles!

Das ständige Umrechnen hatte Johanna schlau und schnell gemacht. Im Jahre 1497 hatte der deutsche König Maximilian I. die drei großen jährlichen Märkte zu Reichsmessen erhoben. Damit strömten aus allen Teilen des Reiches drei Mal im Jahr die Kaufleute in die Stadt. Jeder brachte seine Münzen mit und Johanna konnte im Kopf die Umrechnungen durchführen. Dort kaufte Hans auch Waren und sie war fast immer im Hintergrund dabei. Sie hatten sich kleine Zeichen ausgemacht, anhand derer Hans wusste, ob sich ein Geschäft lohnen würde oder nicht.

Genau in diesem Moment des Grübelns kam Carola in das Kontor. Bisher hatte sie sich kaum mal hier drin sehen lassen. Johanna winkte die Tochter zu sich und zeigte auf den zweiten Stuhl. Wenig später saßen sie beide an dem Tisch und Johanna versuchte die Vorstellungen der Tochter zu ergründen. Sie klappte eines der Bücher auf und schob es der Tochter hin. Mühsam begann Carola daraus vorzulesen. Aufmerksam hörte die Mutter zu. Was wollte die Tochter? Konnte sie es schon an diesem Vorlesen ablauschen? Machte es ihr Spaß oder quälte sich Carola dabei ab?

Nach einer Seite unterbrach sie die Tochter und sah ihr in die Augen, dann fragte sie „Buch oder Hacke?" und auf den fragenden Blick der Tochter hin erklärte sie „Wozu zieht es dich mehr? Zum Wissen aus dem Buch? Oder zur Arbeit mit der Hacke?" Für ein paar Augenblicke schwieg die Tochter, dann zeigte sie auf das Buch. Johanna nickte. „Dann los!", sagte sie und schob das Buch wieder der Tochter hin. Von nun an würden sie jede freie Stunde zum Lesen nutzen. Es gab ja so vieles nachzuholen. Zuerst einmal in Deutsch und danach würde auch noch Latein dazu kommen, denn viele Kirchenbücher waren in dieser alten Sprache geschrieben.

Während die Tochter immer weiter stockend vorlas, gingen die Gedanken der Mutter auf den Weg zu der anderen Tochter, die sich ja nun ihrem Kloster nähern musste. Sie dachte wieder daran, dass sie selbst ein eher zwiespältiges Verhältnis zu den Geistlichen hatte. Dies alles geschuldet dem Geistlichen, der vermutlich ihr Vater gewesen war und sich nicht wirklich christlich benommen hatte. Würde es in einem Kloster anders sein? Konnte die Tochter dort der Äbtissin und den anderen Nonnen vertrauen? Konnte sie eine Führung in Gott finden? Johanna hoffte es, aber sie hatte die Tochter so erzogen, dass diese sich schon resolut durchsetzen konnte. Aber war vielleicht auch dies falsch gewesen? Wie erzieht man jemand zur Nonne? Mit dem Blick auf die lesende Carola machte sie sich nun erneut Gedanken.

Was wurde in einem Kloster gefordert? Bedingungslose Unterordnung und Gehorsam? Oder freier Geist und forschendes Wissen? Johanna wusste einfach viel zu wenig und noch viel weniger wusste sie, wen sie fragen konnte. Die Tochter vielleicht, wenn es Gwendolyn irgendwann mal gestattet sein würde, von dort aus einen Brief zu schreiben. Sonst kannte sie niemanden, der schon einmal in einem Kloster gewesen war und von dort wieder heraus gekommen war. Wenn sich erst einmal die Tore hinter einem geschlossen hatten und man den Habit einer Nonne trug, dann war die Außenwelt vergessen. Dann lebte man schon so, als wäre man im Himmel.

Kein Kontakt von dort nach draußen. Keine Verbindung von hier nach dort drinnen. Oder doch? Kannte Bärmuth jemanden? Johanna stand auf und sagte zu Carola „Lies weiter!", dann ging sie hinüber in die Küche, wo Bärmuth gerade mit Hausarbeiten beschäftigt war. „Kennst du jemanden, der schon einmal in einem Kloster gewesen war und weiß, wie es dort ist?", fragte sie die ältere Freundin und Bärmuth überlegte. „In einem Nonnenkloster nicht. In einem Mönchskloster schon, aber das wird sicher kein Vergleich sein", sagte sie und Johanna nickte. Davon hatte Siegbert schon an manchen Abenden erzählt. Das ausschweifende Leben der Mönche konnte so gar nicht dem der Nonnen entsprechen. Dann fiel Bärmuth etwas ein „Gerlinde, die Tochter unseres Nachbarn, war in einem Kloster und ist nach der Probezeit aus diesem wieder ausgetreten. Wenn es eine weiß, dann wohl sie."

Zusammen gingen sie hinüber und trafen die Frau an. Sie war vor mehr als zehn Jahren für ein Jahr in einem der Klöster gewesen. Bereitwillig erzählte sie davon „Im Nonnenkloster wurde jeden Tag sieben Mal zum Gebet und Gottesdienst gerufen. Früh, nach dem Waschen, gab es einen leichten Imbiss. Dann ging es zum Gebet und danach wurde gearbeitet, gesungen, gelesen, abgeschrieben, Handarbeiten verrichtet, leichte Gartenarbeit gemacht oder Arzneien hergestellt. Später gab es zum Mittag ein festes Essen und danach wurde anschließend Mittagsruhe gehalten. Bis zur Vesper ging man wieder der Arbeit nach und nach einem kleinen Abendessen folgte das zu Bett gehen."

Bärmuth und Johanna sahen sich gegenseitig an, war es dass, was sie für Carola wollten? Doch Gerlinde sah vermutlich die stumme Frage, denn sie wendete ein „Im Probejahr, also vor dem Gelübde, kann sich jede noch einmal überlegen, so wie ich damals, ob es wirklich das ist, was sie will. Erst nach dem Gelübde schließen sich die Tore für immer." Die drei Frauen verabschiedeten sich und Johanna ging zurück zu ihrer Tochter, die immer noch las. Liebevoll strich sie dem Kind über den Kopf. Noch war jede Menge Zeit.

16. Kapitel
Neue Aufgaben

Erst weit nach der Dämmerung waren sie auf das Zimmer gegangen. Simone hatte den Strohsack neben ihr und die anderen beiden Mägde waren auf der anderen Seite des Raumes schon eingeschlafen. Gwendolyn hörte sie schnarchen. Sie selbst musste an diesen Tag zurückdenken, der so schmerzvoll begonnen hatte. Jetzt lag sie im Unterkleid dort und immer wenn sie die Augen schloss, sah sie den sabbernden, zahnlosen Mund über sich. Die Schmerzen kamen in der Ruhe wieder zu ihr zurück. Das silberne Licht des Mondes fiel durch das schmale Fensterloch hinter ihr an die gegenüber liegende Wand. Dabei musste sie nun daran denken, dass die beiden Männer, die ihr diese Schmerzen zugefügt hatten, immer noch am Leben waren. Der Ritter hatte ihr nicht geglaubt. Tränen liefen ihr über die Wangen. Sie sah zur Seite, wo Simone neben ihr schlief. Nur die Hand hätte sie ausstrecken brauchen und hätte sie neben sich berühren können.

Die junge Frau lauschte dem ruhigen Atem der anderen Magd. Der nächste Tag würde sicher mit viel Arbeit weiter gehen. An diesem, nun vergangenen, hatte sie zweimal Glück gehabt. Zum ersten war sie den Männern entkommen und zum zweiten hier unter gekommen. Wenn sie hier nicht Schutz und Aufnahme gefunden hätte, dann wäre nur noch das fahrende Volk für sie übrig geblieben. Als Sängerin, als Tänzerin, oder als Dirne. Beim letzten Gedanken schüttelte es sie. Wieder verstärkten sich die Schmerzen, daher zog sie die Beine an und presste die Hand auf ihren pochenden Schoß, bis die Schmerzen langsam vergingen. Dann konnte sie endlich einschlafen.

Simone rüttelte sie später wieder wach, obwohl es noch dunkel war. Die anderen beiden Frauen waren auch schon wach. Der Tag begann hier früh. „Steh auf. Ich zeige dir deine Arbeiten", sagte die Magd und Gwendolyn setzte sich auf. Sie gähnte und setzte die Füße auf den kalten Steinboden. Schnell war das Kleid übergestreift und der Gürtel umgelegt. Dann ging es im Dunkeln vorsichtig die Treppe hinab. „Deine Vorgängerin hat im Palas gearbeitet. Bevor wir das Essen kochen, müssen wir uns um die Tiere und die Ordnung kümmern", erklärte Simone und lief über den Hof, die ersten Sonnenstrahlen trafen gerade die Spitze des Turmes, doch im Burghof war es noch finster. Gwendolyn stolperte über eine Kante und Simone fing sie auf. Dann waren sie im Palas.

Noch war niemand auf den Gängen zu hören. Flüsternd erklärte Simone, hinter welcher Tür sich welcher Raum befand. „Du fängst im Saal an. Da ist jetzt noch keiner. Wenn die Männer aus den Zimmern kommen, dann machst du die Zimmer ordentlich", sagte Simone und verschwand die Treppe hinab. Gwendolyn ging zum Saal hinüber, den sie ja schon vom Abend zuvor kannte, und die ersten Strahlen tauchten den Raum in ein rosa Licht. Schnell räumte Gwendolyn die Reste des Gelages vom Vorabend zusammen. Danach stellte die Frau leise die Stühle und Tische an ihre Plätze. Dann zog sie die Wandteppiche zurecht. Dabei riss sie ein Schild von der Wand, welcher scheppernd zu Boden fiel. Sie hielt den Atem an und sah sich um. Offensichtlich hatte es aber niemand gehört. Nun hob sie den Schild an und suchte die Halterung an der Wand. Dazu war sie auf einen Stuhl gestiegen, fand den Haken aber trotz Suche nicht.

„Der fällt immer wieder runter", sagte eine Männerstimme hinter ihr. Schnell drehte sie sich um und sah einen fremden Mann hinter sich stehen. Er war ein paar Jahre älter als sie und trug nur ein Unterhemd. Keine Hose und keine Jacke. Vermutlich hatte sie ihn aus dem Bett geschreckt, als der Schild zu Boden gefallen war. Der Mann zog sie vom Stuhl, nahm den Schild, stieg auf das Sitzmöbel und hängte den Schild wieder auf. „Fertig!", sagte er, sprang herab und setzte noch hinzu „Ich bin Peter." Offensichtlich erwartete er keine Antwort, denn er drehte sich um und ging ohne ein weiteres Wort hinaus.

Die Magd sah ihm noch einen Augenblick nach, dann brachte sie den Sitzplatz zurück und wartete, dass ein Raum für sie frei wurde. Eine der Türen öffnete sich, Peter kam, nun mit einer Hose bekleidet, auf den Gang und ging nach unten. Sie lief zu der Tür, trat in den Raum hinein und prallte zurück. Es standen vier Betten darin und nur eines davon war leer. Gwendolyn wich langsam zurück, bis ihr jemand klatschend auf den Hintern schlug. Schnell fuhr sie herum, riss den Dolch aus der Scheide am Gürtel und erkannte Peter, der zurückgekommen war. Der Mann ergriff ihr Handgelenk und sagte drohend „Ziehe eine Waffe nur, wenn du sie auch verwenden willst!". Dabei drückte er ihre Hand zur Seite und drückte so stark zu, dass sie den Dolch loslassen musste und die Waffe daraufhin polternd zu Boden fiel. Das Geräusch weckte nun die anderen drei Männer. Peter hob den Dolch auf und hielt ihn ihr hin. Schnell griff sie zu und behielt die Waffe in der Hand. „Raus ihr Faulpelze", rief Peter und die anderen Männer standen langsam auf. Gwendolyn steckte den Dolch wieder weg, wartete, bis die Männer draußen waren und räumte schnell auf.

Das nächste Zimmer, bei welchem die Tür schon weit offen stand, war der Raum des Ritters und seiner Frau. Die Herrin saß auf einem Stuhl, während der Ritter an Gwendolyn vorbei in den Hof ging. Dann hörte die Magd Pferdehufe im Hof. Wenig später trat sie an die Herrin heran, nachdem sie das Zimmer schnell geordnet hatte, dann machte sie einen Knicks. „Herrin, haben sie einen Wunsch?", fragte sie. „Hilf mir mit den Haaren", sagte die

Frau und zeigte zur Seite, wo die Bürste lag, dann löste sie ihr Haarband und die braunen, langen Haare fielen herab. Gwendolyn lief zur Seite. Neben der Bürste lag ein Buch, das sie auch schon gelesen hatte. „Die Kräuterkunde der heiligen Hildegard", stellte sie laut fest und nahm die Bürste. „Du kannst lesen?", fragte die Herrin überrascht. „Ja Herrin. Meine Mutter hat es mich gelehrt", erklärte Gwendolyn stolz, dann begann sie die Haare der Frau vorsichtig auszubürsten. Während dieser Arbeit begann ein Gespräch über Kräuter. Schnell merkte Gwendolyn, dass die Herrin noch nicht so viel Ahnung hatte, wie sie, aber sie hielt ihr Wissen zurück.

Sicher hatte die Frau gerade erst begonnen, das Buch zu lesen. „Ich habe einen kleinen Kräuter- und Blumengarten hier. Könntest du diesen betreuen? Im Moment komme ich nicht dazu, weil ich mich nicht mehr bücken kann", sagte die Frau und zeigte auf ihren Bauch. „Gern, wenn ich es vermag", antwortete Gwendolyn. Von der Tür kam einen Stimme „Gnädige Herrin.", und beide sahen zur Tür, wo Martha stand. „Ich wollte die Magd zur Küchenarbeit abholen", sagte die alte Frau. Die Herrin nickte und Gwendolyn machte einen Knicks, legte die Bürste zurück und eilte der Frau hinterher. „Wo ist denn dieser Garten?", fragte sie Martha und sie machten einen kleinen Umweg, als sie zur Küche gingen. Dann standen sie vor einer verwilderten Anpflanzung. Gwendolyn kniete sich hin und seufzte. Da war viel zu tun. „Aber jetzt komm!", drängelte Martha und legte ihr die Hand auf die Schulter. Durch die Unterhaltung mit der Herrin war viel Zeit vergangen.

17. Kapitel
Spurensuche

Er ritt denselben Weg zurück, den er am Tage zuvor mit der Frau aus dem Wald zur Burg gelaufen war. Links neben ihm ritt Peter, sein Knappe und Freund aus Kindertagen. Die anderen Knechte ritten hinter ihnen her. Friedrich hatte die Burg erst vor drei Jahren übernommen, nachdem sein Vater an einer Krankheit gestorben war. Gestorben war eine eher schöne Umschreibung dessen, was der Vater in seinen letzten Tagen auf Erden durchmachen musste. Der einst so starke Mann hatte sich gequält und es war eine Erlösung für ihn gewesen, als er endlich für immer seine Augen schließen durfte. Doch nun führte Friedrich die Burg und musste die Leute seiner Umgebung beschützen. Da konnte er die Aussage des Mädchens nicht ungeprüft stehen lassen. Wenn in seinem Gebiet Reisende überfallen wurden, so ging ihn das sehr wohl etwas an.

Zwar kannte er die beiden Männer, die das Mädchen beschuldigt hatte, gut, aber man konnte nie Wissen. Habgier und Hunger hatten schon viele vom rechten Weg abgebracht. Er stoppte sein Pferd und sagte „Hier habe ich sie getroffen." Peter sah sich um. „Sie hat von Begleitern gesprochen. Die hatten sicher Pferde und Wagen. Da gibt es im näheren Umkreis nur fünf Plätze, wo sie über Nacht geblieben sein konnten", erklärte er und Friedrich sagte „Na dann los!". Jetzt ritten sie weiter, doch nun führte Peter. Er kannte sich im Wald am besten aus und wenn es eine Spur gab, dann würde er sie finden.

Ein bisschen ärgerte er sich darüber, dass er nicht schon am Vortag gesucht hatte, aber Peter war mit den Knechten in einem Dorf gewesen, um die Fronabgaben einzutreiben und alleine hatte solch eine Suche keinen Sinn gehabt. Immer wieder auf den Boden blickend ritt Peter langsam voran. „Hier sind die Spuren von fünf Wagen. Aber da es die letzten Tage nicht geregnet hat, könnte es drei Tage her sein", sagte er schließlich und zeigte nach unten. Friedrich hätte das nicht erkannt. Zwar sah er eine Wagenspur, aber nicht so gut, wie Peter es konnte. „Wo könnten die geblieben sein?", fragte er und Peter zeigte nach vorn. „Da ist eine Lichtung", entgegnete der Knappe und schnell ritten sie dort hin, aber die Lichtung war leer. Peter sprang vom Pferd und lief gebückt über den Waldboden. Dies dauerte eine ganze Weile, bis er wieder aufsaß und den Kopf schüttelte. „Hier war schon mehr als eine Woche kein Pferd mehr. Nur zwei Wanderer", erklärte der Freund, dann ritt er von der Lichtung und folgte dem Weg weiter.

Die nächste Lichtung wurde untersucht. Peter sagte nach einer Weile „Fahrendes Volk. Zwei Frauen, vier Männer, ein Esel und ein kleiner Wagen." „Könnte sie von diesen Leuten stammen?", fragte Friedrich. „Gut möglich. Aber wir sollten weiter kontrollieren", antwortete Peter und stieg wieder auf sein Pferd. Langsam ritt er von der Lichtung und stutzte. Neben einem fast kahlen Baum sprang er noch einmal herab. „Hatte sie Schuhe an?", fragte er. „Nein", erinnerte sich Friedrich und Peter zog etwas hinter dem Baum hervor. „Zwei Schuhe und ein paar Münzen!", sagte er und reichte es nach oben. „Das sind sehr gute Schuhe. Die hätte das fahrende Volk sicher nicht hier zurückgelassen. Die drei Gulden wohl auch nicht", sagte Friedrich, nachdem er das Schuhwerk ausgiebig inspiziert hatte. Danach befestigte er die Schuhe an seinem Pferd. Nachdenklich ritt er weiter und folgte Peter.

Nach einer weiteren Strecke fanden sie die nächste Lichtung. „Wenn es hier war, dann muss sie sehr weit gerannt sein", erklärte Peter. „Sie war verletzt und anscheinend in Todesangst", gab Friedrich zu bedenken und deutete auf ein altes Lagerfeuer. Sie saßen beide ab und gingen in die Mitte, während die anderen die Pferde hielten. „Da stand ein Wagen und hier waren zwei Pferde", sagte Peter und kniete sich an einer Stelle hin. „Hier ist Blut im Gras. Aber nur wenig", erklärte er und ging um das Feuer herum. „Acht Männer, eine Frau. Hier am Feuer sind die Spuren von den Männern, die hier geschlafen haben. Aber es sind auch Reste von Blut im Gras. Offensichtlich sind sie hier getötet worden", sagte er, als er aufstand. „War es das fahrende Volk? Und was ist mit der Frau?", fragte Friedrich. Peter kratze sich am Kopf „Die Frau hat sicher im Wagen geschlafen", sagte er und sie gingen dorthin, wo die Spuren des Wagens noch deutlich zu sehen waren. Zu zweit umkreisten sie die Stelle. „Hier ist das Gras ganz zerdrückt und es ist viel Blut geflossen", sagte Peter und kniete sich hin. „Die Frau?", fragte Friedrich. „Offensichtlich", entgegnete Peter „Aber sie ist wohl nicht getötet worden, das hätten die anders gemacht", setzte er fort und zeigte auf die Feuerstelle, wo ja nur wenig Blut gewesen war.

„Wo sind nun aber die Leichen, der Wagen und die Pferde?", fragte Friedrich und ging zu seinem Pferd. Er saß auf und auch Peter stieg auf sein Pferd. Langsam ritten sie zurück. „Sie könnte eine Dirne sein oder aber ihre Geschichte stimmte", sagte Friedrich. „Die Münzen und die Schuhe sehen sehr seltsam aus. Die hätte niemand so liegen lassen. Wenn das fahrende Volk unterwegs ist, dann nehmen die alles mit, was sie bekommen können. Die hätten das nicht liegen lassen. Vielleicht hat das jemand dort versteckt, nachdem sie abgereist waren", gab Peter zu bedenken. „Kann sein", sagte Friedrich nachdenklich. Zumindest hatte er keine Leichen gefunden, aber irgendjemand war in seinem Bereich getötet worden. Das machte ihm im Moment mehr Sorgen.

Die Burg kam wieder näher. „Wenn die Schuhe passen, dann sind es zumindest ihre", sagte Friedrich. „Aber was beweist das schon?", setzte Peter hinzu. Direkt vor der Küche sprang Friedrich vom Pferd, nahm die Schuhe und ging hinein.

„Kennst du die?", fragte er die Magd, die sich die ihr hingehaltenen Schuhe gut ansah. „Ja. Das sind meine. Und mein Kleid? Habt ihr auch das gefunden? Es lag doch auch im Wagen?", fragte sie. „Einen Wagen haben wir nicht gefunden. Nur deine Schuhe und drei Münzen. War das dein Dirnenlohn?", fragte er und sie sah ihn mit großen Augen an. „Nein gnädiger Herr. Ich bin keine Dirne", antwortete sie und ging vor ihm auf die Knie. „Ich weiß nicht, ob du nicht zum fahrenden Volk gehörst, deren Lager wir im Wald gefunden haben. Dort fand ich auch deine Schuhe. Aber ich werde dich gut im Blick behalten", sagte er und ging aus der Küche zu den anderen Männern. „Kannst du ein Auge auf sie haben?", fragte er Peter und der nickte. „Sie kann ja hier nicht weg!", stellte der Knappe treffend fest, als er die Pferde in den Stall brachte.

18. Kapitel
Schuhbänder

Diese Anschuldigung war einfach nur unglaublich. Sie sah auf die beiden Schuhe in ihren Händen. Die sollten wohl ein Beweis sein. Sicherlich hatten die beiden Männer sie im Wald versteckt. Tränen schossen ihr in die Augen „Ich bin keine Hübschlerin, die ihr Lager für Geld mit den Männern teilt!", sagte sie leise, doch Simone hatte es dennoch gehört. Sie kam herüber und nahm sie tröstend in den Arm. „Das glaube ich auch nicht", sagte sie und wischte ihr die Tränen ab. „Das sind aber sehr schöne Schuhe", stellte Simone fest und es war nur zu deutlich, dass sie damit Gwendolyn ablenken wollte, doch sie ließ sich darauf ein. „Ja. Diese Schuhe hat mir meine Mutter vor der Abreise geschenkt. Sie wären das einzige weltliche gewesen, das ich im Kloster hätte tragen dürfen und damit sollten sie mich bei jedem Schritt an sie erinnern. Nun sind sie ebenfalls das einzige, das mich an sie erinnern wird", erklärte Gwendolyn und setzte sich. Schnell zog sie die Schuhe an und zog die Bänder fest. „Willst du nicht zu ihr zurück?", fragte Simone sie. „Ich bin entehrt und geschändet, da kann ich niemals zurück", sagte Gwendolyn und stand auf.

Martha kam in die Küche und rief „Geht an die Arbeit! Das Essen kocht sich nicht von alleine!". Gwendolyn wischte sich die Tränen ab und lief zur Seite, wo das Gemüse weiter geputzt werden wollte. Nun trug sie also Schuhe und die anderen drei nicht. Irgendwie kam ihr das komisch vor. Für diese Schuhe hatte die Mutter sicher mehr Münzen bezahlt, als die Mägde im Jahr verdienten. Sollte sie die wirklich während der Arbeit tragen? Es fühlte sich falsch an und so zog sie sich das Geschenk der Mutter von den Füßen und brachte sie schnell auf ihr Zimmer. Dann war sie wieder am Tisch. Simone sah ihre nackten Füße und nickte ihr zu. Vielleicht konnte Simone eine Freundin für sie werden. Mit den anderen beiden Mädchen hatte sie noch keine drei Worte gewechselt und sie schienen so abweisend zu ihr zu sein, dass sie gar nicht erst den Versuch machte, mit ihnen zu reden. Martha trat an sie heran und kontrollierte die Arbeit. „Schneide die Scheiben dünner", sagte die alte Frau, aber es lag eine Art von Zuneigung in dieser Zurechtweisung. Gwendolyn nickte und setzte das Messer in kürzeren Abständen. Die ältere Frau nickte zufrieden und fuhr im selben Augenblick eine der anderen Mägde an „Barbara! Pass auf, das Fleisch verbrennt!". Die andere Magd zuckte zusammen und riss das Fleisch vom Feuer. Ein Fettspritzer traf Simone, die vor Schmerz aufschrie.

Gwendolyn ließ das Messer fallen, schnappte sich Simones Arm und zog sie zum Brunnen. Schnell war die kleine Wunde ausgewaschen und dann sagte Gwendolyn „Warte hier!". Sie lief in den Garten, griff sich ein paar der Kräuter und rannte zurück. In der Küche hatte sie dann schnell die Kräuter zerschnitten und mit einem Tuch an Simones Arm befestigt. „Es tut schon gar nicht mehr weh!", stellte die Freundin verwundert fest. „Auf die Nonne Hildegard ist immer verlass", entgegnete Gwendolyn und lächelte sie an. „Kennst du die Nonne?", fragte Simone. „Die ist schon einige hundert Jahre tot. Ich habe ihr Buch gelesen", antwortete sie und Simone machte große Augen „Du kannst lesen?", fragte die Magd und Gwendolyn nickte. „Lesen, schreiben und rechnen", erklärte sie und nahm wieder das Messer zur Hand.

Die Arbeiten gingen nun einfach weiter. „Sollten wir nicht ein paar Kräuter hineingeben?", fragte Gwendolyn, als sie die Suppe kostete und Martha stimmte zu. Zum dritten Mal war die Magd nun an diesem Tag in dem Garten. Dort sah sie sich um und bückte sich. Plötzlich hatte sie das Gefühl, beobachtet zu werden. Sie drehte sich um und erkannte den Knappen, den sie am Morgen geweckt hatte. Sah er ihr nur zufällig zu? Für längere Überlegungen hatte sie aber keine Zeit, daher kniete sie sich in das Beet und zog das Messer aus dem Gürtel. Nach ein paar Schnitten hatte sie die Kräuter, die sie in die Suppe geben wollte. „Was hast du da?", fragte der Mann, der nun direkt hinter ihr stand. „Nur ein paar Suppenkräuter", sagte sie und stand auf, dann zeigte sie die duftenden Kräuter vor. „Du willst uns hoffentlich nicht vergiften!", entgegnete der Mann mit einem Lächeln und Gwendolyn schüttelte den Kopf. „Bei deinen Schuhen habe ich eine größere Summe in Münzen gefunden", erklärte der Mann. „Die Münzen gehören mir nicht. Die Schuhe schon. Da wollten mir die beiden Männer etwas anhängen!", gab Gwendolyn zu verstehen und setzte dazu „Du musst mir glauben. Ich bin keine Hübschlerin!". Er nickte und sagte „Ich habe dein Blut im Gras gesehen. Aber der Ritter traut dir nicht. Sei vorsichtig". Die Magd bedankte sich für die Warnung und lief zur Küche zurück. Die Kräuter fanden ihren Weg in den Kessel und Martha nickte zustimmend nach dem abschmecken.

Beim Essen winkte die Herrin Gwendolyn zu sich und sagte „Eine gute Art meine Kräuter zu verwenden." Danach nickte sie ihr wohlwollend zu. Gwendolyn hatte nun hier offensichtlich ein paar Freunde auf der Burg gefunden. Die Herrin, Martha, den Knappen und natürlich Simone, mit der sie nach dem Essen, Hand in Hand, nach oben lief. Dort schliefen sie ja auch nebeneinander. Im letzten Licht des Tages sah Gwendolyn noch einmal ihre Schuhe an, die sie an ihr Bett gestellt hatte. Wie konnte sie die tragen und trotzdem barfuß sein? Mit dem Messer trennte sie die Schuhbänder ab und wickelte sich eines davon um den Fußknöchel. So hatte sie einen Teil der Schuhe um und konnte bei jedem Schritt an die Mutter denken. Dann wurde es in der Kammer dunkel.

In der Erinnerung an die letzte, viel zu kurze, Nacht versuchte sie schnell zu schlafen, da der nächste Tag wieder früh beginnen würde, doch sie konnte nicht. Der Schlaf fand sie nicht. Zwar waren die Schmerzen nun etwas weniger geworden, doch die Angst war geblieben. Dann quietschte mitten in der Nacht auch noch die Tür. Gwendolyn hörte die Schritte von nackten Füßen auf dem Boden und das Rascheln von Kleidung. Simone flüsterte leise „Komm zu mir." Ihr Blick ging zur Seite, wo die Freundin liegen musste. Aber es war völlig dunkel in dem Raum und Gwendolyn hörte dadurch jedes Geräusch überdeutlich. Das Schnarchen der anderen beiden Frauen und das Stöhnen von Simone. Da war aber auch noch das Schnaufen eines Mannes. Das verstummte dann später, dann hörte sie wieder die Schritte und das Quietschen der Tür.

Mit der Hand tastete sie vorsichtig durch die Dunkelheit zur Seite und berührte Simone am Arm „Was ist?", flüsterte die Freundin. „Hat das nicht wehgetan?", fragte sie. „Nein. Es war schön", entgegnete Simone. „Das kann ich mir nicht vorstellen", erwiderte Gwendolyn. „Es hat dir nur wehgetan, weil die Männer dir Gewalt angetan haben. Vertraue mir und jetzt schlaf. Morgen ist wieder ein schwerer Tag", erklärte Simone. Wenig später konnte sie auch die Freundin schlafen hören, aber Gwendolyn lag noch lange wach. Die Schmerzen, die das Schnaufen des Mannes zurückgebracht hatten, klangen langsam wieder ab.

19. Kapitel

Drei Münzen

Die drei Münzen lagen auf dem Tisch. Friedrich saß auf dem Stuhl und starrte auf die Gulden. Schon am Vortag hatte er das gemacht, war aber zu keinem Urteil gekommen. Peter trat auf ihn zu und Siegfried zeigte auf den Tisch „Da stimmt etwas nicht", sagte er und Peter hob eine davon auf. Er sah sie genau an und legte sie zurück. Dann nickte er „Ich kenne die beiden Männer gut", begann er und Friedrich stimmte ihm zu. „Ich auch. Das sind drei Gulden. Frisch aus dem Prägestock. Die gehören in die Geldkatze eines Kaufmannes und nicht zu Utz oder Knuth", erklärte Friedrich und Peter setzte hinzu „Ich glaube die beiden haben noch nie in ihrem Leben so viele Münzen gleichzeitig besessen." „Das stimmt! Und dann sollen die einer Hübschlerin die gegeben haben?" „Das glaube ich nicht. Die lagen so, dass man sie finden musste", erklärte Peter. „Holst du die Knechte? Die beiden Kerle hätten jeder Magd im Dorf ein halbes Huhn geben können und sie hätten das Lager mit ihnen geteilt. Die haben sicher die Begleiter des Mädchens ausgeraubt. Lass die Waffen mitnehmen", legte Friedrich fest und nahm sein Schwert in die Hand, das er gegen den Tisch gelehnt hatte. Gemeinsam gingen sie in den Hof. Die Knechte, die der Knappe geholt hatte, folgten ihnen.

Kurz prüfte er die Waffen der Männer, dann ritten sie los. Das Dorf, in dem die beiden Männer lebten, lag nicht weit entfernt, aber würden sie dort wirklich ihre Beute verstecken? Waren sie überhaupt noch da? Eine Flucht wäre ein Schuldeingeständnis und gleichzeitig ein Verbrechen, da sie seine Leibeigenen waren. Selbst der Ausflug in den Wald war schon mal zehn Stockschläge wert gewesen. Sie ritten langsam, denn das Haus war wirklich nicht weit. Man hätte einen Stein vom Turm werfen können und hätte die Sägemühle damit getroffen, die am Fluss unterhalb der Burg stand und wo die beiden Männer sich als Knechte verdingten.

Nur einmal um die Burg herum und dann in das Tal. Friedrich brauchte die Zeit für eine Idee, aber ihm fiel nichts Brauchbares ein. Die Mühle durchsuchen, das war das einzige, was ihm einfiel. Da ihm die Mühle gehörte, wie alles soweit man von der Burg sehen konnte, war das kein Problem. Schnell waren sie vor dem Wasserrad der Sägemühle. Der Sägemüller hatte sie schon bemerkt und kam aus seinem Haus gelaufen, auch die beiden gesuchten Knechte standen an der Seite. Sie waren also nicht geflohen, das sprach erst einmal für sie. Der Müller machte eine tiefe Verbeugung und sagte „Gnädiger Herr, was kann ich für euch tun?". Friedrich zeigte auf die beiden Knechte „Die waren gestern im Wald." „Ja Herr! Sie sollten die Bäume aussuchen, die ich für eure Burg zu Balken verarbeiten will", erklärte der Müller und winkte die beiden Männer nach vorn.

Damit war schon mal der Aufenthalt im Wald geklärt und es war auch noch für ihn geschehen. Friedrich nickte. „Und das ihr euch in eurer Arbeitszeit mit einer Hübschlerin abgebt, das müsst ihr dann dem Müller selbst erklären", sagte Friedrich und sprang vom Pferd. Der Müller gab seinen beiden Knechten jedem eine schallende Ohrfeige. Friedrich rief seinen Männern zu „Durchsucht die Mühle. Bringt mir alles herbei, was euch seltsam vorkommt und nicht in eine Mühle gehört." Dann saßen auch Peter und die Knechte ab und gingen in die Mühle hinein. Nun sah sich Friedrich um. „Ihr habt da zwei hübsche Pferde", sagte er und zeigte auf die Koppel an der Mühle. „Ja. Ich brauche sie, um das Holz aus dem Wald zu holen. Die anderen habe ich verkauft. Sie waren schon zu schwach für den Wald", berichtete der Müller und ging mit Friedrich zu den Pferden hinüber. Der Ritter prüfte die Pferde, die wirklich von ausgezeichneter Qualität waren. Er nickte, denn wie alles auf dem Hof, gehörten die Pferde eigentlich auch ihm. Er hätte sie jederzeit einziehen können, wenn er es gewollt hätte, nur dann wären die Balken für den Torausbau nicht rechtzeitig in der Burg angekommen. Der Ritter strich ihnen über die Mähnen und suchte nach dem Brandzeichen, aber er fand keines an den Pferden.

In der Zwischenzeit waren die Knechte in der Mühle damit beschäftigt, alles zu durchsuchen. Man hörte die Geräusche der Suche, da sich die Männer keinerlei Gedanken darum machten, alles so ordentlich wie möglich zu hinterlassen. Nur kaputtmachen sollten sie nichts, da es ja das Eigentum des Ritters war und falls etwas zu Bruch ging, so würde er es ihnen vom Lohn abziehen. Nach einer ganzen Weile kam Peter zu ihm und gab ihm einen Beutel. Es waren Münzen darin, sehr viele Münzen. Friedrich ließ die glänzenden Geldstücke durch die Finger gleiten „Wo hast du denn so viel Geld her?", fragte er den Müller. „Ich hatte euch doch gesagt, dass ich die Pferde verkauft habe." „Wer gibt dir den so viel Geld für ein paar alte Pferde?", fragte Friedrich, doch darauf erhielt er keine Antwort. „Kann es sein, dass ihr die Pferde verkauft habt und dann im Wald wart?", befragte er nun die beiden Knechte des Müllers und Knuth druckste herum. „Ja, so war es gnädiger Herr", sagte schließlich Utz mit einer Verbeugung. „Ihr habt die Dirne mit meinem Geld bezahlt?", erkundigte er sich leise und schüttete die Münzen in den Beutel zurück. „Ihr wisst, dass das Diebstahl ist und ich euch dafür die Hände abhacken lassen könnte." „Gnädiger Herr, lasst Gnade walten", sagte der Müller schnell, „Sie haben ein gutes Geschäft gemacht und ohne Hände können sie euch nicht mehr dienen", setzte er noch hinzu.

Friedrich zog die Schnur um die Geldkatze zu und warf dem Müller den Beutel zu „Es sind deine Knechte und du darfst sie dafür betrafen und mir kannst du ja nun deine Schulden zurückzahlen!", erklärte der Ritter und ging zu seinem Pferd. „Ihr seid so gnädig mein Herr", rief der Müller unterwürfig und verbeugte sich immer noch, als Friedrich schon auf sein Pferd gestiegen war.

Seine Männer saßen nun ebenfalls auf und dann ritten sie langsam wieder zurück. Peter war erneut neben ihm und sie sahen sich an. „Da waren sicher dreißig Gulden in dem Sack. Wer zahlt so etwas für zwei alte Pferde?", fragte Friedrich. „Noch dazu, wo sie auch noch zwei neue haben!", setzte Peter hinzu. „Da stimmt was nicht. Entweder steckt der Müller mit ihnen unter einer Decke oder sie haben ihn belogen", ergänzte Friedrich seinen Gedanken und Peter gab dazu „Aber solange wir es ihnen nicht beweisen können, können wir sie auch nicht dafür zur Rechenschaft ziehen.". Friedrich nickte. „Und was ist nun mit der Hübschlerin?", fragte er seinen Freund, als sie sich dem Tor näherten, aber er bekam von Peter keine Antwort. Zu ihr schwieg sich der Freund aus.

20. Kapitel

Der Garten der Herrin

Sie stand am Rande des kleinen Gartens. Jeden freien Augenblick hatte sie in den letzten Tagen hier zugebracht. Er war keine fünfzehn Schritte groß und lag in der Höhe über der Straße, die zum Fluss führte. Gwendolyn lehnte über der Mauer und sah nach unten. Diese kaum hüfthohe Mauer war außerhalb der hohen Burgmauern und praktisch war sie damit außerhalb der Burg. Eine kleine hölzerne Tür trennte den Garten vom Rest der Burg ab. Weit unter ihr hörte sie das Klappern der Sägemühle am Fluss. Sie lehnte sich zurück und sah nach oben zum Turm. Die Sonnenuhr stand auf kurz vor zehn Uhr und da es Sonntag war, würde gleich der Gottesdienst beginnen. Die Magd ließ die Finger über eine Pflanze gleiten. Langsam ging sie zur Tür und sah noch einmal zu den langsam wieder richtig gepflegten Garten zurück. Sicherlich würde es noch eine Weile dauern, bis auch die Blumen blühen würden. Vom Burghof rief Martha nach ihr, die anderen standen schon am Brunnen.

Gwendolyn lief zu ihnen hinüber. „Hände, Füße und Gesicht waschen!", ordnete Martha an und sie nahm sich den Eimer für Hände und Gesicht. In der Pferdetränke daneben wusch sie sich dann schnell die Füße. Hintereinander gingen sie dann in die Burgkapelle, die sie noch nie betreten hatte. Der Raum befand sich im Palas unter dem großen Speisesaal. Er war reich verziert und an den Wänden waren Zeichnungen der Heiligen, nicht so wie in dem Saal darüber, wo Jäger und Tiere an den Wänden abgebildet waren. Die Mägde saßen in der letzten Bankreihe. Die Knechte davor und ganz vorn war eine Reihe vor dem Altar noch frei. Dann erhoben sich alle. Der Ritter, seine Frau und dahinter der Pfarrer kamen über die Treppe herab und betraten den Raum. Sie sah wieder auf die Gestalt des Ritters. Irgendwie bewunderte sie ihn. Auch die Herrin bewunderte sie. Die Frau schob ihren dicken Babybauch vor sich her. Es konnte sicher nicht mehr lange dauern. Gwendolyn sah ihnen noch lange nach.

Der Ritter setzte sich vor den Altar, dann durften sich alle setzen und der Pfarrer begann mit der Predigt. Da Gwendolyn auch Latein gelernt hatte, konnte sie ihn verstehen. Manchmal versprach er sich, aber außer ihr bekam das offensichtlich keiner mit. Sie musste dabei schmunzeln. Dann war der Gottesdienst zu Ende und alle verließen den Raum, bis auf Gwendolyn, die Herrin und den Pfarrer. Eigentlich wurde vor dem Gottesdienst gebeichtet, aber durch die Arbeit im Garten war sie nicht dazu gekommen. Das wollte sie nun nachholen, aber hatte sie etwas zu beichten? Nachdem die Herrin auch gegangen war, trat die Magd nach vorn, machte einen Knicks und bat um die Beichte. Dazu setzten sie sich in eine Bankreihe des nun leeren Raumes und Gwendolyn schilderte die Erlebnisse der Woche. „Mein Kind. Du hast nichts Falsches getan. Deine Sünden seien dir vergeben", sagte der Mann und schlug das Kreuz über ihr. Erleichtert machte sie einen neuen Knicks und ging hinaus.

Im Hof stand die Herrin und kam anscheinend gerade aus dem Garten. Sie winkte Gwendolyn zu sich. „Mein Garten gefällt mir schon ganz gut. Du hast ein gutes Geschick mit den Pflanzen", sagte sie und Gwendolyn machte einen Knicks. „Herrin, bald werden auch wieder Blumen dort blühen", erklärte sie und die Herrin gab ihr eine Münze, die sie aus dem Geldbeutel zog. Gwendolyn betrachtete das glänzende Geldstück. „So viel! Danke Herrin!", bedankte sich die Magd und machte wieder einen tiefen Knicks.

Dann rief Martha die Mägde zusammen, während die Knechte auf dem Hof lachten. Das Festmahl des Sonntags wollte noch vorbereitet werden. Noch immer konnte sich Gwendolyn nicht an diese Trennung gewöhnen. Im Hause von Meister Siegbert hatte alle, Männer wie Frauen, dasselbe am selben Tisch gegessen. Sie kannte es von klein auf nicht anders. Hier war es getrennt. Die Männer und die Herrschaften aßen oben im Saal den Braten. Die Mägde in der Küche ihren Getreidebrei und die Reste der anderen. Bei den Gesprächen hatte Gwendolyn bemerkt, dass Simone es nicht anders kannte, und die anderen Frauen sicher auch nicht. Und wenn man es nicht anders kannte, dann wunderte man sich vermutlich auch nicht darüber. Gwendolyn jedenfalls fügte sich in ihr Schicksal, auch wenn der Brei nur seltsam schmeckte. Bevor sie aber essen konnte, mussten sie den Braten servieren. Der Duft der Gänse stieg ihr in die Nase und ihr Magen knurrte. Schnell waren sie die Treppe hinauf gelaufen. Dort warteten schon alle und begrüßten die Mägde mit einem johlen.

Als sie dann wieder in der Küche am Feuer saßen, sagte Martha „Weil heute der Tag des Herrn ist, gibt es Suppe vor dem Brei.", dann teilte die ältere Frau mit einer Schöpfkelle die dicke Suppe in die Schüsseln aus. Alle ließen es sich schmecken. Es war sogar Fleisch in dieser Suppe gewesen. Dann folgte der Brei, um satt zu werden. Er füllte den Magen und hielt lange vor, aber da sie wusste, was darin war, hielt sich ihr Appetit in Grenzen. Schließlich leckte Gwendolyn ihren Löffel sauber und steckte ihn in die Tasche. Dabei fiel ihr die Münze in die Hand und sie sah sie sich an. Es war ein glänzender Gulden. „Kann ich wieder in den Garten zurück?", fragte Gwendolyn und steckte die Münze weg „Natürlich. Es ist dein freier Nachmittag", erklärte Martha. „Kann ich mitkommen?", fragte Simone die ältere Frau und Martha nickte. Zusammen liefen die beiden Mägde schnell dorthin und machten sich an die Arbeit. Simone holte Wasser im Eimer vom Brunnen und Gwendolyn ging mit einer Hacke durch die Beete hindurch.

An diesem Tage schafften sie besonders viel von der Arbeit in dem Garten.

Zum Schluss fragte Simone, welche Kräuter dort alle zu sehen waren und Gwendolyn erklärte ihrer Freundin, was da alles wuchs. Zusammen gingen sie wieder zurück, als die Dämmerung hereinbrach. Gwendolyn sah noch einmal zurück, bevor sie die Tür verschloss. Dann lehnte sie die Hacke neben den Türgriff. Lachend liefen die beiden Mägde über den Hof. Von oben waren die Geräusche der feiernden Menschen zu hören. Im letzten Licht des Tages stiegen sie zu ihrer Kammer hinauf. Viel später in der Nacht hörte sie wieder das Quietschen der Tür. Die Schritte der nackten Füße waren zu hören, doch plötzlich spürte sie eine Hand an ihrem Bein.

Erschrocken zuckte sie zurück und setzte sich auf. „Komm schon", hörte sie eine Männerstimme. „Lass mich!", zischte sie leise zurück, um die anderen Mägde nicht zu wecken. „Komm zu mir", sagte Simone nach einer Weile und der Mann ließ von ihr ab. Dann waren die Geräusche der beiden Liebenden zu hören. Wieder brauchte sie lange, bis sie endlich schlafen konnte.

21. Kapitel

Freundinnen?

Die Frau saß inmitten der trinkenden Männer. Was machte sie hier in dieser Einöde? Früher hatte sie in Augsburg gelebt. Im Hause von Jakob Fugger war sie zu Bällen und Empfängen eingeladen gewesen und dort hatte sie getanzt, sich unterhalten, amüsiert. Und nun? Gundel trug das aufgesetzte Lächeln zur Schau, das sie sich selbst beigebracht hatte. Sie war die fünfte Tochter ihres Vaters gewesen und darum hierher verheiratet worden. Ihre älteste Schwester war nun eine Fugger und sie? Sie saß hier mit fünfzehn Männern in diesem Raum und sah ihnen zu, wie sie sich langsam betranken. So ging das jeden Tag. Mit ihrem Mann Friedrich hatte sie noch Glück gehabt, auch Peter war für sie akzeptabel, aber der Rest? Eigentlich nur Dorftrottel! Knechte eben, auf die sie früher nicht mal gesehen hatte und nun saßen einige davon neben ihr und rülpsten um die Wette. Einzig diese neue Magd, Gwendolyn, versprach da etwas Abwechslung. Gundel hatte auf den ersten Blick gesehen, dass diese Frau anders war. Sie gehörte ebenfalls nicht hier her. Ihre Haltung hätte auch in Augsburg bei dem Fugger keinen Aufschrei der Empörung gegeben, wenn sie dort in einem neuen Kleid auf dem Ball erschienen wäre. Die Gespräche mit ihr waren schon jetzt das, was ihr den Tag rettete.

Diese Magd war gebildet und gut erzogen. Sie hatte nicht verstanden, warum Friedrich davon ausging, dass sie eine Hübschlerin war. Konnten die Latein? Gedichte aufsagen? Sich an Gräsern und Blumen freuen? Das letztere vielleicht, aber alles andere war eher die Erziehung eines vornehmen Haushaltes, der sich keine Gedanken um das tägliche Brot machen musste. Eine gebildete junge Frau aus gutem Hause. So wie sie selbst, als sie noch in

Augsburg gelebt hatte. Wie lange war das her? Zwei Jahre? Drei? Eine halbe Ewigkeit! Auf diesen Haufen Steine hatte es sie verschlagen. Die Burg oder das Schloss, wie man auch immer wollte, lag mitten im Wald. Die anderen ringsum lagen wenigstens noch in der Nähe von Städten, da konnte man noch in die Stadt reiten. Aber hier? Nur Dörfer und Wald. Das nächste Schloss lag einen halben Tagesritt entfernt. Und in ihrem Zustand, hochschwanger, war es ganz unmöglich auch nur einen Schritt nach draußen zu machen. Der kleine Garten, den nun die Magd betreute, war ihr ganzes Reich. Sie legte die Hände auf ihren Bauch und horchte in sich hinein. Einzig die Aussicht auf das Kind, das bald geboren werden würde, versüßte ihr gerade den Tag. Kein Tanz mehr, auch wenn das im Moment sowieso nicht gegangen wäre, aber sie hätte wenigstens die Hoffnung gehabt, dass es wieder so werden würde.

Gundel stand auf und ging in ihren Raum hinüber. Vom Fenster aus konnte man eigentlich nur Bäume sehen, was zum Glück wegen der Dunkelheit gerade nicht ging. Sie stellte sich dort hin und sah nach unten. So stellte sie sich die Lichter in Augsburg vor. Die Fackeln in den Straßen, die erleuchteten Fenster, die Paläste und Kirchen. Nicht das dunkle Sachsen, hier im Wald. Die junge Frau seufzte und setzte sich in den Stuhl. Im Scheine einer Kerze begann sie wieder in dem Buch zu lesen, doch die grölenden Männer im Nebenraum rissen sie immer wieder aus der Lektüre heraus. Warum? Eine kleine Frage nur. Warum hatte sie der Vater eigentlich damit „bestraft" hier zu sein? Natürlich hatte sie verstanden, dass es dabei nur um die Verbindung zwischen der Familie von Friedrich und der ihrigen gegangen war. Doch nun saß sie hier.

Und eigentlich hatte sie auch verstanden, warum sie hier war. Diese Burg sicherte den Übergang über den Fluss direkt unter ihr und damit eine wichtige Fernverkehrsroute. Aber warum gab es hier nichts anderes? Nur eine Sägemühle direkt unter ihr und ein

Dorf etwas weiter weg. Geräuschvoll klappte sie das Buch zu und sah auf. Es klopfte und die Magd erschien im Zimmer. Endlich ein Lichtblick. Erfreut winkte sie die Frau zu sich und zeigte auf den zweiten Stuhl.

Dann begannen sie damit, dass sie über den Garten redeten. Wie er sich entwickelte und was da für Pflanzen wuchsen. Das Buch auf ihrem Schoß war da ein wichtiges Mittel. Offensichtlich hatte die Magd sogar das lateinische Original des Buches gelesen, denn sie machte ein paar Anmerkungen zu Übersetzungsfehlern in dem deutschen Buch, das Gundel in der Hand hatte. Diese Frau war wirklich sehr gebildet und im Laufe des Gespräches verwischte sich immer mehr die Trennung zwischen Herrin und Magd. Hier saßen im Moment zwei Freundinnen, die sich über Pflanzen unterhielten. Als die Tür aufging und Friedrich hereinkam, da änderte sich das Verhältnis sofort wieder.

Gwendolyn sprang auf, machte einen Knicks und sagte „Gnädige Herrin, erlaubt, dass ich mich entferne." Und sie nickte. Das Erscheinen des Mannes hatte die alte Ordnung sofort wiederhergestellt. So würde es bleiben, bis zum nächsten Abend. Nachdem die Magd verschwunden war, kam ihr Mann zu ihr und half ihr aus dem Stuhl. Schon lange konnte sie sich nicht mehr selbst daraus erheben. Die Bank im Saal ging da noch, aber dieser Stuhl war einfach zu tief. Friedrich gab ihr einen Kuss und nahm ihr das Buch ab. Er brachte es auf den kleinen Tisch und dann führte er sie zum Bett, wo sie sich vorsichtig niederließ.

Der Mann löschte die Kerze und legte sich zu ihr in das Bett. Stumm lagen sie nebeneinander und schon bald hörte sie das leise Schnarchen neben sich. Ihre Gedanken flogen zur Schwester in das ferne Augsburg. Wie mochte es ihr dort gehen? Sicher besser, obwohl sie mit ihrem Manne ja noch Glück gehabt hatte. Sie sah zur Seite und der Mond beleuchtete das Gesicht des schlafenden Mannes neben ihr.

Seit drei Jahren war er nun ihr Mann. Bald würde er der Vater ihres Kindes sein, wie würde er sich dann verhalten? Hoffentlich genauso liebevoll, wie er es immer zu ihr gewesen war. Aber diese Trinkerei da drüben im Saal, die machte ihr manchmal Angst. Ihr stand der Sinn nach reden und tanzen. Den Männern nur nach Bier und Wein. Irgendwie passten da Männer und Frauen wohl nicht zusammen. Oder etwa doch? Das Kind in ihrem Bauch trat sie und sie sagte dem Kind leise „Schlaf endlich, ich will es nun auch tun." Dann schloss sie ihre Augen und träumte von den Rosen. Die bald wieder in ihrem Garten blühen würden.

22. Kapitel

Verbindende Gefühle

Wieder war eine Woche vergangen und es war erneut Sonntag geworden. Die Arbeit im Garten war nun nicht mehr so schwer und dauerte auch nicht mehr so lange. Täglich ging Gwendolyn nur kurz durch die Beete und goss die Pflanzen. Sie hatte den Garten in drei Teile geteilt. Im vorderen Bereich wuchsen die Kräuter für die Küche, die sie nun täglich in die Speisen gaben. Im mittleren Bereich würden in wenigen Tagen die ersten Blumen aufblühen und im hinteren Bereich, versteckt vor zu vielen neugierigen Blicken, wuchsen ein paar Heilkräuter, die sie aus dem Buch der Nonne Hildegard von Bingen kannte. Warum sie die ganz hinten versteckte, das wusste sie nicht, da ja alle anderen, die Herrin mal davon ausgenommen, keine Kräuter kannten und damit jeder Strauch für sie gleich aussah. Aber Gwendolyn hatte das Gefühl, dass sie es genau in dieser Weise machen musste und sie hatte gelernt ihrem Gefühl zu folgen. Manchmal kam auch die Herrin in den Garten und sah sich die Pflanzen an, dabei kamen sie dann jedes Mal in ein Gespräch über die Wirkungen der einzelnen Gräser und Blüten. Für sie war es schön, sich mit der Herrin auszutauschen und auch die Herrin lernte viel über die verschiedenen Pflanzen dazu.

Auch Peter kam oft in den kleinen Garten, aber er schien sich nicht wirklich für die Anpflanzungen zu interessieren, sondern sah mehr zu, was Gwendolyn hier machte. Dann fühlte sie sich manchmal überwacht und kontrolliert, aber er hatte ihr auch gesagt, dass der Ritter wohl nun fest der Meinung war, dass sie eine Dirne sei und eigentlich zum fahrenden Volk gehörte. Allerdings ließ er sie, in Ermangelung einer Magd, wohl in der Burg bleiben. Sicherlich nur geduldet. Auch hatte sie bisher noch keine Möglichkeit gehabt, dem Herrn vom Gegenteil zu überzeugen. Und im Moment würde ihr das auch nicht viel nutzen. Solange weder der Wagen noch die Leichen auftauchten, was nach mehr als einer Woche mehr als unwahrscheinlich war, würde er sicherlich auch weiterhin nur den beiden Männern glauben und nicht ihr.

Insgeheim aber bewunderte sie den Ritter. Er war in seiner ganzen Erscheinung eigentlich genau das gewesen, was sie sich früher mal als Mann vorgestellt hatte. Groß gewachsen, kräftig und mutig. Aber eben mit der Herrin verheiratet. Und sie war eben nur die Magd. Vor ein paar Wochen wäre das noch etwas anderes gewesen. Manche Kaufmannstochter hatte den Weg in die Burg eines Ritters oder Grafen gefunden. Wenn die Mitgift entsprechend groß ausfiel, dann sah so mancher adlige Herr auch über die niedere Herkunft der Frau hinweg und Gwendolyns Vater war mehr als vermögend.

Erst jetzt hatte Gwendolyn verstanden, wie sich wohl ihre Mutter damals gefühlt haben musste. Sie war damals genau in derselben Lage gewesen, wie jetzt sie selbst. Auch Johanna war fälschlicherweise der Hurerei bezichtigt worden, nachdem man sie geschändet hatte. Es war erschreckend, wie sich gerade die Vergangenheit nach vorn schob und die Geschichte sich bei ihr wiederholte. Sicherlich hatte die Mutter sie in das Kloster geben wollen, um ihr dieses Schicksal zu ersparen und nun war es genauso eingetroffen. Offensichtlich konnte man dem Schicksal nicht entkommen, man musste sich ihm stellen. Und wenn sie an die Schilderungen des Martyriums der Mutter dachte, dann hatte sie es doch hier noch ganz gut getroffen.

Hier war sie zwar von der Außenwelt abgeschlossen, aber das wäre sie im Kloster auch gewesen. Beten und Arbeiten konnte sie auch hier, der Kräutergarten gab ihr auch die geliebte Beschäftigung mit den Pflanzen und lesen konnte sie hier ebenfalls, wenn auch nur heimlich, wenn die Herrin gerade nicht in ihrem Zimmer war und das Buch der Hildegard unbeaufsichtigt auf dem Schränkchen lag. Hier fühlte sie sich der Mutter so nahe, wie sie es in Leipzig nie hätte sein können. Gwendolyn hoffte nur, dass ihr das Martyrium der Mutter auch weiterhin erspart blieb. Wenn sie vorsichtig war, dann sicherlich. Die Überwachung durch Peter war sicher nicht zum Spaß da, sondern der Herr suchte anscheinend einen Grund, sie in den Kerker zu werfen, oder anderweitig zu bestrafen.

Zumindest war die Schändung im Wald ohne körperliche Folgen geblieben. Ihre monatliche Blutung war wie immer gekommen. Die seelischen Schäden waren aber noch nicht abzusehen. Immer wieder zuckte sie zusammen, wenn sie nur die Stimme eines Mannes hörte, oder wenn Peter sie aus Versehen bei der Arbeit streifte. Das würde sicher noch eine Weile brauchen, bis es nicht mehr so weh tat in ihrem Inneren. Die äußerlichen Wunden waren da schneller abgeklungen. Wenn sie so darüber nachdachte, so störte sie nur dieser eine Knecht, der sich immer nachts in das Zimmer schlich, um mit Simone das Lager zu teilen. Mehrmals in der Woche war er dort und ihr war es unangenehm, dass die beiden sich direkt neben ihr liebten. Doch sie konnte es der Freundin ja auch nicht verbieten. Ein mulmiges Gefühl blieb jedoch zurück.

Am Abend dieses Tages schlich sich der Mann wieder in das Zimmer der Mägde. Im hellen Mondlicht, das genau durch das Fenster zur Tür fiel, konnte sie den Mann deutlich sehen. Und er näherte sich nicht dem Bett der Freundin, sondern dem ihrigen.

Ohne dass sie darauf gefasst war, hatte er ihr auch schon die Decke weggerissen und sie am Knöchel gepackt. Panisch wurde sie wieder an das Geschehen im Wald erinnert. Genauso hatte sie Utz im Wald gepackt. Sie schreckte auf, riss den Dolch aus dem Gürtel, den sie sich vorsorglich unter ihren Kopf gelegt hatte und setzte sich auf. Erschrocken und zu allem entschlossen trat sie dem Mann mit dem freien Bein vor die Brust, wodurch er zurückstürzte. Dann sah er in die im Mondlicht schimmernde Messerklinge. „Las mich in Ruhe und verschwinde", fauchte Gwendolyn und diesmal konnte er sich nicht bei Simone abreagieren, da diese, wie die beiden anderen Mägde, in der Kammer fest schlief.

Gwendolyn starrte auf die offene Hose des Knechtes und das Messer zuckte vor. Erschrocken wich der Mann zurück und stand unschlüssig vor dem Bett. Dann ging er zur Tür zurück „Das hast du nicht umsonst getan, du Dirne", zischte der Mann sie an und verließ sichtbar wütend das Zimmer. Die Tür fiel in das Schloss und der Knall weckte Simone. Auch die Freundin sah das blitzende Messer in Gwendolyns Hand und fragte nach dem Grund. Aber sie sagte „Ich habe nur schlecht geträumt.", danach steckte sie das Messer wieder weg und legte sich zurück. Die Gedanken an die Angst jagten durch ihren Kopf und ließen ihr Herz rasen.

23. Kapitel

Sonntagsfragen

Seit ein paar Tagen machte sich Johanna immer wieder Gedanken darum, was Gisela gesagt hatte. Im Prinzip konnte Carola mit zwölf Jahren in das Kloster gehen. Da war sie dann vor allen Gefahren, die einem Mädchen so drohen konnten, geschützt. Danach konnte die Tochter dann selbst entscheiden, ob es etwas für sie war, oder eben nicht. Dabei fiel Johanna dann ein, dass sie Carola in das Kloster heilig Kreuz geben konnte, denn dort wäre sie in der Nähe der Schwester und Gwendolyn konnte sich vielleicht um sie kümmern. Bis dahin war es nur noch ein halbes Jahr und dann hätte sich Gwendolyn dort bestimmt eingelebt. Es schien der perfekte Plan zu sein. Noch war sich Carola ihrer Fraulichkeit nicht bewusst und konnte dies dann später auch nicht vermissen. In der bis dahin bleibenden Zeit konnte sie vielleicht schon bei der Nachbarin eine Art von Schule durchlaufen, in der sie für all die Dinge vorbereitet werden konnte, die auf sie zukommen würden.

Johanna dachte auch daran, dass eigentlich auch Gwendolyn in der Probezeit war und immer noch, bevor sie das Gelübde ablegen würde, aus dem Kloster austreten konnte. Doch was würde dann geschehen? Nach Hause konnte sie nicht mehr. Zumindest nicht als Kaufmannstochter. Höchstens als Magd, so wie es bei Gisela gewesen war. Sie war zwar zurückgekommen, aber war nun nicht mehr die Tochter des Nachbarn, sondern dessen Magd. Es war einfach unmöglich, als ledige Frau im Haushalt eines Kaufmannes zu leben, es sei denn, sie war Magd, Dienstmädchen oder eine unfreie Arbeiterin. War dies dann auch das Schicksal von Gwendolyn, falls sie zurückkommen würde? Sicher! Es gab gar keinen anderen Weg für die Tochter. Nonne oder Magd. Nichts sonst.

Nun war es also Sonntag geworden und damit würden sie in der Kirche mit Gisela zusammentreffen. Dort saß die Magd ganz hinten in den Bankreihen, da wo die Mägde saßen. Nicht mehr vorn, wo sie früher gesessen hatte. Die Frau war gerade mal fünfzehn Jahre älter als Carola und saß beim Eintreffen von Johanna schon in der Reihe. Sie setzte sich kurz mit Carola zu ihr und machte die beiden miteinander bekannt. Gleichzeitig sagte sie zu Gisela „Kannst du meiner Tochter schon mal etwas von dem Kloster erzählen?" die Frau nickte und Carola blieb in der hinterste Reihe sitzen. Ab diesem Moment würde sie all das tun, was Gisela so tat und vielleicht würde ihr dadurch der Schritt bewusster werden, den eine Ablehnung des Gelübdes nach sich ziehen würde. Setzte Johanna allerdings die Tochter dadurch nicht zu sehr unter Druck? Beim folgenden Gottesdienst saß Johanna alleine in ihrer Reihe. Es kam ihr einsam vor, so ohne die Töchter. Schon bald würde das wohl völlig normal sein.

Während der ganzen Predigt dachte sie an Gwendolyn, die jetzt sicher auch in einer Kapelle saß und dort ebenfalls der Predigt lauschen würde. Hier war sie ihr auch damit gleichzeitig sehr nahe. Selbst wenn es eine große räumliche Trennung zu ihr gab. Vielleicht hörte die Tochter dieselben Worte. Von Gisela wusste sie, dass die Nonnen am Sonntag nicht arbeiteten, sondern Freizeit hatten. Für die meisten anderen Menschen, die Frauen der höheren Gesellschaftsschichten mal ausgenommen, war so etwas einfach undenkbar. Auch sonntags musste Brot verdient werden. Die Bäuerinnen hatten ihre Tiere zu versorgen und die Handwerkerinnen ihre Tätigkeiten auszuführen. Sie dachte wieder an die Zeiten, die sie damals in der Scheune gelebt hatte. Da hatte sie am Sonntag auch freigehabt, doch Barbara hatte weiter arbeiten müssen. Die Tiere nahmen keine Rücksicht darauf, welcher Wochentag es gerade war. Sie wollten fressen oder gemolken werden. Im Hinausgehen sah sie, dass die Tochter mit Gisela Hand in Hand die Kirche gerade verließ.

Gerade an diesem Tage hatte sie nun besonders viel Zeit zum Nachdenken. Vermutlich bemerkte dies auch Bärmuth, denn diese sprach Johanna einfach vor der Kirche an. Zusammen gingen sie langsam zu ihrem Hause zurück. Johanna sah die Marktfrauen, die auch am Sonntag ihre Speisen und Getränke anboten. Sie selbst brauchten nicht zu arbeiten und wieder dachte sie daran, welch großes Glück sie doch mit Hans gefunden hatte. Es hätte ihr damals auch schlimmer ergehen können. Nun erklärte sie Bärmuth ihren Plan, die Tochter schon eher in das Kloster zu geben. Doch Bärmuth machte den Einwand, dass sich Carola vielleicht doch noch für eine Hochzeit entscheiden konnte. Im Moment war sie sicher durch die Schwester beeinflusst, aber das konnte sich ja in den nächsten Jahren noch ändern. Vielleicht würde ja schon die gemeinsame Arbeit mit Gisela dafür sorgen, dass sich Carola für einen anderen Weg entscheiden würde, noch bevor sie in das Kloster ging. „Du haderst immer noch mit Gwendolyns Entscheidung?", fragte Bärmuth schließlich und Johanna blieb nicht anders übrig, als dies zuzugeben.

„Es lag nicht in deiner Hand", ergänzte Bärmuth, doch Johanna setzte dagegen, dass sie erst viel zu spät eine Entscheidung hatte erzwingen wollen. „Das ist aber auch das einzige, was du dir vorwerfen kannst. Und selbst das kann dich nicht wirklich treffen. Es sind die Männer, die diese Entscheidung treffen müssen. Denke an mich und deinen Vater", antwortete Bärmuth und wieder nickte Johanna. „Natürlich entscheiden immer die Männer, doch ich hätte einen Einfluss auf Hans nehmen können. Er ist anders als mein Vater.", sinnierte Johanna und sah zum Kontor hinüber, vor dem gerade Hans von der Kirche eintraf. Sie nickte ihm zu und betrat das Haus. Der sonntägliche Festschmaus für alle musste vorbereitet werden.

Mitten in die Vorbereitung hinein klopfte es heftig an der Haustür. Als Johanna öffnete, sah sie in das Gesicht einer jungen Frau. „Schnell. Meine Herrin. Das Kind kommt!", sagte sie mit überschlagender Stimme. Johanna lief in das Haus und holte ihre Tasche. Zwar gab es in der Stadt auch Hebammen, aber ihr Ruf als Geburtshelferin war ausgezeichnet. Noch nie war bei ihr ein Kind bei der Geburt gestorben und so entschieden sich viele Frauen, die sich das leisten konnten, für sie als Helferin. Oft hatte sie Gwendolyn dabei mitgenommen und während sie mit der Tasche der jungen Frau folgte, flogen ihre Gedanken wieder zur Tochter in das Kloster.

24. Kapitel
Die goldene Fibel

Wie jeden Tag, so brachte auch an diesem Montag der Knecht das Brennholz in die Küche. Gwendolyn hatte niemanden etwas von dem erzählt, was da in der Nacht passiert war und der Knecht sah sie auch so komisch an. Um ihm aber zu zeigen, dass es ihr mit ihrer Drohung ernst war, griff sie sich eine der Karotten, die sie gerade geputzt hatte und hieb diese demonstrativ mit dem Messer in der Mitte durch. Sie sah zur Seite und erkannte, dass er es gesehen hatte. Der Mann war sichtbar bleich, bei dieser unmissverständlichen Drohung geworden, dann verschwand er ohne ein Wort. Nun hoffte sie, dass sie vor ihm ihre Ruhe haben würde. Die weitere Gemüsebearbeitung ging wie gewohnt vonstatten. Mitten hinein in die Zubereitung des Mahls kam auf einmal Peter in die Küche gelaufen und begann den Raum abzusuchen. Martha fragte ihn „Was suchst du denn?" und er antwortete „Eine der goldenen Fibeln, die die Herrin so gern an ihrem Gewand trägt, ist verschwunden. Heute früh war sie noch da. Jetzt ist sie fort." „Und du glaubst, dass du diese in der Küche findest?", fragte die Frau kopfschüttelnd. Peter zuckte mit den Schultern „Der Herr hat angeordnet, jeden Winkel der Burg zu durchsuchen", entgegnete er, dann sah er in den verqualmten Kamin und kam hustend wieder daraus hervor. „Willst du auch im Suppenkessel suchen?", fragte Martha und reichte ihm eine Schöpfkelle, doch der Mann schüttelte den Kopf und verschwand aus der Küche.

Ein ungutes Gefühl machte sich bei Gwendolyn breit. Am Morgen hatte sie die Fibel noch auf dem Tisch liegen sehen, als sie das Zimmer der Herrin aufgeräumt hatte. Sie war wunderschön und ein Erbstück von der Großmutter der Herrin. Wo konnte sie nur hingekommen sein? Durch das Fenster sah sie, wie die Knechte überall suchten. Sogar in den Pferdestall, der der Küche genau gegenüber lag, waren zwei der Männer hineingelaufen. Dabei sah sie, wie Utz mit einem anderen Knecht das Stroh nach draußen trug, um es zu kontrollieren. Nach einer ganzen Weile kam Peter wieder in die Küche zurück und ergriff Gwendolyn am Arm. Er hielt die Fibel hoch und sagte „Weißt du, wo ich die gefunden habe? Unter deinem Strohsack!" dann zog er sie hinter sich her „Ich habe damit nichts zu tun", sagte Gwendolyn, aber die Beweise waren einfach zu erdrückend. Wenig später kniete sie vor dem Herrn im Saal. Wieder beteuerte sie ihre Unschuld und auch der Einwand der Herrin, dass es Gwendolyn unmöglich gewesen sein konnte, verhallte ungehört.

„Du bist nicht nur eine Dirne, sondern auch eine Diebin!", rief der Ritter und stand von seinem Stuhl auf „Nach altem Recht könnte ich dir für deinen Diebstahl die Hand nehmen, die das Diebesgut genommen hat. Aber ich will gnädig sein. Du erhältst zur Strafe nur fünfzehn Stockhiebe!", begann er und beugte sich zu ihr herunter, dann setzte er hinzu „Solltest du aber noch einmal mit etwas auffallen, so kostet es dich deinen Kopf." Dabei legte er seine Finger an Gwendolyns Hals und machte eine unmissverständliche Bewegung. Allerdings hatte sie ihn auch so verstanden. Sie sah zu ihm hinauf, doch der flehende Blick verfehlte seine Wirkung. Der Herr gab die Anweisung „Bringst sie hinaus, die Bestrafung erfolgt noch heute." Zwei der Knechte zogen sie auf die Füße und brachten sie die Treppe hinunter, über den Hof, hinüber zum Turm, in dem sich der Kerker der Burg befand. Unsanft stießen sie die Frau in die Zelle und verschlossen hinter ihr die Tür.

Gwendolyn kniete sich in die Ecke und betete darum, dass sie die Strafe, die sie eigentlich nicht verdient hatte, überstehen würde. Es beschlich sie eine Ahnung, wem sie diese Strafe wohl zu verdanken hatte, doch wem konnte sie das schon erklären? Sie war in dem Raum gewesen, in dem die Fibel gelegen hatte und dieses Schmuckstück war dann ja auch unter ihrem Strohsack gefunden worden.

Die Zeit in dem halbdunklen Raum dehnte sich immer länger dahin. Sie saß mit dem Rücken zur Wand gegenüber der Tür und wartete darauf, dass diese sich öffnen würde. Dass Mäuse über ihre Füße liefen, das störte sie da weniger, sie war in ihren Gedanken ganz weit fort. Sie dachte an die Herrin, was diese wohl über sie dachte. Aber mit ihrem Einspruch hatte sie ihr vermutlich die Hand gerettet. Offensichtlich glaubte die Herrin nicht an Gwendolyns Schuld, aber sie konnte ihren Mann auch nicht vom Gegenteil überzeugen. Die Beweise waren einfach zu deutlich gewesen. Würde Gwendolyn die fünfzehn Hiebe überstehen? Vor Jahren hatte sie mal gesehen, wie ein Mann dreißig Hiebe erhalten hatte und danach, mehr tot als lebendig, vom Platz geschleift worden war. Tränen stiegen in ihre Augen, aber es waren Tränen des Zorns über die ungerechte Bestrafung. Doch dann dachte sie, dass es eine Form der göttlichen Buße sein würde. Traurig wischte sie sich die Tränen mit dem Ärmel ab und stand auf. Kurz darauf kamen die beiden Knechte wieder, um sie zu holen.

Sie führten sie auf den Hof der Burg, wo schon alle Bewohner versammelt waren. In der Mitte des Platzes befand sich nun ein hoher Pfahl, der in ein Loch im Boden eingelassen war und von dessen Spitze ein Seil bis zum Boden herunterreichte. Ziemlich rabiat wurden Gwendolyn Kleid und Unterkleid über den Kopf gezogen. Nun stand sie nackt vor allen Menschen und versuchte ihre Blöße zu bedecken. Einer der Knechte band ihre Hände an das Seil, dann zog er es zu sich, bis die Magd mit erhobenen Händen an dem Pfahl stand. Sie schämte sich und drehte ihren Kopf von den Menschen weg. Peter trat an sie heran und flüsterte ihr ins Ohr „Ich werde dir die Hiebe geben, denn wenn es ein Anderer machen würde, dann würde er dir sicher den Rücken zerschlagen." Verstehend nickte sie unmerklich und der Mann trat zurück. „Peter fang an!", rief der Herr und Gwendolyn biss in Erwartung der Schmerzen die Zähne zusammen. Peter rief „Eins." und ein Zischen in der Luft erfolgte, dann traf sie der Schlag. Wie Feuer brannte es auf ihrem Rücken und sie schrie auf. Wohl hatte sie bemerkt, dass der Mann den Hieb abbremste, aber die Schmerzen waren immer noch nur schwer auszuhalten. Hieb auf Hieb traf ihren Rücken, bis nach dem fünfzehnten Schlag ihre Hände wieder gelöst wurden und sie zu Boden sank.

Zwei der Knechte schleiften sie an den Armen in den Turm hinein und zerrten sie die Treppe hoch, dann warfen sie Gwendolyn auf ihren Strohsack und ließen sie nackt dort liegen. Der eine ging und der andere, sie erkannte erst jetzt Utz, zog ihr den Kopf an den Haaren hoch. „Ich hoffe, dass du nun begriffen hast, dass ich nicht mit mir spaßen lasse", raunte er in ihr Ohr und ließ ihren Kopf wieder los. Lachend stieg er die Treppe wieder hinunter. Gwendolyn spürte, wie ihr das Blut über den Rücken lief, nun kamen die Schmerzen so richtig zur Geltung. Tränen liefen ihr über die Wangen und tropften auf das Leinen des Strohsacks.

25. Kapitel

Zweifel

Friedrich saß am Tisch und überlegte. Eigentlich mochte er diese Magd. Doch er war einfach hin- und her gerissen. Gerade noch, am Tage zuvor, hätte er sofort für sie gesprochen, wenn jemand etwas gegen sie eingewandt hätte und nun? Der Diebstahl der Fibel war ein schlimmer Verstoß, den er nicht ungesühnt belassen konnte. Wenn er die Frau ansah, so bemerkte er schon, dass sie aus einem vornehmen Hause kam, aber sie hatte sich auch als Dirne verdingt. Das löste in ihm Abscheu aus. Natürlich wusste er, dass es solche Frauen auch gab. Aber er wollte nichts mit ihnen zu tun haben. Wenn er gekonnt hätte, dann hätte er sie wieder aus der Burg geworfen, doch von dem Moment, an dem sie vor seinem Pferd aus dem Wald aufgetaucht war, halbnackt und blutverschmiert, hatte sie ihn in einen Bann gezogen, aus dem es kein Entrinnen gab. Er stützte seinen Kopf in die Hand und schaute auf den Becher, der vor ihm auf den Tisch stand.

Eine der Mägde hatte einen Krug Wein gebracht und ihn auf den Tisch gestellt. Mit geübten Griff füllte er den Becher auf, um ihn sofort in einem Zuge wieder zu leeren. Warum nahm er eigentlich den Becher? Im Moment war ihm eher so zumute, direkt aus dem Krug zu trinken, um alles zu vergessen. Wieder gingen seine Gedanken zu der anderen Magd, die nun sicher oben in ihrer Kammer lag. Er wusste schon, dass viele vornehme Frauen, wenn sie bei ihren Eltern in Ungnade fielen, auf die Straßen geworfen wurden und dann oft mit dem fahrenden Volk umherzogen oder als Hübschlerinnen in den Städten ihr Brot verdienten, aber Gwendolyn war die erste, der er selbst begegnet war. Was hatte sie wohl zu diesem Schritt gezwungen? Oder konnte es sogar sein, dass die

Geschichte, die ihm die Frau im Wald erzählt hatte, die Wahrheit gewesen war?

Wer konnte es sagen? Zwar hatten sie ihre Schuhe und die drei Münzen gefunden, aber war das ein Beweis? Würde eine Hübschlerin im Unterkleid in den Wald laufen? Und sich dann auch noch das, zweifellos sehr teure, Kleidungsstück zerreißen lassen? Das ergab doch keinen Sinn. Oder doch? Er griff nun zum Krug und setzte den schweren Wein an. Nicht nachdenken wollen! Das war das Ziel, dem er mit jedem Schluck etwas näher kam. Peter kam in den Saal und stellte sich vor ihm hin. „Sie schläft jetzt", sagte er und Friedrich wusste, dass der Knappe von der Magd redete. Er nickte ihm zu und der Freund verließ den Raum. Natürlich waren die Stockhiebe eine schwere Strafe gewesen, doch er konnte es nicht durchgehen lassen. Wenn ein Diebstahl nicht bestraft wurde, so wäre der nächste nicht mehr weit und schon bald würde sich die gottgegebene Ordnung in Luft auflösen. Friedrich hieb mit der Faust auf den Tisch, dass der Krug vor ihm hüpfte. In diesem Lehen war er das Gesetz. Er war Richter und wenn es sein musste auch Henker und da durfte er auf keinerlei persönliche Beweggründe Rücksicht nehmen. Er hatte der Magd versprochen, sie beim nächsten Verstoß zu töten und das würde er auch tun, so sehr ihm das danach sicher leidtun würde. Noch immer hatte er seine Versprechen wahr gemacht! Wäre es da nicht besser, sie von der Burg zu werfen? Dann würde sie nicht mehr in die Gelegenheit kommen, gegen seine Weisungen zu verstoßen.

Doch im nächsten Moment kam es ihm unwirklich vor, sich von ihr zu trennen. Sie war beim fahrenden Volk gewesen und hatte ihn vielleicht verhext! Er würde sie niemals ziehen lassen können. Diese Erkenntnis traf ihn wie der Schlag einer Keule. Sofort war die Wirkung des Weines dahin. Er erhob sich und ging zu seiner Frau hinüber. Gundel saß in dem Stuhl und betrachtete die zurückgewonnene Fibel. Die Frau sah auf und sagte „Sie erinnert mich immer an meine Großmutter. An Augsburg. Das Leben im Hause meiner Eltern und die Bälle. Oft habe ich den Schmuck dort getragen." Friedrich trat neben sie und Gundel erzählte weiter „Ich kann mir nicht vorstellen, dass die Magd sie wirklich gestohlen hatte. Was hätte sie davon gehabt? Sie hätte das kostbare Stück doch unmöglich tragen können." Dabei strich sie liebevoll über die geriffelte Kante des Schmuckstückes. Dieselbe Frage hatte er sich auch schon gestellt. Es ergab wirklich keinen Sinn. Was wollte die Magd damit? „Vielleicht hatte sie bei sich zuhause auch solch eine Fibel und diese hier hatte sie einfach daran erinnert?", gab Gundel zu wissen. „Aber sie lag die ganze Zeit schon hier. Warum erst heute? Sie hätte sie jederzeit nehmen oder betrachten können und hat doch nichts dazu gesagt. Sehr merkwürdig", setzte sie hinzu und erhob sich mühsam von dem Stuhl.

Friedrich ging aus dem Zimmer hinaus und zurück zum Saal. Es konnte nicht mehr lange dauern, bis das Mahl aufgetragen werden würde. Die ersten Knechte trafen ebenfalls ein. Der letzte war Peter, der gerade den Raum betrat. Sicherlich war er noch einmal bei der Magd gewesen, um sich nach ihrem Befinden zu erkundigen. Die Umsicht, mit der er sich ihr widmete, war auffällig. War die Frau vielleicht wirklich eine Hexe und hatte sie auch den Knappen in ihren Bann gezogen? Gab es Hexen eigentlich wirklich? Bisher hatte er sich darüber keine Gedanken gemacht. Natürlich hatte er gehört, dass in manchen Gegenden die Hexen gnadenlos verfolgt wurden. Aber hier? Bei ihnen?

In der ganzen Zeit, in der sie hier schon lebten, hatte es nicht eine Hexe gegeben. War nun eine von außerhalb in sein Land gekommen? Irgendetwas in ihm mahnte ihn zur Vorsicht, doch er konnte es nicht einordnen. Friedrich versuchte dieses Gefühl zu verdrängen. Die Mägde und diesmal auch Martha, da eine von ihnen fehlte, brachten das Abendmahl in den Saal herein. Als Erstes gab es eine Suppe, die die Männer neben ihm in sich hinein schlürften. Als dann das gebratene Fleisch auf den Tisch kam, stürzen sich die Männer darauf. Natürlich wusste Friedrich, dass es in anderen Burgen für die Knechte nur Brei gab, aber er war reich und konnte es sich leisten. Er dachte, dass ein satter Bauch dafür sorgte, dass man seinem Herrn ergeben war. Wer wollte schon diese Speise riskieren? Sein Blick ging über die Männer, seine Gedanken wanderten aber nach oben, zu der Magd.

26. Kapitel

Schuld und Strafe

Er mochte diese Magd. Nicht so sehr als Mann, sondern eher so, wie ein großer Bruder die kleine Schwester mochte. Umso mehr hatte es ihn geschmerzt, sie schlagen zu müssen. Doch es war, so unsinnig es klang, die einzige Möglichkeit gewesen, sie zu schonen. Wenn er die Bestrafung an Utz übergeben hätte, der sich eifrig dafür bei dem Herrn beworben hatte, dann wäre es für die Frau sicher schlimmer geworden. Eigentlich konnte er sich auch gar nicht vorstellen, dass sie irgendeine Schuld traf. Was hätte sie mit der Fibel anfangen können? Tragen? Aus der Burg kam sie ja nicht heraus. Was war also der Grund für den Diebstahl? Es gab keinen! Und dennoch hatte er die Fibel unter ihrem Strohsack gefunden. Da noch ein anderer Knecht dabei gewesen war, hatte er das Schmuckstück auch nicht einfach irgendwo anders finden können. Der Herr war unnachgiebig gewesen, aber diese fünfzehn Stockhiebe waren immer noch eine leichte Bestrafung gewesen. Sicherlich hatte die Herrin für die Magd ihr Wort gegeben. Peter konnte sich auch nicht vorstellen, dass sie wirklich eine Dirne war. Er hatte in seinem Leben schon einige dieser Frauen gesehen, doch Gwendolyn war anders. Sie bewegte sich anders. Wie eine Tochter aus gutem Hause, nicht wie eine Hübschlerin.

Nun stand Peter an ihrem Strohsack und schaute auf ihren blutigen Rücken herab. Dabei fühlte er sich schuldig. Er hatte zwar nur leicht zugeschlagen und auch nur jeder zweite Schlag hatte ihren Rücken wirklich richtig getroffen. Doch er konnte ja auch nicht nur so tun, als ob er schlug. Sonst würde er ja selbst bestraft werden und einer der anderen Männer hätte Gwendolyn weiter bestraft. Simone kam in den Raum und zusammen mit ihr begann er den Rücken abzudecken. Gwendolyn stöhnte auf, aber sie schrie nicht. Peter kniete noch eine Weile neben ihr und sah in ihr Gesicht. „Es tut mir leid", flüsterte er und sie schlug die Augen auf. Sie versuchte zu lächeln, aber es gelang ihr wegen der Schmerzen nicht richtig. „Ich danke dir", flüsterte sie zurück und er nickte. Dann stand er auf und sah auf die liegende Frau. „Kümmere dich um sie", sagte er zu Simone, die gerade wieder in den Raum kam. Dann begannen sie wieder die Tücher zu wechseln.

Gwendolyn stemmte sich hoch und sagte „Simone" die andere Magd kniete sich neben sie und Gwendolyn flüsterte ihr etwas in ihr Ohr. Dann lief die Frau aus dem Raum und er folgte ihr. Er sah, wie Simone in den Garten ging und ein paar Kräuter suchte, die sie wohl zu Gwendolyn bringen sollte. An der Küchentür blieb er stehen und sah, wie Utz den Balken wieder fort brachte. Etwas in seinem Gesicht strahlte eine Art von Genugtuung aus, die Peter seltsam vorkam. Warum freute sich der Mann? Er hatte ja nicht die Bestrafung durchgeführt. Was hatte er davon, dass die Frau litt? Er würde den Knecht im Blick behalten. Gwendolyn vertraute er, Utz im Moment nicht mehr. Dass er damit schon wieder gegen eine Weisung von Friedrich verstieß, nahm er einfach so hin. Er sah nach oben, wo Gwendolyn jetzt lag. Irgendjemand raubte in dem Wald Reisende aus und tötete sie. Es war nur aufgefallen, weil die Magd ihnen entkommen war. Waren es wirklich Utz und Knuth gewesen? Oder hatten die beiden dann nur die Frau gefunden? Doch wenn jemand die Männer tötete, wieso ließ er die Frau am Leben?

Einer der Knechte lief ihm über den Weg. Der Herr war für alle in der Burg und der Umgebung verantwortlich. Die Knechte waren ihm, dem Knappen, unterstellt. Die brauchten mal wieder etwas Übung. Peter holte die acht Männer auf den Hof und dann begannen die Übungen mit Schwert und Schild. Er selbst machte auch mit. Sein Trainingsgegner war Utz, der aber nicht bei der Sache war. „Streng dich an!", schrie ihn Peter an, „Bleibe mit deinen Gedanken bei deinem Schwert, nicht bei den Weibern!" dann schlug er Utz das Schwert aus der Hand. „Heb es auf und kämpf!", sagte Peter und schon ging es weiter. Das Klirren der Waffen klang über den Hof, bis sie zum Abend in den Saal gingen. Das Abendmahl wurde aufgetragen, doch es waren nur drei Mägde. Wieder fühlte er sich schuldig, dann wurde das Geschirr wieder abgeräumt und die Getränke kamen auf den Tisch. Dabei sah er wieder auf seine Knappen, die dem Bier und Wein gut zusprachen.

Von einem zum anderen wanderte sein Blick. Er überlegte, ob er ihnen vertrauen konnte. Eigentlich war das Überlebenswichtig und doch zweifelte er. Utz hatte in ihm diesen Zweifel gesät. Bisher hatte er noch nie darüber nachgedacht, was der Knecht wohl so machte, wenn er sich in der Nacht aus dem Schlafraum schlich. Konnte es etwas mit Gwendolyn zu tun haben? Peter sah in sein Bier und überlegte, wie lange Utz das schon machte. Länger als Gwendolyn schon hier war. Dass er zu den Mägden ging, war schon klar. Vermutlich zu Simone. Peter stand auf und ging aus dem Raum. Schnell lief er die Treppe hinauf und sah im Schein der Kerze, wie sich Simone um Gwendolyn kümmerte. Sie legte die Kräuter auf. Er stand im Dunkel der Treppe und sah durch die offene Tür hinein. Simone hatte der liegenden Freundin ein Tuch über den Hintern gelegt. Die Striemen auf dem Rücken hatten aufgehört zu bluten. Als sich die anderen Mägde für die Nacht vorbereiteten, ging er wieder hinab. Momentan war Gwendolyn hilflos und würde sich nicht wehren können, daher musste er sie beschützen!

Schließlich ging er zurück in den Saal. Dort legte er Utz die Hand auf die Schulter und sagte „Trink nicht zu viel. Du machst heute die Wache im Turm." der Knecht nickte und schob den Krug zurück. Mit einem nicht sehr glücklichen Gesichtsausdruck nahm er das Horn von der Wand und verließ den Raum. Nun wäre Gwendolyn zumindest in dieser Nacht vor ihm sicher. Doch was würde in den Nächten danach werden? Würde sich der Knecht an der wehrlosen Frau vergehen? Die Feier endete und er legte sich in sein Bett. Grübelnde Gedanken zogen durch seinen Kopf und ließen ihn lange nicht einschlafen.

27. Kapitel

Tage der Demut

Es hatte ein paar Tage gedauert, bis sich die Wunden auf ihrem Rücken wieder geschlossen hatten. Simone hatte ihr in dieser Zeit die Kräuter gebracht, die sie danach auch auf die Wunden gelegt hatte. Zum Glück hatte sie Utz in diesen Nächten in Ruhe gelassen. Sie hätte sich gegen ihn nicht einmal wehren können. Hilflos wäre sie ihm ausgeliefert gewesen. Nackt, auf dem Bauche liegend, den Hintern nur mit einem Tuch überdeckt. Und dann auch noch mit den Beinen zur Tür. Sie hätte ihn noch nicht mal gesehen. Aber es war ja alles gut gegangen. Für die Zeit ihres unfreiwilligen Ausfalls hatte Simone ihre Arbeiten in der Küche mit erledigt. Auch der Knecht Peter hatte in der Zeit ein paar Male nach ihr gesehen. Insgeheim war sie ihm dankbar für die Bestrafung, weil es offensichtlich gewesen war, dass er sie trotz der Hiebe geschont hatte. Allerdings hatte sie niemanden gesagt, dass Utz es ihr gegenüber gestanden hatte, dass er die Fibel genommen hatte. Es hätte ihr nichts genutzt und bei dem Herrn wäre es nur schon wieder eine unbewiesene Behauptung gewesen. Wie konnte eine Frau auch einen Mann beschuldigen? Das hatte beim letzten Male schon nicht funktioniert und würde ihr auch diesmal nichts helfen. Nun stand sie also wieder in der Küche, aber das Unterkleid rieb auf den Wunden, die sich gerade erst geschlossen hatten. Kurz hatte sie überlegt, das Unterkleid auszuziehen, aber dann hätte der Stoff des darüber getragenen Kleides nur noch mehr gerieben. Das Mieder hatte sie dabei sowieso schon weggelassen.

Von nun an würde sie aber ganz besonders vorsichtig sein. Dabei wusste sie allerdings noch immer nicht, wie sie mit Utz umgehen sollte. Was würde sich der Mann beim nächsten Male für sie einfallen lassen? Der Herr hatte ihr gedroht, dass sie bei der nächsten Gelegenheit ihren Kopf verlieren würde und damit bedeutete das, wenn sie Utz noch einmal verschmähen oder demütigen würde, so konnte dies ihren Tod bedeuten. War ihr das die Sache Wert? Ja! Sie hatte sich entschieden, den Mann einfach niederzustechen, sollte er es das nächste Mal bei ihr versuchen. Was hatte sie schon zu verlieren? Sie wäre danach sowieso tot! Entweder würde sie der Herr wegen des Mordes hinrichten oder wegen der Anschuldigungen, die Utz über sie zurechtbiegen würde. Und da war es besser den Mann einfach mitzunehmen und nicht ungestraft davonkommen zu lassen. Doch anscheinend hatte der Mann ihre Entschlossenheit bemerkt, denn er ließ sie in Ruhe und widmete sich ausgiebig der Freundin im Nebenbett. Jede Nacht hatte Gwendolyn also nun den Dolch in der Hand und konnte nicht richtig schlafen, weil sie aufmerksam bleiben musste. Das führte aber Zusehens dazu, dass sie am Tage zu Müde war und unkonzentriert arbeitete. Als sie sich dann an diesem Tage auch noch in den Finger schnitt, musste sie überlegen, was nun werden sollte.

Würde der Mann sich an ihr vergehen, wenn sie schlief? Sie dachte an die Männer im Wald, die sich ja auch nicht davon abhielten ließen, dass sie bewusstlos gewesen war und der Mutter war damals dasselbe passiert. Mit dem Finger im Mund, um die Blutung zu stoppen, hatte sie plötzlich einen Einfall. Utz kam immer im Dunklen in das Zimmer. Wenn sie das Messer so in den Strohsack steckte, dass er da hineingreifen musste, wenn er sich ihr nähern wollte, so könnte sie beruhigt schlafen und sie würde auch nichts dafür können, wenn Utz sich verletzte. Bei dem Gedanken hätte sie vor Freude tanzen können, aber sie ließ es und machte sich wieder an ihr Gemüse. Dem Herrn gegenüber brachte sie nun aber die gebotene Demut auf. Die Knickse waren entsprechend noch tiefer, als sie ohnehin hätten sein müssen. In der Herrin hatte sie sowieso schon eine Art von Freundin gefunden. Der Tag schob sich unendlich lang dahin, bis es endlich dunkel war und sie in ihr Bett ging. Bevor sie dann endlich schlafen konnte, klemmte sie sich das Messer zwischen die Knie.

Beim Aufwachen am nächsten Tag fand sie etwas Blut an der Klinge. Sie selbst hatte sich nicht geschnitten und so war es wohl naheliegend, dass es der Mann gewesen war, der wohl unvermittelt in die Klinge gegriffen hatte. Als er dann Holz in die Küche brachte, sah sie, dass er an der Hand einen Verband trug. Sie setzte den unschuldigsten Gesichtsausdruck auf, den sie hatte und fragte „Wie ist das den passiert?" aber der Mann gab keine Antwort. Nun würde sie also erst wieder in den Nächten mit Vollmond vorsichtig sein müssen. Der Mond schien oft in das Zimmer und machte es damit taghell. Dann würde auch die versteckte Klinge ihr nicht mehr helfen. Auch von diesen Überlegungen sagte sie niemanden etwas, nicht einmal Simone. Aber beim nächsten Mal wäre Utz vielleicht vorsichtiger.

Würde der Mann so dumm sein, zwei Mal auf dieselbe Finte hereinzufallen? Allerdings war nun auch die Wahrscheinlichkeit für eine Rache des Mannes gewachsen. Ab jetzt hieß es: noch vorsichtig sein. Als sie auf dem Hof Peter sah, fasst sie sich ein Herz, Gwendolyn lief hinaus und erzählte ihm, das Utz wohl etwas gegen sie vorhatte. Sie sagte es mit den Worten „Ich habe das Gefühl …" so brauchte sie es nicht zu begründen und anscheinend hatte Peter sie auch so verstanden.

In den nächsten Tagen hatte der Knecht jede Nacht Wache auf dem Turm. Dort konnte er damit nicht fort und die Mägde hatten ihre Ruhe vor ihm. Aber das würde nicht ewig so weiter gehen. Gwendolyn brauchte eine Lösung für das Problem, nur wie sollte diese aussehen? Der Herr war immer noch der Meinung, dass sie eine Dirne war und warum sollte man eine Dirne vor den Männern schützen? Ihn umzustimmen war ihr bisher nicht gelungen und wie sollte das nun gehen? Hatte er ihr nicht mit unnachgiebiger Härte seine Meinung auf den Rücken geschrieben? Konnte sie die Verbindung zur Herrin dazu nutzen, sich des Knechtes zu entledigen?

Sie brauchte einen Einfall, wie ihr das gelingen konnte, doch der Einfall kam nicht. Gwendolyn hätte vor Wut schreien können oder auch Tränen fließen lassen können, aber beides hätte ihr gegen Utz nichts genützt. Der Mann war im Moment ihr Schicksal!

28. Kapitel

Freie Menschen

Gemütlich ging der Esel den Waldpfad entlang. Arikana saß breitbeinig auf dem Karren und hatte die nackten Füße auf das Brett gestemmt, das einer der Männer vorn an der Karre angebracht hatte, damit man darauf sitzen konnte. Sie trug das bunte Gewand des fahrenden Volkes und hielt die Zügel des grauen Zugtieres in der einen Hand. Mit der anderen spielte sie gedankenverloren in den langen, braunen Haaren, die gelockt bis zu ihrem Bauch hinunterfielen. Sie trug ihr Haar offen, wie es in ihrem Stand so Sitte war. Nur die Mägde und feinen Frauen verdeckten ihr Haar. In ihren Gedanken reiste sie zurück zum vergangenen Abend. Sie hatten bei einer Hochzeit in einem Dorf getanzt, gesungen und hatten auch Kunststücke vollführt. Was man eben so machte. Vor einem Mond war sie sechzehn geworden und schon mehr als acht Jahre davon saß sie auf diesem Karren. Damals, vor langer Zeit, waren sie alle aus ihren Heimat in Ungarn aufgebrochen, um im Norden etwas Geld zu verdienen. Geld hatten sie trotzdem keines, nur ab und zu ein paar kleine Münzen. Meist traten sie nur für das Essen des jeweiligen Tages auf. Wer arm war, der blieb auch arm. So war das eben. Sie sah zu ihrer Freundin Sofia hinunter, die wenige Schritte vor ihr neben dem Esel lief. Manchmal bewunderte sie die Freundin für ihr schwarzes Haar, das diesen leichten blauen Schimmer erhielt, wenn die Sonne auf das Haar fiel, so wie jetzt gerade eben. Sie wusste aber auch, dass Sofia sie wegen der Löckchen bewunderte.

Neben und hinter dem Karren liefen die vier Männer, die mit ihnen zusammen auf der Wanderschaft waren. Keiner war mit dem anderen verwand und trotzdem fühlten sich alle wie eine große Familie. Schon seit Monaten waren sie in Sachsen unterwegs. Zuvor waren sie lange im Lande der Bayern auf den Straßen gewesen, doch in letzter Zeit war es dort für Menschen wie sie zu gefährlich geworden. Viel zu viele vom fahrenden Volk waren dort schon als Hexen oder Zauberer ums Leben gekommen. Baras, der Anführer, konnte einen kleinen Ball vor den Augen der Zuschauer in seiner Hand verschwinden lassen. Natürlich war es nur ein Kunststück, aber in den Augen von ein paar Geistlichen war dies schon Zauberei gewesen. Über Nacht hatten sie die Flucht angetreten und nun waren sie eben hier. Die Gegend schien nicht so von ihrem Lehnsherren ausgeplündert zu sein, wie mach andere Landstriche. Hier ließ es sich noch leben.

Die Gruppe hatte am Vorabend ein kleines Fass Wein, ein paar Kreuzer und für ein paar Tage zu essen bekommen. Das Angebot eines Bauern, für einen Gulden mit ihm das Lager zu teilen, hatte Arikana aber abgelehnt. Sie war stolz auf ihre Unberührtheit, auch und gerade weil das unter dem fahrenden Volke etwas Besonderes war. Sofia hatte dann ihren Platz bei dem Manne eingenommen, aber für ihre Dienste nur zwei Kreuzer erhalten.

Arikana sah nach hinten, wo das kleine Fass stand. Sie hatten noch nicht davon gekostet, aber wenn es derselbe Wein war, den sie auch am Abend zuvor bekommen hatten, so war auch der nächste Abend für sie ein Fest. Nun waren sie auf dem Weg zum nächsten Dorf. Für gewöhnlich blieben sie nur eine Nacht am jeweiligen Platz und jetzt waren sie auf dem Weg zu einer weiter entfernten Siedlung, wo sie am übernächsten Tag zu einer Hochzeit aufspielen sollten. Das Mädchen griff nach hinten und zog die Laute nach vorn. Sie legte sich die Zügel des Esels über ihr Knie und begann eine Melodie zu spielen, in die alle nacheinander einstimmten.

Es war Übung, Zeitvertreib und Wegerleichterung in einem. Musizierend zogen sie durch den Wald und die Vögel über ihnen schienen ebenfalls mit in das Lied einzustimmen. Das mochte sie an ihrem Leben. Hier waren sie frei! Niemanden mussten sie um Erlaubnis bitten, um in das nächste Dorf zu gehen. Sie mussten keine Pacht abgeben und keine Fron leisten. Die Sonne schien ihr ins Gesicht und sie zog sie Augen zu schmalen Schlitzen zusammen.

Noch weit vor der Abenddämmerung hatten sie eine Lichtung erreicht, auf der sie diese Nacht unter dem Lichte der Sterne verbringen würden. Schnell war das Feuer geschürt und das Fass abgeladen. Der Esel stillte seinen Durst in einem kleinen Waldbach, der nur wenige Schritte entfernt vor sich hin plätscherte. Der Wein war köstlich und die Männer tranken ihn pur. Sofia und sie verdünnten den Wein mit dem Wasser aus dem Bach, aber er war immer noch sehr stark. Der Bauer hatte sich nicht lumpen lassen. Auch ein großes Stück Fleisch fand seinen Platz über dem Feuer und schon bald sangen sie wieder, diesmal aber etwas undeutlicher wegen des Weines.

Sie schreckte aus dem Schlafe hoch. Jemand hatte sie auf den Wagen gelegt und mit einer Decke zugedeckt. Sofia lag neben ihr unter der anderen Decke. Vermutlich war es einfach zu viel Wein für sie gewesen. Doch nun suchte der Wein seinen Weg wieder heraus aus ihrem Körper. Leise stieg sie von dem Wagen, streckte sich und sah nach oben. Der Himmel begann gerade einen leicht bläulichen Schimmer zu bekommen, so wie das Haar von Sofia leuchtete, wenn es die Sonne traf. Nicht mehr lange und es würde hell sein. Arikana sah sich um. Natürlich hätte sie sich auch direkt neben den Wagen hocken können, doch das gefiel ihr nicht und so ging sie ein paar Schritte in den Wald. Genug, um ungestört zu sein, und immer noch so nahe dran, damit sie das Feuer noch im

Blick hatte. Dort hockte sie sich hinter einen dickeren Baumstamm, zog sich das Kleid hoch und ließ laufen, was da so aus ihr heraus wollte. Es dauerte eine ganze Weile, bis der Strom aus ihre Mitte endlich versiegte.

Als sie aufstand und sich das Kleid wieder zurecht zog, da hörte sie einen Schrei vom Lagerplatz. Es war Sofia, die dort geschrien hatte. Was war passiert? War ein wildes Tier in das Lager gelaufen? Und warum hörte sie keinen der Männer schreien? Arikana lief aufgeregt die paar Schritte zurück, bis sie an der Kante der Lichtung im Lauf erstarrte. Vor sich sah sie, wie zwei Männer sich gerade an der schreienden und strampelnden Sofia vergingen. Dann verstummten die Schreie der Freundin und einer der Männer sagte „Mach hin Utz. Ich will sie auch noch haben, solange sie noch warm ist!"

Erschrocken und verängstigt machte Arikana einen Schritt rückwärts und trat auf einen trockenen Ast. Das Geräusch des zerbrechenden Holzstückes war sicher noch im nächsten Dorf zu hören gewesen. Die beiden Männer schreckten hoch und blickten sie über die etwa zehn Schritte Entfernung hinweg an. Arikana drehte sich um und lief in den Wald hinein. Sie rannte um ihr Leben und konnte nur schwer den dicht stehenden Bäumen in der Dunkelheit ausweichen. Zweige klatschten ihr ins Gesicht. Dann verlor sie den Boden unter den Füßen und stürzte schreiend in die Tiefe.

29. Kapitel
Blutige Spuren

Bei ihrem täglichen Kontrollritt durch den Wald hatte Peter eine schreckliche Entdeckung gemacht. Auf einer Lichtung stand ein Wagen und daneben lagen die Leichen von fünf Menschen. Vier Männer und eine Frau. Schnell war der Knappe von seinem Pferd gesprungen, doch hier konnten sie einfach nicht mehr tun. „Das ist der Wagen von dem fahrenden Volk, dessen Spuren wir schon einmal im Wald gefunden haben", sagte Peter, nachdem er sich den Wagen genauer angesehen hatte. „An dem Tag, nachdem ich die Magd im Wald getroffen hatte?", fragte Friedrich nach und sein Knappe nickte zustimmend. „Du hattest damals gesagt, dass es vier Männer und zwei Frauen waren. Hier ist nur eine. Also gehörte die Magd doch zu ihnen", erklärte der Ritter und zeigte auf die Frau, die direkt vor ihnen lag. Peter ging um die ganze Lichtung herum und suchte nach weiteren Spuren, dann kam er wieder zur Mitte, wo das Feuer noch glühte. „Es müssen mindestens zwei Männer gewesen sein, die zuerst die Männer am Feuer getötet haben und dann die Frau geschändet haben, die sie anschließend ebenfalls töteten." danach stieg er auf den Wagen. Oben stehend schüttelte er den Kopf „Etwas stimmt hier nicht.", sagte er, dabei hob er zwei Decken an, die auf dem Karren gelegen hatten. „Was meinst du?", fragte Friedrich, „Die Frau kann doch auf einer Decke gelegen und sich mit der zweiten zugedeckt haben", setzte er hinzu. „Gut möglich", erklärte Peter und rieb sich das Kinn.

Schließlich roch er an den beiden Decken. „Hier ist der Geruch von zwei verschiedenen Frauen dran. Das kann noch nicht so lange her sein. Also fehlt eine der beiden Frauen!", sagte er und sprang in das Gras herunter. „Also ist sie entweder weggelaufen oder entführt worden", entgegnete Friedrich. „In jedem Falle ist sie eine Zeugin!", setzte Peter hinzu und begann noch einmal seine Runde, jetzt aber etwas weiter von der Lichtung entfernt im Wald. Während der Freund nach Spuren suchte, gab Friedrich den anderen Knechten die Weisung „Ladet die Leichen auf den Wagen. Bringt sie in das nächste Dorf und sorgt dort für ein christliches Begräbnis. Den Karren bringt ihr danach zur Burg." Als sich die Knechte an das Werk machten, setzte er leise hinzu „Fünf Menschen, getötet wegen eines Esels." „Wohl nicht nur deshalb", sagte Peter, der gerade hinter ihn getreten war. Er zeigte auf die Frau „Den Männern ging es vermutlich in der Hauptsache um sie. Hier war nicht viel zu holen und einen Beutel mit fünf Kreuzern haben die Männer auch auf dem Wagen vergessen." „Ich muss das in meinem Wald unterbinden", sagte Friedrich bestimmt. „Ich habe eine Spur gefunden. Die zweite Frau ist ihnen davon gelaufen", setzte Peter hinzu und zeigte auf den Waldrand. Sie banden ihre beiden Pferde dort an und sahen den Knechten zu, wie sie mit dem Wagen die Lichtung in Richtung Burg verließen, dann folgten sie der Spur.

„Die Frau muss in Eile gewesen sein. Hier sind überall Zweige abgeknickt. Sicherlich hatte sie Todesangst", erklärte Peter und folgte weiter der für ihn gut zu lesenden Spur, die Friedrich aber nur sah, weil ihn der Freund darauf hinwies. Nach wenigen hundert Schritten standen sie am Rande einer tiefen Grube und sahen nach unten. Dort lag die Frau. „Sie ist hinab gestürzt. Das kann sie unmöglich überlebt haben", sagte Friedrich. „Wir sollten wenigstens ihre Leiche bergen, damit sie ein gutes Begräbnis erhalten kann", setzte der Knappe hinzu und suchte nach einem Weg, wie sie in die Grube hinabsteigen konnten. Vorsichtig suchten sie sich den Pfad und rutschten mehr nach unten, als dass sie liefen. Doch sie würden auch wieder hinauf müssen. Das würde sich später sicher schwierig gestalten. Wenig später standen sie neben der Frau und Peter drehte sie um „Sie ist wirklich sehr schön gewesen. Schade um sie", sagte er und kniete sich neben sie. Als er sie berührte sagte er „Sie ist noch warm!" „Also lebt sie noch?", fragte Friedrich und Peter nickte „Gerade noch so. Sie schwebt zwischen Leben und Tod.", stellte der Knappe fest. Beide sahen nach oben. Es war ein ganz schöner Sturz gewesen. Wie die Frau das überleben konnte, das blieb ihnen beiden ein Rätsel. Vermutlich hatten ein paar Bäume ihren Sturz gebremst. Der Knappe nahm die Frau auf seine Arme und trug sie nach oben. Friedrich stützte den Freund, damit er nicht wieder herab rutschte.

Noch viel langsamer, als sie zuvor herab gestiegen waren, waren sie dann endlich wieder oben. Nun trugen sie die Frau gemeinsam. Peter hatte ihre Beine erfasst und Friedrich die Arme der Frau. Auf der Lichtung zeugte nur noch das Glimmen der letzten Glut von der vergangenen Nacht des Schreckens. „Ich lege sie mir vorn auf mein Pferd", sagte Peter und stieg auf. Friedrich reichte ihm die Frau nach oben, die gar nicht so schwer war.

Nebeneinander her ritten sie so schnell zur Burg zurück, wie es der Zustand der Frau vor Peter zuließ. „Wenn sie überlebt, so haben wir eine Zeugin", sagte Friedrich. „Ich glaube, die haben wir schon", setzte Peter dagegen, „Und wenn mich nicht alles täuscht, so gibt es seit heute Nacht auf der Sägemühle einen Esel, den es da gestern noch nicht gegeben hat!", schloss er seine, wohl zutreffende, Bemerkung ab, aber ohne die Aussage der Frau waren das nur Vermutungen. Und dann gehörte sie ja auch noch zum fahrenden Volk. Wie glaubwürdig war wohl jemand, der für Geld tanzte, sang und seinen Körper verkaufte?

Der Wald lichtete sich und die Burg war vor ihnen zu sehen. Von der anderen Seite kamen gerade die Knechte mit dem Wagen aus dem Dorf zur Burg und so trafen sie alle fast gleichzeitig am Tor ein. „Wo bringen wir sie unter?", fragte Peter, als er von seinem Pferd gesprungen war. „Sie gehört zum fahrenden Volk. Also trage sie in den Stall!", legte Friedrich fest und Peter zog die Frau vorsichtig von seinem Pferd herab. Auf seinen Armen trug er sie in das Stallgebäude und legte sie achtsam an einer leeren Stelle in das Stroh. Sorgsam strich er ihr die Haare aus dem Gesicht und sagte dann „Ich glaube, sie hat Fieber. Aber gebrochen scheint sie sich nichts zu haben. Ich werde die Magd holen, sie kennt sich mit den Kräutern am besten aus und kann ihr sicher helfen." Friedrich nickte und Peter verließ den Stall.

30. Kapitel

Kräutersuche und Badefreuden

Der Sturz hatte der Frau schwer zugesetzt. Gwendolyn beugte sich über sie und strich ihr die Haare aus dem Gesicht. „Sie ist sehr schön", sagte sie und kniete sich neben sie. Mit einem Tuch und etwas Wasser wusch sie der Frau das Gesicht ab. „Ich glaube, sie hat Fieber", sagte Peter und Gwendolyn legte ihre Hand auf die Stirn der Frau. Sie nickte und begann mit Wadenwickeln das Fieber zu bekämpfen. „Sie kann doch nicht hier bleiben", sagte Gwendolyn danach und zeigte auf den Pferdehintern, der nur auf Armeslänge neben der Frau stand. „Der Herr hat es so angeordnet", entgegnete Peter und zog die Schultern hoch. „In der Mägdekammer ist noch ein Platz frei. Können wir sie nicht dort unterbringen? Bitte frage den Herrn, auf dich wird er sicherlich hören!", sagte sie und der Knecht ging nach draußen.

Wenig später kam er mit dem Herrn zurück. Gwendolyn stand auf und machte einen Knicks „Sie bleibt vorerst hier!", legte der Herr fest, dann holte er die Knechte und schickte sie mit Peter zur Sägemühle. Wenig später kam er in den Stall zurück. „Wie geht es ihr?", fragte der Mann und Gwendolyn sah auf die am Boden liegende Frau herunter. „Wenn sie die nächsten Tage überlebt, dann kann sie es schaffen. Ich brauche aber ein paar Kräuter, die ich nicht im Garten habe. Könnt ihr mich in den Wald begleiten gnädiger Herr?", fragte sie und machte wieder einen Knicks. Der Ritter nickte, sagte „Ich hole mein Schwert" und verließ den Stall. Sie folgte ihm und ging dann zur Küche, wo der Tragekorb in der Ecke stand. Mit diesem trat sie wieder auf den Hof hinaus. Dort traf sie vor der Küche wieder mit dem Herrn zusammen und gemeinsam gingen sie von dort aus zum Tor.

Zum ersten Male verließ sie nun die schützende Burg wieder und hatte jetzt vor sich den dunklen Wald. Die schrecklichen Bilder kamen sofort wieder bei ihr hoch und sie musste sich zwingen, den Weg fortzusetzen. Doch die Frau brauchte die Kräuter, sonst würde sie sicher sterben. Wo konnten die gesuchten Kräuter stehen? „Nach dem Kräuterbuch brauchen wir Weidenrinde von einem Baum, der an einer feuchten Stelle steht. Könnt ihr mir sagen, wo solch ein Baum wachsen könnte?", fragte sie den Herren und der dachte kurz nach. „Da gibt es unten am Fluss eine Stelle, wo ein paar Bäume direkt im Wasser stehen", sagte er und zeigte dann zur Seite.

Nun folgte ein beschwerlicher Abstieg in das Tal hinab. Mehr als einmal rutschte sie aus und konnte sich nur im letzten Moment an einem Baum abfangen, bevor sie in das Tal rollen würde. Auch der Herr schien so seine Probleme mit dem Untergrund zu haben. So rutschten sie also beide mehr, als das sie liefen. Endlich war das Tal erreicht und nun folgten sie dem Fluss. Direkt am Ufer war ein kleiner Streifen von Gras bewachsen, gerade mal so breit, dass ein Mensch dort entlang gehen konnte. Nach ein paar hundert Schritten zeigte der Mann nach vorn und sagte „Einer der drei Bäume sollte dafür geeignet sein." Gwendolyn nickte, zog das Messer und schnitt in die Rinde des Baums, der am weitesten im Wasser stand. Es war nicht ganz so einfach die Rinde abzuziehen und dabei nicht in den Fluss zu stürzen, aber mach einer Weile hatte sie ein genügend großes Stück in den Korb getan.

Ein paar Schritte daneben stand auch das Sumpfgras, das sie ebenfalls gesucht hatte. Schnell hatte sich ihr Korb gefüllt und sie machten sich auf den Rückweg. Sie balancierte wieder zurück und folgte dem Manne, der vor ihr ging. Plötzlich verlor sie das Gleichgewicht und wie zu erwarten war, verlor sie dabei auch den Korb. Mit einem „Platsch" fiel der Tragekorb in den Fluss und schwamm davon. „Mein Korb!", rief Gwendolyn, als das Tragebehältnis gerade den Mann überholte. Der Herr riss sich die Sachen vom Leib und sprang, ungeachtet der Strömung, nackt in den Fluss. Nach ein paar kräftigen Armzügen hatte er den Korb eingeholt und schob ihn zum Ufer. Dort stieg er wieder aus dem Wasser und kam zurück zu ihr. Sie schlug die Augen nieder, doch sie kam nicht umhin, ihn trotzdem zu betrachten. Seine Muskeln waren genau so, wie sie schon vermutet hatte. Das darauf perlende Wasser betonte sie nur noch viel stärker.

Dann stand er vor ihr, hielt ihr den Korb hin und zog sich wieder an. Auch dabei entging ihr keine Bewegung von ihm. Nachdem er das Schwert wieder umgelegt hatte, fragte er „Können wir weiter?" und sie nickte. Nun lief er wieder vor ihr her und sie hatte ständig das Bild vor sich, wie diese Muskeln unter dem Hemd aussahen. Die Gedanken flogen davon und sie fühlte sich der Herrin gegenüber schuldig, dass sie solche Gedanken überhaupt hatte. Um sich abzulenken, biss sie sich auf die Lippe, bis es wehtat.

Nun folgte der Aufstieg zur Bug, für den sie aber einen anderen Weg nahmen. Sie gingen einen größeren Bogen und kamen an eine Sägemühle, bei der sie dann auf den Weg nach oben abbogen. Der Weg war zwar steil, aber man konnte ihn wenigstens laufen. Immer wieder musste sie kurz verschnaufen, während der Herr vor ihr kein einziges Mal zu ihr zurück sah. Erst mitten auf dem Weg blieb er stehen und wartete auf sie, bis sie ihn wieder eingeholt hatte. Nun ließ er sie vor und schon wenig später stand sie schnaufend vor dem Tor der Burg. Sie bedankte sich für die Begleitung und ging zur Küche, um die gerade geholten Pflanzenteile zu einem Trank zu verarbeiten. Dazu musste sie noch ein paar Kräuter aus ihrem Garten holen und schon wenig später war das Gebräu fertig. Nachdem es sich etwas abgekühlt hatte, flößte sie es der Frau im Stall ein.

Die zuvor angelegten Wadenwickel schienen schon etwas geholfen zu haben. „Können wir sie nicht doch in das Mägdezimmer nehmen?", bat Gwendolyn den Herrn, der an der Stalltür stehen geblieben war und ihr zusah. Schweigend sah er auf die Frau herab. Schließlich nickte er und ließ die Frau von zwei Knechten in den Turm hinübertragen. Gwendolyn lief mit einem rasch gefüllten Strohsack hinterher und achtete darauf, dass die Frau sanft abgelegt wurde. Dann zog sie den Oberkörper der Frau auf ihren Schoß und flößte ihr erneut den Trank ein. Das würde sie nun eine Weile weiter machen müssen und für diese Zeit würde dann wohl Simone ihre Arbeit in der Küche wieder mit übernehmen müssen.

31. Kapitel

In ein neues Leben?

Sie spürte eine streichelnde Bewegung auf ihrer Stirn, dann hörte sie eine Frau sagen „Sie kommt wieder zu sich." Mühsam öffnete Arikana die Augen. Die junge Frau lag in einem Raum und sah eine Frau über sich gebeugt. „Wo bin ich?", fragte sie leise, wobei sie es selbst kaum hören konnte. Mehr gehaucht als gesprochen, aber die Frau über ihr hatte es dennoch gehört. „Du bist in einer Burg. Im Zimmer der Mägde." Eine zweite Frau, die genauso angezogen war, wie die Erste, beugte sich nun ebenfalls über sie. „Hole den Herrn", sagte die erste zu der zweiten Frau, die danach aus dem Raum verschwand. Arikana war zu schwach um den Kopf zu drehen, ihr Blick war noch starr nach oben gerichtet. „Du hast großes Glück gehabt", sagte die Frau zu ihr. „Wo sind die anderen?", entgegnete Arikana „Tod", war die kurze Antwort und erst jetzt fiel ihr die letzte Nacht wieder ein.

Wenn sie die Kraft gehabt hätte, dann hätte sie jetzt sicher geweint, aber sie konnte nicht. „Durst", war das Einzige, was sie sagen konnte, dann drückte die Frau sie hoch und setzte einen Becher an ihre Lippen. Mit aller Kraft versuchte sie zu schlucken, doch das erste Wasser lief mehr am Mund vorbei, als dass es hineinlief. „Du hattest Fieber", sagte die Frau und nahm den Becher wieder weg. Vorsichtig wischte sie ihr den Hals trocken, dann kam ein Mann in den Raum und fragte sie „Wer bist du?" „Arikana", antwortete sie leise und der Mann fragte weiter „Kannst du dich erinnern, was im Wald passiert ist?" doch sie war zu schwach um ihm zu antworten, also sagte sie „Nein." Daraufhin nickte der Mann und die Frau sagte „Gnädiger Herr. Sie muss sich sicher erst noch von dem Sturz und dem Fieber erholen." Der Mann nickte erneut und ging.

„Ich bin Gwendolyn und das ist Simone", sagte die Frau und zeigte auf die andere, die mit dem Herrn zurückgekommen war. „Möchtest du etwas essen?", fragte sie und Arikana nickte. „Hole ihr etwas Suppe im Becher", sagte Gwendolyn und Simone verschwand wieder aus dem Raum. Wenig später war sie mit dem dampfenden Becher zurück und Gwendolyn hielt ihn ihr hin. Das Schlucken ging nun schon besser. Die Suppe war richtig gut. Langsam kam die Kraft zurück in ihren Körper. Nach einer Weile konnte sie sogar wieder richtig sitzen. „Kann ich noch etwas Suppe bekommen?", fragte Arikana und diesmal ging Gwendolyn. Simone setzte sich neben sie „Kannst du dich an irgendetwas erinnern?", fragte sie die Frau und nun nickte Arikana. Die Suppe hatte ihr die Kraft zurückgegeben. Sie begann zu erzählen, was sie gesehen hatte und gerade als sie von den beiden Männern im Wald erzählte betrat Gwendolyn den Raum mit einer Schüssel Suppe. Fast hätte die Frau die Suppe fallen lassen und fragte „Wie war das noch mal?" „Der eine Mann hat den anderen Utz genannt", wiederholte sie und Gwendolyn war weiß im Gesicht geworden. Sie kniete sich neben sie und hielt ihr mit zitternder Hand die Schüssel hin. Dann holte sie einen Löffel aus ihrem Beutel und gab ihr diesen.

Diesmal war die Suppe dicker. Es schwamm sogar etwas Fleisch darin. Gierig schaufelte Arikana die Brühe in sich hinein. „Du musst das unbedingt vor dem Herrn wiederholen. Hast du die beiden Männer erkannt?", fragte Gwendolyn, doch sie schüttelte den Kopf. „Das Feuer war hinter ihnen. Ich habe nur die Umrisse er beiden Männer gesehen und eben den Namen gehört." „Das wird nicht reichen", sagte Simone und ging aus dem Raum. „Müssen die eigentlich immer ungeschoren davonkommen?", fragte

Gwendolyn mehr sich selbst als sie. „Was meinst du?", fragte Arikana, während sie den Löffel ableckte und Gwendolyn erzählt ihr die Geschichte von der Nacht im Wald. „Der Herr wird weder dir noch mir glauben", erklärte Gwendolyn schließlich und setzte noch hinzu, „Für ihn sind wir beides Dirnen." Dann öffnete sich die Tür und der Herr kam, gefolgt von einem Knecht in den Raum. Sie wiederholte die Geschichte und Gwendolyn hatte recht gehabt. Kopfschüttelnd gingen die beiden Männer wieder. „Das darf doch nicht sein", sagte Arikana und sah, dass Gwendolyn Tränen in den Augen hatte. Mit dem Ärmel ihres Kleides wischte die Frau sie wieder fort und fragte dann „Was wird denn nun mit dir?"

Daran hatte Arikana noch gar nicht gedacht. Sie lehnte sich zurück und überlegte, was sie tun konnte. Da gab es nicht viele Möglichkeiten, denn schließlich kannte sie in dieser Gegend ja niemanden. Zurück nach Ungarn wollte sie eigentlich auch nicht, zumal sie dort auch schon lange nicht mehr gewesen war. Was blieb da übrig? Alleine durch die Gegend ziehen? Nach dieser Nacht im Wald konnte sie sich da auch gleich selbst in eine Schlucht stürzen. „Ich weiß es nicht", sagte sie schließlich leise. „Dann bleibst du erst mal hier. Ich rede mit der Herrin. Was kannst du denn so alles?", fragte Gwendolyn und sie zählte auf „Singen, Tanzen, Laute spielen. Was man eben alles so beim fahrenden Volk lernt." „Kannst du auch Gemüse putzen und Gänse rupfen?", fragte Gwendolyn und nachdem Arikana dies nickend bestätigt hatte, verließ Gwendolyn das Zimmer.

Nach einer Weile kam sie wieder zurück und hatte die Laute dabei. „Du darfst auf der Burg bleiben. Die Herrin nimmt dich als Magd, wenn du willst. Und das hier habe ich dir mitgebracht." Dann gab sie ihr das Instrument. „Ich bleibe gern", sagte Arikana und schlug die erste Saite an. Es wurde ein trauriges Lied für ihre Gefährten, die nun irgendwo beerdigt waren. „Der Rest deiner

Sachen ist noch unten im Wagen. Wenn du möchtest, so kann ich sie dir bringen", sagte Gwendolyn und Arikana legte die Laute zur Seite. Sie stemmte sich hoch und sagte „Wenn du mir etwas hilfst, dann gehe ich selber und schaue mal, was da alles übrig geblieben ist."

Gemeinsam stiegen sie die Treppe hinab und waren danach auf dem Hof. Von dort gingen sie zu einem Schuppen an der Burgmauer, in welchem der Karren stand. Auf Gwendolyn gestützt stieg sie hinauf und sah sich dort um. Ein Kamm, der Sofia gehört hatte, fiel ihr als Erstes in die Hand. Sie steckte ihn ein und suchte nach dem Münzbeutel, der aber verschwunden war. Dafür fand sie die Schellenbänder, die sie aufhob. Daneben lag das Tamburin, das ihr so lange gute Dienste geleistet hatte. Sie schlug es an und der Ton weckte wieder die Erinnerungen an ein altes Leben. Nun kam ein neues auf sie zu. Ein Leben als Magd.

32. Kapitel

Ungeahnte Annehmlichkeiten

Durch das Eintreffen der neuen Frau auf der Burg und mit deren Entscheidung, als Magd zu arbeiten, hatten sie nun eigentlich eine Magd zu viel. Für die Küche brauchten sie vier und mit Arikana waren es nun fünf Mädchen. Gundel saß auf ihrem Stuhl und sah in den Burghof hinab, wo Gwendolyn gerade zum Garten hinüberging, um sich um die Blumen zu kümmern. Gundel stemmte sich von dem Stuhl auf und folgte der Magd. Die wenigen Schritte machten ihr, in ihrem Zustand, schon sehr zu schaffen, doch sie liebte diesen Garten. Es war eine Art von Flucht aus der Burg. Wenig später hatte sie das Tor passiert, dass wohl mal die Tür des für den Garten abgerissenen Wirtschaftsgebäudes gewesen war. Die eine Wand, die zur Burg hin, stand noch, die nach außen fehlte. Gwendolyn war mit einer Hacke beschäftigt und stand mit dem Rücken zu ihr. Gundel schob sich zur Seite und setzte sich auf die kleine, steinerne Bank, die an den Turm angebaut war. Eigentlich waren es nur zwei große Steine, die durch eine marmorne Platte miteinander verbunden waren. An den Turm gelehnt sah sie der Magd bei der Gartenarbeit zu. Dabei kam ihr die Idee, Gwendolyn als Gärtnerin zu beschäftigen. Wenn man so wollte, so machte sie diese Arbeit ja schon die ganze Zeit. Gerade war sie mit dem Rosenstock beschäftigt, der unmittelbar vor ihr stand, als die Magd sagte „Schaut Herrin, die Rosen beginnen aufzublühen." Dabei zeigte sie auf einen Zweig, der von ihr fort zeigte.

Bisher hatte das wuchernde Gestrüpp um die Rosen dafür gesorgt, dass sich keine Knospen bilden konnten, doch nun begannen die ersten zwei davon aufzuplatzen und die roten Blütenblätter steckten ihre Spitzen durch das grün. „Morgen sind die sicher aufgeblüht", sagte Gwendolyn und begann schon an der ersten Blüte zu zupfen. „Du machst eine gute Arbeit", sagte Gundel, die sich wieder auf die Bank setzte, von der sie nur kurz aufgestanden war, um die Blüten zu sehen. „Danke Herrin. Es macht mir auch viel Spaß", sagte die Magd mit einem Knicks. „Setze dich zu mir", sagte sie und die Magd stellte die Hacke an den Turm. Sie zögerte, sich zu setzen und erst eine weitere Einladung mit einer Handbewegung ließ sie sich setzen. „Was meinst du dazu, ab sofort nur noch für den Garten tätig zu sein?", fragte Gundel und sie sah in den leuchtenden Augen der Magd, das dieser Vorschlag ihr sehr gefiel. „Aber nur der Garten ist nicht genug Arbeit für eine Magd. Er ist einfach nicht groß genug", sagte die Magd zweifelnd. „Größer kann er aber nicht sein", sagte Gundel überlegend. „Und wenn du sonst als Zoffmagd für mich arbeitest?", fragte sie schließlich weiter. „Nach dem Diebstahl der Fibel geht das doch aber gar nicht mehr", sagte Gwendolyn zweifelnd, doch Gundel winkte ab „Dafür bist du doch bestraft worden und damit ist es gut. Auch glaube ich nicht, dass du wirklich die Fibel gestohlen hast", sagte sie und stand mühsam auf.

„Wenn ihr das wirklich möchtet, dann bin ich gern bereit, euch als Zoffmagd zu dienen", sagte die Magd und machte einen Knicks. Gundel nickte und sagte „Gib mir bitte Bescheid, wenn die Rosen aufgeblüht sind. Ich vermisse ihren Duft schon so lange." Dann verließ sie den Garten und ging zum Haus hinüber. Nun musste sie noch mit ihrem Mann klären, dass die Magd ab jetzt ihr zu dienen hatte. Sie betrat den Raum und fand ihren Mann dort vor, doch es dauerte eine Weile, ihn davon zu überzeugen, dass Gwendolyn nun als Dienerin immer in ihrer Nähe sein würde. Schließlich stimmte er zu. „Du solltest auch nach der Amme suchen. Es wird wohl nicht mehr lange dauern, bis unser Kind auf die Welt kommt", sagte Gundel abschließend. „Ja. Ich habe schon eine Frau gefunden. Ihr jüngstes Kind ist gerade gestorben", sagte

Friedrich, „Wenn du möchtest, so kann sie schon heute auf der Burg sein", setzte er hinzu und Gundel nickte.

Friedrich verließ den Raum und sie sah, dass er sich im Hof sein Pferd aus dem Stall holte. Als er gerade das Tor passierte, kam die Magd aus dem Garten. Gundel winkte sie durch das Fenster zu sich und wenig später stand Gwendolyn vor ihr. „Ab sofort bist du nicht mehr Küchenmagd, sondern Zoffmagd", sagte sie zu Gwendolyn. Die Frau nickte und machte einen Knicks. „Gern Herrin. Womit soll ich beginnen?", fragte sie und nun war es an Gundel zu überlegen, wozu sie eigentlich eine Zoffmagd brauchte.

In Gedanken versunken begann sie laut zu erzählen „Ich erinnere mich an Franziska. Sie war die Zoffmagd meiner Großmutter in Augsburg." Sie zeigte auf den Stuhl neben sich und Gwendolyn setzte sich, dann erzählte sie weiter „Die Zoffmagd hat dort meiner Großmutter bei der Körperpflege und beim Ankleiden geholfen. Zusätzlich war Franziska auch dafür verantwortlich, die Kleidung in ordentlichen Zustand zu halten und ihr die Haare zu kämmen. Sie war aber auch die Gesellschafterin und Begleitung meiner Großmutter bei den Feiern und Bällen. Franziska war sehr schlau und konnte sich gut zu allen Themen unterhalten. Könntest du dir das alles auch vorstellen?", fragte Gundel und wusste doch schon, dass all diese Dinge Gwendolyn sicher tun konnte.

Weil aber Gwendolyn nicht sofort zustimmte, setzte sie weiter hinzu „Bisher habe ich all das selbst getan, aber es wird mir immer beschwerlicher." „Aber Herrin. Wenn das Kind dann da ist, so werdet ihr dann sicher all diese Tätigkeiten wieder selbst machen und was ist dann meine Aufgabe?" „Wenn du mich unterhältst, so ist das schon genug", erwiderte Gundel. „Gern will ich es versuchen", sagte Gwendolyn und machte einen Knicks, nachdem sie sich von dem Stuhl erhoben hatte. Sie nahm die Bürste und begann schon mal damit, ihr die Haare zu bürsten. Dabei unterhielten sie sich wieder über die Feiern, die sie früher in Leipzig und Augsburg besucht hatten. Mitten in das Gespräch kam Friedrich zurück und schob eine schon etwas ältere Frau in den Raum. „Das ist die Amme", sagte er und die Frau machte einen Knicks. „Nun habe ich zwei Dienerinnen", sagte Gundel erfreut. Solch einen Luxus war sie bisher nicht gewohnt gewesen.

33. Kapitel

Schellentänze

Eigentlich gefiel es ihr ganz gut hier. Zwar war sie es gewohnt gewesen, immer die Sterne oder den Himmel über sich zu haben, doch ein Dach über dem Kopf zu haben, das war auch nicht zu verachten. Das merkte sie erst jetzt so richtig. Es ging ihr wieder soweit ganz gut, aber die Schrecken dieser Nacht kamen immer wieder in die Erinnerung zurück. Dann versuchte sie immer ruhig zu bleiben. Die Arbeit war nicht zu schwer. Für die Zubereitung des Essens war sie auch in ihrer kleinen Gruppe verantwortlich gewesen. Nur die obligatorische Haube der Mägde gefiel ihr nicht. Nur mühsam hatte sie zusammen mit Gwendolyn die Haare hochgesteckt und unter der Haube versteckt. Diese zwickte und drückte, aber Martha bestand darauf, dass sie dieses Kleidungsstück tragen musste.

Mit den anderen drei Frauen stand sie in der Küche und mit Gwendolyn hatte sie sich gut angefreundet. Irgendwie verdankte sie ihr ja auch ihr Leben. Ein langer Tag ging zu Ende und die Mägde saßen auf der Bank in der Küche. Gemeinsam nahmen sie ihr Mahl ein und auch Gwendolyn war zu ihnen gekommen. Sie arbeitete jetzt zwar als Zoffmagd bei der Herrin, aber zum Essen kam sie immer noch zu ihnen in die Küche. Auf der Bank unterhielten sie sich, was am Tage so passiert war und schon bald würden sie wieder in ihre Kammer nach oben steigen.

Aus dem Saal waren immer wieder die Männer zu hören. Plötzlich stand Peter im Raum. Der Mann gefiel ihr ganz gut und da sie aus dem fahrenden Volk stammte, war sie es nicht gewohnt, den Blick niederzuschlagen, wenn ein Mann sie ansah, so wie es die Mägde neben ihr taten. Sie fühlte, wie sie ihn anstrahlte. Dann kam er auf sie zu und fragte „Könntest du für uns tanzen?". Nur ein paar Augenblicke überlegte sie, dann antwortete sie „Natürlich. Ich habe früher nichts anderes gemacht. Aber ich habe keine Musik." „Ich könnte die Laute spielen", sagte Gwendolyn, „Und ich kann die Flöte übernehmen", setzte Simone von der anderen Seite hinzu. „Dann los!", sagte Arikana und stand auf „Ich ziehe mich noch um. Hilfst du mir?", fragte sie Gwendolyn und dann ging sie an Peter vorbei. Dabei zwinkerte sie ihm zu und strahlte ihn immer noch an. Dieser Tanz würde nur für ihn sein! Die beiden jungen Frauen stiegen zur Kammer hoch. Schnell hatte sie ihr Kleid ausgezogen und ein paar Kleidungsstücke unter ihrem Strohsack hervorgeholt.

„Das gehörte Sofia", sagte sie und hielt ein kleines Stück Stoff hoch. „Sie war unsere beste Tänzerin. Ich habe viel von ihr gelernt." dann streifte sie auch das Unterkleid ab und zog das kleine Oberteil an. Es bedeckte nur ihre Brust und ließ den Bauch und die Schultern frei. Dann zog sie ihren bunten Rock an, der nur bis zu den Knien ging. An Händen und Füßen musste Gwendolyn nun die Schellenbänder befestigen. Mit dem Tamburin in der Hand stieg sie hinab und jeder Schritt ließ die Schellen erklingen. Gwendolyn folgte ihr mit Laute und Flöte. Wenig später waren sie in dem Saal. Die Männer johlten bei ihrem Anblick. Dann nickte sie den beiden Freundinnen zu. Die Musik ertönte, sie tanzte und schlug das Tamburin. Aber ihr Blick lag nur auf Peter. Diesen Tanz tanzte sie nur für ihn, als Dank für ihre Errettung, schließlich hatte er sie aus der Schlucht geborgen und auf seinen Armen getragen. Aus Dankbarkeit und vielleicht auch aus Liebe? Jedenfalls schlug ihr Herz schneller, wenn sie ihn ansah.

Wie in Trance bewegte sie sich zu der Musik. Immer schneller wurden ihre Bewegungen, bis sie zusammenbrach. Als sie die Augen aufschlug, war ringsum Ruhe. Sie lag in Peters Armen und die anderen standen um sie herum. „Alles gut!", sagte sie leise, als sie Gwendolyns erschrockene Augen sah. Dann trug sie Peter wieder auf seinen Armen die Treppe hinauf in ihre Kammer, dabei schmiegte sie sich ganz fest an den Mann an. Es war schön, seine Nähe zu spüren. Wieder klopfte ihr Herz bis zum Halse und sie hörte das Herz des Mannes. Auch dieses schlug schneller. War es die Anstrengung? Oder war auch da mehr im Spiel? Oben angekommen legte er sie vorsichtig auf dem Strohsack ab und sie sah in seine Augen. Sorge lag darin. Noch nie hatte sich jemand um sie Sorgen gemacht. Noch etwas anderes schob sich nach vor, das sie nicht deuten konnte. „Es war wohl noch etwas zu früh, um zu tanzen", sagte sie leise. „Schone dich noch etwas", sagte Peter leise und sie nickte. Fast zärtlich strich er über ihre Wange, als er seine Hand unter ihrem Kopf hervorzog und sie zuckte unmerklich bei dieser Berührung zusammen.

Dann ging er und Gwendolyn beugte sich über sie. Kurz darauf rief sie nach Peter und der Mann erschien auch fast sofort wieder. Anscheinend war er noch vor der Kammer gewesen. „Kannst du Utz von uns fern halten? Sie ist zu schwach", sagte sie und Arikana zuckte bei dem Namen zusammen. Natürlich kannte sie den Knecht, aber warum erwähnte die Freundin ihn gerade jetzt? „Ich lasse ihn eine Nacht auf dem Turm", erklärte Peter und Gwendolyn nickte. Dann verschwand er erneut und Simone zog die Tür zu. Gwendolyn deckte die Decke über Arikana und dann blies Simone die Kerze aus. Schnell war sie eingeschlafen. Im Traum sah sie Peters Augen vor sich. Er hätte sie im Wald bestimmt beschützen können, doch eigentlich war ihr ja nichts passiert. Nur ihre Freunde hatten diese eine Nacht mit ihrem Leben bezahlt. Und niemand konnte dafür zur Rechenschaft gezogen werden.

Wieder sah sie sich auf der Flucht durch den Wald und wachte schreiend auf. Sie setzte sich auf und merkte, dass sie Sofias Oberteil noch trug. Gwendolyn sah sie erschrocken an. „Nur ein Traum", sagte Arikana, „Das kenne ich", erwiderte die Freundin. Im Halbdunkel des Zimmers nickten sie sich zu. Gwendolyn wechselte auf ihren Strohsack, lehnte sich an sie und erzählte zum wiederholten Male die Erlebnisse dieser einen Nacht. Arikana spürte die Tränen der Freundin an ihrer Schulter und dachte daran, dass sie nur durch einen Zufall überlebt hatte. Aber vielleicht war das alles eine göttliche Vorsehung gewesen. Sicherlich hatte sie noch eine Aufgabe zu erfüllen und sonst hätte sie ja auch Peter niemals kennengelernt.

Schließlich sagte sie „Ich möchte das ausziehen.", dabei zog sie an der Kleidung. Das Oberteil erinnerte sie zu sehr an die getötete Freundin und vielleicht kam der Traum ja auch von Sofias Seele. Gwendolyn half ihr und schon wenig später lag sie im eigenen Unterkleid neben der Freundin. Dann fragte sie „Was hast du eigentlich gegen Utz? Außer, das er zufällig denselben Namen trägt." und Gwendolyn flüsterte in ihr Ohr, was der Knecht ihr angetan hatte. Zum Schluss sagte sie „Aber sag es niemanden. Keiner wird mir glauben." Nun verstand sie die Freundin. Nebeneinander schliefen sie wieder ein und diesmal blieb der Traum aus.

Der neue Tag begann und mit ihm die Arbeit. Da Arikana den Saal aufräumen musste, war sie nahe an Peter und als der Schild mal wieder von der Wand fiel, wie jeden Morgen, stand Peter sofort neben ihr und half ihr. Ihre Augen trafen sich, als sie ihm den Schild gab und sich ihre Hände berührten. Das warme Gefühl war in ihr sofort wieder erwacht. War es Liebe? Zumindest klopfte ihr Herz erneut bis zum Halse.

34. Kapitel

Augensterne

Die halbe Nacht hatte er sich Gedanken um die Frau gemacht. Nun war er auf dem Weg zu ihr. Dabei konnte es ihm nicht schnell genug gehen, denn jeder Moment ohne sie schmerzte ihn. Peter eilte in die Küche, um nach ihr zu sehen. Schon am Morgen hatte er sie kurz beim Aufräumen gesehen und nicht in der Kammer, wie er angenommen hatte. Und gerade eben hatte er ihr Lachen von unten gehört. Er mochte sie, und zwar nicht so, wie er Gwendolyn mochte. Wenn er Arikana sah, dann zog es in seinen Lenden. Es kostete ihn eine ganz schöne Anstrengung, sie das nicht merken zu lassen. Die Frau strahlte ihn immer an und er hatte dann das Gefühl, als ob Sterne in ihren Augen waren. Wenn sie doch nur keine Dirne wäre! Sie stand am Tisch und er trat auf sie zu „Geht es dir gut?", fragte er, obwohl das doch offensichtlich war. Sie nickte, machte mit ihrer Arbeit weiter und er konnte sich nicht von ihr losreißen. Was wusste er eigentlich von ihr?

Er kannte Arikana doch erst ein paar Tage und dennoch war da eine Vertrautheit bei ihm, als würde er sie schon ewig kennen. Und nun wollte er nicht von ihrer Seite weichen, daher stellte er sich neben sie und versuchte ein lockeres Gespräch mit ihr. Unterbrochen von der Arbeit erzählte sie vom Singen und Tanzen, von den Reisen und von ihren Freunden. Sie schwärmte regelrecht von dem freien Leben, welches sie geführt hatte. Wieder sah sie ihn dabei so schräg an, dass er ihren Augen nicht ausweichen konnte. Dabei brannte ihm noch eine Frage auf den Nägeln. „Was war denn eigentlich mit den Männern?", fragte er nach längerem Zögern vorsichtig und sie nahm das Messer hoch „Warum sind wir Frauen eigentlich immer nur Dirnen für euch?", fragte sie traurig und nahm das erhobene Messer wieder herab.

„Aber das sagt man doch so vom fahrenden Volk", antwortete Peter entschuldigend. Ihre Augen blitzen wieder auf. Nun musste er versuchen, sie wieder zu beruhigen. „Entschuldige. Ich wollte dich nicht beleidigen", sagte er und sie runzelte die Stirn. Vermutlich hatte sich noch nie jemand bei ihr für irgendetwas entschuldigt. Sie sah ihn vorwurfsvoll aus ihren großen, schräg stehenden Augen an. „Von den anderen weiß ich das nicht. Aber ich bin noch unberührt", sagte sie trotzig. Dann legte sie das Messer auf den Tisch. „Wenn du dich traust, dann kannst du es ja prüfen. Aber Vorsicht! Ich beiße!", sagte sie lachend und zeigte ihm eine Reihe strahlend weiße Zähne, die noch alle vorhanden waren. Sie zog kurz das Kleid hoch, wodurch er ihre unbedeckten Knie sehen konnte, dann ließ sie das Kleidungsstück lachend wieder fallen.

Er war sofort versucht, ihr Angebot anzunehmen, aber vorher musste er noch etwas klären: denn sie beide gehörten dem Herrn. Nichts durften sie ohne seine Erlaubnis tun! Ihr war das vermutlich noch nicht klar, dass sie dadurch, dass sie nun Magd auf der Burg war, ihre Freiheit aufgegeben hatte. Doch er wusste es und er konnte es also auch nicht ignorieren. Gegen den Willen des Herrn zu arbeiten, das wurde streng bestraft. Sollte er den Herrn fragen? Er musste es! Und ein Blick in ihre Augen sagte ihm, dass auch sie es wollte. Sollte er auch sie fragen? Eigentlich ein unsinniger Gedanke. Keine Frau wurde gefragt, es wurde immer vom Herrn festgelegt. Wusste sie dies? Wie war das wohl beim fahrenden Volk?

Peter riss sich schließlich von ihr los und ging zu Friedrich. Sicherlich würde der Freund ihm den Wunsch nicht verweigern, doch konnte er es wissen? Mit klopfendem Herzen trat er vor seinen Herren. Er machte eine Verbeugung, kniete sich vor ihm nieder und fragte „Mein Herr, gebt mir das Recht zur Beilage mit Arikana." die förmliche Ansprache verfehlte die Wirkung offensichtlich nicht. Im Wald sprachen sie sich oft nur mit „Du" und dem Vornamen an, aber Friedrich war nun mal der Herr über Peters und Arikanas Leben. Der Freund setzte sich und sagte „Eine Dirne? Hast du keine Bessere gefunden?" „Sie ist keine Dirne!", entgegnete Peter, aber Friedrich winkte ab. „Ist das wirklich dein Wunsch?", und Peter nickte „Dann sei er dir gewährt. Ich gebe dir das gewünschte Beilagerecht."

Peter erhob sich, verbeugte sich noch einmal und als er sich umdrehte, sah er Gwendolyn, die gerade in den Raum gekommen war. Als er an ihr vorbei ging, sagte sie leise „Ich wünsche euch viel Glück." er nickte und war auf der Treppe. Nun musste er sie nur noch darüber informieren. Oder später? Ihr war es sicher egal, ob es jemand genehmigt hatte, dass sie mit einem Manne das Lager teilte. Aber wollte sie? Nach ein paar Schritten war er in der Küche. Immer noch strahlte sie ihn an. Er trat auf sie zu und küsste sie, obwohl das in der Öffentlichkeit nicht erlaubt war.

Sofort hörte er Martha schimpfen, aber Arikana wich ihm nicht aus, sondern küsste ihn ebenfalls. Dann schob er ihre Haube zur Seite und die Locken quollen darunter hervor. In der anderen Ecke der Küche schrie Martha „Raus hier!" und er zog Arikana aus dem Raum. Vor der Tür strich er mit seinen Fingern durch ihr Haar. Sie lehnte sich an ihn an. „Wohin nun?", dachte er und der Stall fiel ihm ein. Schnell ergriff er erneut ihre Hand und zog sie hinter sich her. Im Stroh stehend und küssend hatte er alle Mühe, seine wachsende Erregung zu unterdrücken. Je länger der Kuss dauerte, desto schwerer wurde es für ihn. Aber er wollte ihr nicht wehtun. Wenn sie die Wahrheit gesagt hatte und wirklich noch Jungfrau war, dann musste er sich Zeit lassen.

Diese Frau war so ganz anders, als alle anderen Frauen, die er bisher getroffen hatte. Unbeschwert und fröhlich war sie und im Moment schmolz sie in seinem Arm dahin. Langsam zogen sie sich gegenseitig aus, auch wenn er es kaum erwarten konnte, ihren Körper zu besitzen. Dann war sie nackt und er konnte seinen Blick nicht von ihr wenden. Sie war einfach wunderschön. Immer wieder versuchte er an etwas anderes zu denken. Schließlich sanken sie nebeneinander in das Stroh. Und wieder kamen Zweifel auf. Machten sie hier nicht etwas falsch? Nackt in der Öffentlichkeit? Das konnte mit Stockhieben bestraft werden. So wie ein Kuss, aber den hatte er schon in der Küche hinter sich gebracht.

Er hoffte, dass Martha ihn nicht verriet. Arikana wusste sicher nicht viel von diesen Gefahren. Gerade drückte sie sich seinen streichelnden Händen entgegen. Dann zog sie ihn auf sich und gab ihm damit das Zeichen, zu beginnen. Er zitterte, weil er so langsam vorging. Doch sSie hatte nicht gelogen. Sie war noch Jungfrau. Einen Moment später war sie es nicht mehr.

35. Kapitel

Glück auf Erden?

Martha hatte ihr etwas hinterhergerufen, was Arikana aber nicht verstanden hatte. Peter zog sie an der Hand hinter sich her. Dann waren sie im Stall und sie versank in seinen Augen. Sie wusste nun, dass er der Mann war, den sie immer gesucht hatte. Für den sie sich aufgehoben hatte, wenn man so wollte, auch wenn sie es die ganze Zeit noch nicht gewusst hatte. In dem Gebäude zeigte er auf das Stroh und sagte „Hierher habe ich dich damals gebettet." und sie ging auf ihn zu. Ein Kuss, eine Umarmung und immer wieder seine Augen, von denen sie nicht mehr loskam. So standen sie eine halbe Ewigkeit nur dort, bevor er langsam ihr Kleid öffnete. Ihre fahrigen Finger suchten die Bänder an seiner Jacke und lösten die Schleifen. Wenig später lagen sie nebeneinander nackt im Stroh und er küsste und streichelte sie. Eine Gänsehaut folgte seinen Fingerspitzen und ihr Körper zog sich schmerzhaft zusammen. Überall kribbelte es in ihr, als ob eine Armee von Ameisen über ihre Haut lief.

So oft hatte sie Sofia dabei zugesehen, wie sie mit den Männern das Lager geteilt hatte, doch noch nie war sie so weit gegangen, wie gerade jetzt. Sie wollte es! Arikana beugte ihren Kopf zu ihm hinüber und flüsterte ihm in sein Ohr „Bitte sei vorsichtig." dann öffnete sie ihre Schenkel, zog die Knie zur Seite hoch und schob den Mann auf sich. Für einen Moment verharrte er so, dann begann er sich zu bewegen. Arikana verkrampfte für einen Augenblick, doch er verharrte. Er wollte nicht ihren Widerstand mit Gewalt brechen, sondern gab ihr die Zeit, die sie brauchte. Die Frau spürte ihn dort, wo im Moment das Feuer der Lust am heftigsten loderte, wo ihr Blut pochend durch ihren Unterleib schoss.

Vorsichtig schob er sich in sie und wartete, bis sie sich entspannt hatte. Deutlich spürte sie, welche Anstrengung es ihn kostete, zu warten. Nun fühlte sie ihn in sich und ihr Herzschlag wurde schneller. Er stieß an ihre Jungfräulichkeit und drückte langsam weiter. Dann durchbrach er diesen Widerstand und sie zog die Luft ein, um den Schmerz zu unterdrücken. Mit einem Stoß war er über die ganze Länge in sie gedrungen und wartete erneut. Der Mann war wirklich sehr vorsichtig und für einen Moment schossen die Bilder von Sofia und deren Männern durch ihren Kopf. Da war das ganz anders gewesen. Der Druck in ihr war unbeschreiblich und gleichzeitig sehr schön. Arikana nickte ihm zu, Peter machte langsam weiter und es wurde mit jedem Stoß von ihm besser für sie.

Ein Glücksgefühl verdrängte den Schmerz. Ihr immer stärker pochender Schoß nahm ihn zur Gänze in sich auf. Immer schneller wurde Peter, bis er stöhnend über ihr zusammenbrach. Die junge Frau konnte spüren, wie er ihr zuckend seinen Samen übergab und schwer atmend über ihr liegen blieb. Sie küsste ihn und dann schlief er neben ihr ein. Vergeblich versuchte sie ihn wieder wach zu rütteln, denn schließlich war es der Stall, wo immer jemand hereinkommen konnte, doch es dauerte eine Weile. „Ich habe den Herrn gefragt. Er hat unsere Beilage erlaubt", sagte er, nachdem er sich neben ihr aufgestützt hatte.

„In welchem Zimmer werden wir leben?", fragte sie, denn weder die Mägdekammer noch die Kammer der Knechte würde für sie beide zusammen richtig sein. „Ich werde ihn fragen", sagte Peter und reichte ihr das Kleid. „Ich glaube, Martha wird schon sauer sein, dass wir uns entfernt haben", sagte sie lachend und zog das Kleid wieder an. „Ich kann dir ja helfen, dann holst du die verlorene Zeit auch wieder auf", entgegnete er und zog sich schnell an. Zusammen gingen sie hinüber zum Brunnen, wuschen sich und eilten zur Küche zurück. Hand in Hand putzten sie das Gemüse.

„Du wolltest den Herrn noch fragen", erinnerte sie ihn nach einer Weile und er nickte. Dann ging er und Martha trat an sie heran „Weiß der Herr davon?", fragte sie und Arikana antwortete „Er hat die Beilage erlaubt." Martha nickte „Aber ab jetzt nur noch in der Nacht", sagte sie und Arikana spürte, wie sie rot wurde. Doch Martha lächelte sie nur an. Beide nickten sich zu.

Später kam Peter wieder und sagte „Eines der Gästezimmer wird unser Raum." „Ein eigener Raum", sagte Arikana und konnte es kaum glauben. Aber hatte sie Peter nicht deswegen zum Herrn geschickt? „Ich hole deine Sachen", sagte er und setzte hinzu „Tanzt du heute Abend wieder für uns?" Arikana nickte und er verschwand nach oben. Die normale Arbeit ging weiter, aber sie fühlte sich ganz leicht. Das Glücksgefühl war immer noch in ihr und der Schmerz war schon lange verschwunden.

Beim Mahl verkündete der Herr vor allen Burgbewohnern, dass sie nun bei Peter leben würde. Anschließend zog Peter sie hinter sich her und zeigte ihr den Raum, wo er auch schon die Sachen für sie bereit gelegt hatte. „Ein richtiges Bett", sagte sie und strich über die Pfosten, die an allen vier Ecken des Bettes nach oben ragten und einen Baldachin trugen. „In so was Schönes habe ich bisher nicht liegen können", sagte sie und ließ sich vorwärts hineinfallen. „Ich kann es kaum glauben. Vor ein paar Tagen bin ich noch ruhelos umhergefahren und nun habe ich dich", sagte sie und stand wieder auf. Dann küsste sie ihn und zog das Kleid aus „Hilfst du mir?", fragte sie und er entgegnete „Fühlst du dich gut? kannst du heute wieder tanzen? Nach gestern Abend?" sie nickte. „Ich bin einfach nur glücklich.", sagte sie und streifte sich das Unterkleid über den Kopf.

Schnell hatte sie die Tanzkleidung angelegt und Peter half ihr mit den Schellen. Wenig später tanzte sie in dem Saal und wieder hatte sie nur Augen für Peter. Diesmal tanzte sie weniger schnell und hörte mehr auf die Melodie der Laute. Es war ihr egal, das die Männer johlten und ihnen der Geifer bei ihrem Anblick aus dem Mund lief. Nun gehörte sie Peter. Für immer!

Mitten in ihren Tanz brach die Herrin mit einem Schrei zusammen. Sofort war Gwendolyn bei der Frau, die nicht mehr von der Bank herunterkam. „Das Kind kommt!", rief die Freundin und nun lief auch Arikana zu ihr nach vorn. Mit den Schellen, die bei jedem Schritt ertönten, brachten sie zusammen die Herrin in ihren Raum. Dort legten sie die Gebärende in das Bett und Arikana sah Gwendolyn fragend an. Bisher war sie noch nie bei einer Geburt dabei gewesen. Doch die Freundin nickte ihr beruhigend zu. „Das ist Frauenarbeit. Ich weiß, was ich mache", erklärte Gwendolyn. Arikana drehte sich um. Peter stand in der Tür „Hilfst du uns?", fragte sie. Und obwohl Gwendolyn gerade gesagt hatte, das die Männer nicht helfen würden, nickte Peter und kam zu ihnen. „Was kann ich tun?", fragte er. Aus dem Saal war durch die offenen Türen die ausgelassene Stimmung der Männer zu hören.

Die Herrin schrie wieder und Gwendolyn bettete sie noch etwas anders auf das Lager. Dann sagte sie „Bringe heißes Wasser und saubere Tücher." der Mann verschwand. „Ruhe dich noch etwas aus. Das kann noch die ganze Nacht dauern", sagte die Freundin und legte ihr die Hand auf die Schulter. Arikana nickte, aber es war schwer, so untätig dabeizustehen, während die Frau auf dem Bett mit den Schmerzen der Geburt kämpfte. Peter kam mit den Tüchern zurück und Gwendolyn streifte der Herrin das Kleid nach oben. Danach säuberte sie den Unterleib der Gebärenden und legte eines der Tücher unter sie.

„Gib ihr immer mal was zu trinken und lenke sie ab", sagte Gwendolyn und Arikana ging zum Kopf der Herrin. Für einen Moment dachte sie daran, dass sie am selben Tag ihre Unschuld verloren hatte, wie die Herrin nun ihr Kind bekommen würde. Peter stand hinter ihr und reichte ihr den Becher. Zusammen mit ihm drückte sie den Oberkörper der Frau hoch, damit sie trinken konnte. Wehe um Wehe trafen die Frau und warfen sie in Schmerzen herum. „Haltet sie auf dem Bett!", rief Gwendolyn und sie griffen beide zu.

36. Kapitel

Hilfe in der Not

Es hatte die ganze Nacht gedauert, bis das Kind endlich dagewesen war. Irgendwann mitten in dieser Nacht hatte es Gwendolyn fast aufgegeben. Die Herrin war einfach in den Hüften viel zu schmal. Das konnte nicht gut gehen und trotzdem hatte sie der Mut nicht verlassen. Sie hatte den anderen ihr Zweifel nicht gezeigt. Die Herrin hatte sich in den Wehen auf dem Bett hin und her geworfen und wenn ihnen Peter nicht geholfen hätte, so wäre sie sicher aus dem Bett gefallen. Zum Glück war die Herrin gut genährt und hatte damit die Kraft, diese Tortur zu überstehen. Oft war Gwendolyn dabei gewesen, wenn ihre Mutter bei einer Geburt geholfen hatte. Es kam auf die Stärke der Frau an. Noch immer hatten sie es fertiggebracht, dass Kind auf die Welt zu bringen und auch diesmal hatten es Mutter und Kind gut überstanden.

Als sie das Kind in der Hand hielt, sagte sie zu Arikana „Danke dir. Ohne dich hätte ich es nicht geschafft." Die Freundin nickte und nachdem sie der Herrin das Kind in den Arm gedrückt hatten, traten sie zurück. Gwendolyn flüsterte nun in Arikanas Ohr „Das war die erste Geburt, bei der ich nicht nur zugesehen habe. Sonst war ich immer auf deiner Position und habe meiner Mutter geholfen." Die Freundin sah sie entgeistert an, aber die Herrin hatte sie zum Glück nicht gehört. Es wäre ja auch schlecht möglich gewesen, mitten in der Nacht noch eine erfahrenere Hebamme zu holen. Das Leben der Mutter hatte am Geschick von Gwendolyn gehangen.

Peter hatte inzwischen den Herrn aus dem Saal geholt und Gwendolyn sagte zu ihm „Es ist ein Sohn!" die ganze Zeit hatte er sich nicht in dem Raum sehen lassen, doch nun küsste er seine

Frau und strich seinem Sohn über die Stirn. Wenig später traf, durch Peter geholt, die Amme in dem Zimmer ein. Sie übernahm das Kind und brachte es in das daneben liegende Zimmer, in dem sie nun mit dem Kind leben würde. Völlig erschöpft schlief die Herrin im Bett ein und der Herr nickte ihnen dankbar zu. Leise verließen alle den Raum und gingen in den Saal hinüber, wo der Herr rief „Es ist ein Sohn! Wein für alle!" Die Mägde liefen sofort los, um die Krüge zu holen und auch sie beide wollten ihnen hinterher, als der Herr sie aufhielt und auf eine Bank zeigte. „Ihr habt euch etwas Ruhe verdient, nach dieser Nacht!", sagte er.

Der Wein wurde gebracht und nach einem Trinkspruch des Herrn auf seinen Sohn, stießen alle an. Gwendolyn schaute in ihren Becher und dachte daran, dass mit der Geburt der erste Teil überstanden war. Aber es blieben noch so viele Gefahren übrig. Da die Herrin sehr schmal gebaut war, war auch die Gefährdung für das Kindbettfieber bei ihr sehr groß. Besonders die schmalen Frauen waren in der Gefahr, in den Tagen nach einer erfolgreichen Geburt doch noch daran zu sterben. Würde es bei der Herrin auch so sein? Vorsorglich würde Gwendolyn die Zutaten für den Trunk schon einmal zusammensuchen, um der Herrin dann sofort helfen zu können.

Sie würde wieder zu den Bäumen unten am Fluss gehen müssen und dazu musste sie den Herrn fragen, denn sie durfte ja die Burg nicht alleine verlassen. Und sie wollte es auch gar nicht. Nichts und niemand würde sie jemals wieder ohne Begleitung in den Wald bringen, da war sie sich sicher. Zu schrecklich waren immer noch die Erinnerungen an die Gewalt, der sie dort ausgesetzt gewesen war. Aber sollte sie dem Herrn ihre Bedenken vortragen? Was würde er dazu sagen, dass sie damit rechnete, dass die Herrin das Kindbettfieber bekam? Würde er das nur als schlechtes Omen deuten? Dann wäre ihr Kopf wirklich in Gefahr, trotz der gerade erst überstandenen Geburtshilfe. Es war schon seltsam genug gewesen, dass er den beiden Frauen, die er für Dirnen hielt, seine Frau überlassen hatte! Da wollte Gwendolyn ihr Glück nicht überstrapazieren.

Und noch hatte sie für die Vorbereitungen etwas Zeit. Nicht vor einer Woche würden sich die Symptome zeigen, doch wenn es erst einmal so weit war, so würde dies unbehandelt zum sicheren Tode führen. Während alle noch feierten, ging Gwendolyn noch einmal zur Herrin hinüber, die aber immer noch schlief. Die Anstrengungen hatten sie zu sehr erschöpft. Prüfend legte Gwendolyn der Herrin die Hand auf die Stirn, aber alles war normal. Nun sollte die Frau sich erst einmal erholen.

Leise ging sie aus dem Zimmer, schloss die Tür und betrat den Raum der Amme. Die Frau hatte gerade das Kind an der Brust, als Gwendolyn zu ihr trat. Sie setzte sich daneben und sie begannen sich leise zu unterhalten, während der kleine Junge schmatzend trank. „Ich habe in der letzten Woche meine Tochter verloren. Sie ist nur zwei Wochen alt geworden", sagte die Amme, die sich mit Ulrike vorgestellt hatte. Oft hatte auch Gwendolyn schon feststellen müssen, das die Kinder wenige Tage nach der Geburt starben. Je ärmlicher der Haushalt war, umso höher die Sterblichkeit. Manche Frauen, vorausgesetzt sie lebten lang genug, hatten zehn oder zwölf Geburten, von denen aber nur ein kleiner Teil der Kinder überlebte. Beide sahen sie auf den Jungen herab, der es sicher mal leichter im Leben haben würde, als die beiden Frauen, die sich gerade um sein Leben sorgten. Schließlich beschloss Gwendolyn sofort noch den Herrn zu fragen, ob er mit ihr in den Wald ging. Sie nickte Ulrike zu, die das Kind zurück in die Wiege legte, und verließ den Raum. Das lautstarke Treiben im Saal war nicht zu überhören.

Die Männer hatten dem Wein schon sehr stark zugesprochen. Der einzige, den sie noch fragen konnte, war Peter. Aber konnte der Mann entscheiden, sie in den Wald zu begleiten? Ihre Tätigkeit als Zoffmagd war ja im Moment, solange die Herrin schlief, nicht gefordert. Da der Herr aber nicht mehr wirklich nüchtern und Peter seine Vertretung war, entschloss dieser sich sofort, sie zu begleiten, nachdem sie ihr Begehr vorgebracht hatte. Arikana kam zu ihr, als sie sah, dass Gwendolyn mit Peter geredet hatte.

„Ich muss etwas vorbereiten, falls die Herrin das Kindbettfieber bekommt", sagte Gwendolyn und die Freundin nickte verstehen. „Seid bitte vorsichtig im Wald", erwiderte sie leise und Peter nickte. Er rückte sein Schwert zurecht und Gwendolyn holte wieder den Korb aus der Küche. Wenig später verließen sie die Burg durch das Tor und betraten die Straße davor. Diesmal würden sie den etwas leichteren, dafür aber längeren Weg an der Sägemühle entlang nehmen.

37. Kapitel

Konfrontation mit der Angst

Natürlich hatte er sofort zugesagt. Alleine durfte die Magd die Burg nicht verlassen und er sollte ja sowieso ein Auge auf sie behalten. Gemeinsam gingen sie den Burgberg hinunter und folgten der Straße. Dabei unterhielten sie sich über die schwere Nacht, die sie beide gehabt hatten. Da hatten sie ja nicht schlafen können und Gwendolyn gähnte öfters. Nicht lange später sahen sie das Dach der Sägemühle vor sich. War es ein guter Gedanke gewesen, gerade hier entlangzugehen? Als sie um die Kurve kamen, sah er die beiden Knechte mit einem Karren vor der Mühle stehen. Diese luden Bäume von dem Fahrzeug ab und auch Gwendolyn sah die beiden Männer. Die Frau lief nun absichtlich näher bei ihm und ihr Blick war direkt auf diese Männer gerichtet. Er spürte ihre Angst, aber die Pflicht, der Herrin zu helfen, zog sie weiter vorwärts.

Schon bald wurde die Straße so eng, dass sie unmittelbar an den beiden Knechten vorbei mussten und auch diese hatten Gwendolyn nun bemerkt. „Da ist ja die Dirne und Diebin", rief Utz und Knuth nahm sich einen großen Knüppel von dem Wagen. Er rief „Du schuldest uns noch drei Gulden.", dabei schlug er sich mit dem Knüppel in die Hand, dass es laut über den kleinen Platz hallte. Unwillkürlich zuckte die Frau an seiner Seite zusammen, so als hätte der Hieb sie schon getroffen.

Peter zog sie hinter sich „Sie schuldet euch gar nichts! Was immer ihr auch gegeben habt, sie hat es euch tausendfach vergolten!" „Was weißt du denn schon!", brüllte Utz, der ihm nun am nächsten stand. „Alles, was ihr Gwendolyn gegeben habt, das habt ihr vorher dem Herrn gestohlen", rief Peter und zog den Schwertgriff demonstrativ nach vorn. „Halte dich da raus!", zischte ihn Knuth an, „Das geht nur uns und die Dirne etwas an", setzte er fort und versuchte an ihm seitlich vorbeizukommen, um die Frau zu packen. „Sie steht unter dem Schutz der Herrin und unter meinem!", rief Peter. Utz lachte nur. „Du bist genauso ein Knecht wie wir. Geh uns aus dem Weg!", brüllte ihn der Mühlenknecht an. „Nein!", setzte Peter ihm entgegen und griff zum Schwert. Da traf ein Hieb mit dem Knüppel seinen Arm. Die beiden Männer versuchten ihn nun von beiden Seiten zu umgehen. Schon hörte er die Frau hinter sich panisch aufschreien und von vorn kam nun auch noch der Müller mit einem großen Knüppel auf sie zu. Die drei Männer waren durch die schwere Arbeit auch sehr stark geworden und nun stand es drei gegen einen! Aus dem Augenwinkel heraus sah er, dass die Frau hinter ihm den Dolch gezogen hatte und sich auf die Seite von Utz schob, der ja unbewaffnet war. Also konzentrierte er sich auf die beiden Männer mit den Knüppeln.

Er vertraute auf die jahrelangen Übungen. Schnell hatte er das Schwert herausgerissen und ging damit zuerst auf Knuth los, bevor der Müller bei ihnen sein würde. Mit aller Kraft schlug er dem Manne den Schwertgriff ins Gesicht, wonach dieser nach hinten umfiel. Neben sich sah er die Frau zu Boden gehen. Utz warf sich über sie, um ihr den Dolch abzunehmen. Daher schlug Peter ihm schnell mit der flachen Seite des Schwertes auf den Rücken, wodurch Utz aufschrie und von ihr sprang. Nun war der Müller vor ihm und schwang seinen Knüppel über dem Kopf. Peter setzte ihm die Schwertspitze auf seinen Hals und sofort ließ der alte Mann den Knüppel fallen. „Pfeif deine Männer zurück!", zischte Peter ihn an und drückte die Schwertspitze nach vorn.

Der Mann wich zurück und fauchte „Das wirst du noch bereuen." Dann winkte er den beiden Knechten zu, damit sie sich zurückziehen sollten. Neben ihm rappelte sich Gwendolyn auf und hob den ihr entfallenen Dolch vom Boden auf. Sie schob sich näher an ihn heran und die drei Männer wichen vor ihnen zurück. Nun standen sie sich mit drei Schritten Abstand auf dem kleinen Platz gegenüber. „Packt euch!", rief Peter und hob das Schwert. Doch die Männer blieben stehen. „Gib die Frau raus und du kommst ungeschoren davon!", fauchte Utz immer noch, doch daran dachte Peter nicht einen Augenblick. Knuth hielt sich die blutende Nase und der Müller versuchte die beiden Männer zurückzuhalten.

„Verschwindet!", fauchte der Müller Peter und Gwendolyn an. „Ihr zuerst!", entgegnete Peter und schwang das Schwert. Schritt für Schritt wichen die drei Männer zurück, aber es war nur zu deutlich, dass der Müller die beiden anderen zog. Nur zu gern hätten sie sich auf Gwendolyn gestürzt. Als sie endlich weit genug entfernt waren, gingen Peter und die Frau seitlich zum Fluss und hielten dabei die Männer aber weiter im Blick. „Das ist aber gerade noch Mal gut gegangen", sagte Peter, als sie endlich im Wald angelangt waren. Gwendolyn hatte immer noch den Dolch in der Hand und blickte sich bei jedem Schritt vorsichtig um, ob ihnen auch wirklich niemand folgte.

„Du solltest dich nun auf deine Kräuter konzentrieren. Ich passe auf, dass uns niemand folgt", sagte Peter und sie nickte. „Danke dir, dass du mir geholfen hast", sagte sie und schob den spitzen Dolch zurück in die Scheide an ihrem Gürtel. Er hielt sich den Oberarm, wo er den einen Schlag erhalten hatte. Erst jetzt begann der Arm zu schmerzen. Offenbar bemerkte sie dies, denn sie sagte „Ziehe mal den Ärmel hoch.", danach betrachtete sie seinen Arm und sah sich um. Nach ein paar Augenblicken hatte sie eine Pflanze gefunden, deren Blätter sie auf die blau werdende Stelle legte und mit einem Streifen Stoff, den sie sich vom Saum ihres Unterkleides abgerissen hatte, festband. Die Schmerzen ließen sofort nach und sie gingen weiter.

„Müssen wir da wieder zurück?", fragte sie fast ängstlich und zeigte mit dem Finger hinter sich, wo die Sägemühle noch zu hören war. Peter setzte ihr dagegen „Wenn wir den Berg hochgehen, dann nicht. Aber es ist ein ziemlich beschwerlicher Aufstieg." „Dann werde ich mich meiner Angst wohl noch einmal stellen müssen", sagte sie und sah zurück.

Wenig später waren sie an den Bäumen und Gwendolyn begann die Kräuter zu sammeln, die sie haben wollte. Auch ein großes Stück Rinde fand seinen Weg in den Korb. Peter sah nach oben und sagte „Es ist schon spät, wir müssen nun zurück!" sie nickte und beide folgten sie dem Weg am Ufer. An der Sägemühle, die sie beide mit gemischten Gefühlen passierten, war diesmal keiner der drei Männer draußen zu sehen. Schnell waren sie daran vorbei und eilten den Berg hinauf. Noch vor dem Einsetzen der Dunkelheit waren sie wieder in der Burg und er konnte deutlich sehen, wie sie aufatmete, als sich das Burgtor hinter ihr schloss.

38. Kapitel
Rosenblüten

Tagelang hatte sie noch Albträume gehabt, nachdem sie die Männer an der Mühle getroffen hatte. Nun, eine Woche später, war die Angst endlich wieder gewichen. Die Herrin war immer noch so schlapp, dass sie das Bett noch nicht verlassen hatte, aber bisher hatte sie kein Fieber bekommen. Mehrmals täglich brachte Arikana ihr Suppe und Gwendolyn saß fast die ganze Zeit am Bett der Herrin. Sie unterhielten sich und wenn die Herrin schlief, so bewachte Gwendolyn den Schlaf der Frau. Manchmal schlich sie sich aber auch in den Garten, um die Arbeiten dort zu machen und heute brachte sie von dort einen Rosenzweig mit, an welchem drei Blüten wuchsen. Diesen wollte sie der Herrin zeigen, wenn diese dann erwachen würde. Als sie damit an das Bett trat, schlug die Frau die Augen auf und Gwendolyn hielt ihr den Zweig hin. Der Wohlgeruch hatte die Frau sicher aus ihrer Schläfrigkeit geholt. Lange saugte sie den Duft der Blüte ein, dessen Zweig sie in den Händen hielt. Doch Gwendolyn sah etwas anderes. Da war etwas in den Augen der Frau, was ihr nicht gefiel.

Vorsichtig legte sie die Hand auf die Stirn der Herrin. Das Fieber war da! Gwendolyn versuchte sich nichts anmerken zu lassen und sagte nur „Gnädige Herrin, ich werde euch einen Trunk zur Stärkung machen." Die Frau nickte und Gwendolyn eilte aus dem Zimmer. Einen sorgenvollen Blick warf sie von der Tür zurück auf die Frau, die in dem Bett lag und weiter an der Blüte roch.

So schnell ihre Füße sie trugen, war sie in der Küche und bereitete die Zutaten für den Trunk zu. Die hatte sie ja zum Glück schon im Hause. Mit dem Becher lief sie dann wieder zurück und gab diesen der Herrin. „Der riecht aber übel!", sagte die Frau und roch an dem Getränk „Aber er hilft!", setzte Gwendolyn entgegen und die Frau trank den Becher aus. Schnell hielt Gwendolyn ihr den Rosenblütenzweig wieder vor die Nase und die Herrin lächelte müde. „Tut euch irgendetwas weh?", fragte Gwendolyn besorgt und betastete den Bauch der Frau. Der war aber noch ganz weich. Also war das Kindbettfieber noch nicht ausgebrochen, sondern es war etwas anderes. Nun musste das Fieber heruntergehen. „Möchtet ihr etwas essen?", fragte Gwendolyn und rief aber auch schon nach Arikana, die sie gerade im Flur gesehen hatte. Die Freundin steckte ihren Kopf durch die offene Tür und die Herrin stimmte zu. Wenig später war Arikana mit einer Schüssel dampfender Suppe zurück. Langsam löffelte die Herrin die kräftigende Brühe.

Doch die Mahlzeit strengte die Frau auch wieder so sehr an, dass sie kurz darauf erneut einschlief. Der Zustand der Frau nach einer Woche machte Gwendolyn irgendwie Angst. Mit sorgenvollem Blick betrachtete sie die schlafende Frau und beschloss, sie nun nicht mehr alleine zu lassen. Nur nachts, wenn der Herr neben der Herrin schlief, zog sich Gwendolyn von ihr zurück. Am folgenden Tag klagte die Herrin über Übelkeit und musste sich schließlich in einen schnell geholten Eimer übergeben. Nun war der Bauch der Frau hart wie ein Brett, der Puls raste und sie hatte kalten Schweiß auf der Stirn. Es stand wirklich nicht gut um sie, doch Gwendolyn gab nicht auf. Immer wieder flößte sie der Herrin den Trunk ein. Allerdings sagte sie niemanden, wie schlimm es wirklich um die Herrin stand. Weder Arikana noch dem Herrn. Erst recht nicht der Herrin, denn Gwendolyn wollte vermeiden, das die Frau in Panik geriet und es damit nur noch schlimmer werden würde, als es nun ohnehin schon war.

Gwendolyn beschloss eine Tinktur aus Rosenblütenblättern zu machen und diese dann bei der Herrin zu verwenden. Sie wusste ja, dass diese den Duft der Blüten liebte. Vielleicht würde es helfen, zumindest konnte es aber auch nicht schaden. Fast alle Blüten fanden ihren Weg in den Topf und verwandelten sich über Nacht in eine gut riechende Essenz. Sorgfältig tupfte Gwendolyn damit die Stirn und das Gesicht der Frau ab. Die Flüssigkeit in dem Fläschchen, das den Inhalt von sicher mehr wie hundert Blüten enthielt, nahm langsam ab. Sorgenvoll verglich Gwendolyn den Stand der Flüssigkeit mit dem Heilungserfolg bei der Herrin.

So schnell würden keine Blüten mehr nachwachsen und der eine, letzte Strauch besaß nun nur noch fünf Blüten, die sie für die Herrin schonen wollte, wenn diese dann später wieder in den Garten ging. Direkt vor der steinernen Bank waren diese zwei Zweige und die sollten dort auch bleiben. Konnte der Herr helfen? Sie fragte ihn „Gnädiger Herr. Könnt ihr mir noch mehr Rosenblütenblätter besorgen? Ich brauche sie für eure Frau?" und der Herr schickte seine Knechte aus. Es war vermutlich nicht ganz so einfach, denn am Abend des Tages waren sie auch nur mit etwa hundert Blüten zurück, die abermals über Nacht in die wohlriechende Essenz verwandelt wurden.

Eine Woche bekämpfte Gwendolyn nun schon das Fieber und die Rinde des Baumes nahm immer mehr ab. Zwar hatte sie ein großes Stück mitgenommen, in Erwartung einer langen Behandlung, aber es war dennoch zu klein gewesen. Sollte sie noch einmal in das Gehölz gehen? Wieder an der Mühle vorbei? Als sie Peter danach fragte, ob er sie erneut begleiten würde, sagte dieser aber, dass er die Rinde auch alleine holen konnte. Er wusste ja noch, wo der Laubbaum stand. Dankbar nickte sie und er ging zu dem Fluss hinab. Am Abend war er dann wieder zurück und so konnte Gwendolyn über Nacht wieder den nächsten Trunk zubereiten lassen. Langsam verstärkte sie die Menge der Rinde in dem Trunk und hoffte so, die Krankheit bezwingen zu können.

Am nächsten Morgen brachte sie das nun stärkere Gebräu zur Herrin. Sie sah wohl, dass der Herr sie sorgfältig beobachtete. Aber sie hatte ihm ja nicht gesagt, wie es wirklich um seine Frau stand. Was hätte es genutzt, wenn er gewusst hätte, dass sie dem Tod im Moment näher war, als dem Leben? Zum Glück hatten die Blutungen der Herrin nun auch aufgehört und langsam wurde sie wieder kräftiger.

Da sie mit der Gesundheit der Herrin beschäftigt war, sah sie nur aus dem Augenwinkel, dass sie fast ständig von Utz beobachtet wurde. Doch der Dolch saß immer griffbereit an ihrem Gürtel und als der Mann ihr in der Küche auf den Hintern schlagen wollte, hatte er die Klinge am Halse. Mit einem Funkeln in den Augen ließ er von ihr ab. Aber was konnte der Mann schon machen? Schließlich stand Gwendolyn unter dem Schutz der Herrin!

39. Kapitel

Im Kindbett

Bundel hatte schon erkannt, wie es um sie wirklich stand. Allerdings wollte sie es sich nichts anmerken lassen. Zumindest ihrem Mann gegenüber schien das auch zu klappen. Doch Gwendolyn konnte sie damit nichts vormachen. Die Magd war zu erfahren, als dass sie es nicht sofort bemerkt hätte. Seit mehr als zwei Wochen lag sie nun hier und konnte kaum ihren Fuß aus dem Bett heben. Viel zu schlapp fühlte sie sich. Es war irgendwie beschämend, so hilflos zu sein. Nicht einmal auf den Austritt konnte sie gehen. Sie musste darauf warten, dass Gwendolyn mit einem Eimer kam, um ihr zu helfen. Eine der Wochen war nun fast im Dämmerzustand an ihr vorbei gegangen. Das Fieber und die Schmerzen hatten dafür gesorgt, dass sie von all dem, was um sie herum so vor sich ging, nicht viel mitbekam. Doch der herrliche Duft der Rosen hatte trotzdem einen Weg in ihren Kopf gefunden. Nun, da es ihr wieder besser ging, konnte sie auch wieder mit Gwendolyn reden. Sie tauschten sich über die vergangenen Feiern und Feste aus. Ihren Sohn durfte sie aber noch nicht sehen. Gwendolyn hatte Bedenken gehabt, dass sie sich durch den Sohn zu sehr anstrengen würde und sie hatte der Freundin zähneknirschend zugestimmt. Immer wieder hatte ihr Gwendolyn aber auch gesagt, dass die Amme sich liebevoll um ihren Sohn kümmern würde. Damit musste sie sich nun erst einmal zufriedengeben.

In die Träume, die sie in dieser Woche gehabt hatte, mischte sich immer wieder die Sorge um das Kind hinein. Seltsamerweise hatte sie darin keine Angst um sich selbst. Sie fühlte sich bei Gwendolyn in guten Händen. Die Frau wusste offensichtlich ganz genau, was sie tat. Auch die Rosenessenz war ein Zeichen dafür, dass sie ihrer Zoffmagd vertrauen konnte. Früher hatte sie oft darüber reden hören, dass Frauen im Kindbett geblieben waren. Doch es ängstigte sie, das Ganze nun am eigenen Körper zu spüren. Durch das Glühen des Fiebers hindurch hatte sie ihrem Mann immer nur gesagt „Alles ist gut." Bestimmt hatte der Mann ihren Zustand ebenfalls bemerkt, denn an manchen Tagen glaubte sie, zu glühen, an anderen wiederum schüttelte die der Frost durch, obwohl es draußen noch Sommer war. Die Abstände von Hitze zu Frost waren manchmal nur Augenblicke gewesen.

Immer mehr sah sie nun in Gwendolyn einen Freundin und nicht mehr eine Dienerin. Wenn sie dann wieder gesund sein würde, dann hatte sie sich vorgenommen, Gwendolyn aus dieser misslichen Lage zu befreien. Sie wusste ja nun, dass sie aus einem guten Hause kam und genau wusste, was sie tat. Dass sie eine Dirne gewesen sein könnte, das wollte sie nicht glauben. Zu Absurd war dieser Gedanke gewesen und dass ihr Mann dies immer noch so sah, tat ihr fast körperlich weh. Zumindest konnte sie mit den ihr unterstellten Mägden ja machen, was sie wollte. Wenn sie davon eine bestrafen wollte, so brauchte sie niemanden dazu zu befragen und auch wenn sie eine davon befördern wollte. Zwar war ihr Mann das Oberhaupt der ganzen Burg, aber die Frauen darauf unterstanden ihr.

Im Falle von Gwendolyn hatte sie ja nun genug Zeit gehabt, sich etwas zu überlegen. Vielleicht als Hofdame? Oder als Gesellschafterin? Das zweite gefiel ihr am besten und eigentlich machte sie das ja auch schon im Moment. Selbst jetzt saß sie am Bett und erzählte ihr Geschichten von Leipzig, damit sie an Augsburg und die schönen Feiern dort denken konnte. Wenn sie die Augen schloss, dann sah sie sich im Tanze drehen. Manchmal drehte sie sich dabei so schnell, dass ihr schwindlig wurde. Davon, und von der Krankheit, wurde ihr dann meisten so schlecht, dass die Freundin wieder den Eimer holen musste.

Es war eine beschwerliche Zeit. Doch die Rosen halfen ihr darüber hinweg. Immer wieder dämmerte sie aus dem Raum dahin. Dann ging sie wieder auf die Reise zum Ballsaal der Familie Fugger. Dabei sah Gundel sich in den kostbaren Kleidern ihrer Jugend und sie sah auch Gwendolyn neben sich tanzen. Vielleicht würden sie einmal zusammen dorthin reisen und dann gemeinsam auf einen dieser Bälle gehen können. Allerdings musste sie jetzt erst mal dieses Fieber richtig loswerden. Darum schluckte sie auch seit Tagen dieses seltsam riechende und fürchterlich schmeckende Gebräu. Sie erwachte und Gwendolyn hielt ihr wieder den Becher hin. Irgendwie würgte es sie schon, bei dem bloßen Anblick des Bechers, aber sie wusste auch, dass sie nur so wieder gesund werden würde. Gwendolyn hielt ihr fordernd den Becher an die Lippen.

Angeekelt schluckte sie die Flüssigkeit, die mit jedem Tag fürchterlicher wurde. Aber gleichzeitig spürte sie auch, dass es ihr langsam besser ging. Sie konnte es schon mal versuchen, etwas feste Nahrung zu sich zu nehmen und probierte dies mit etwas Brot in ihrer Suppe. Nach so vielen Tagen der flüssigen Ernährung schmeckte das Brot einfach nur köstlich. Es würde sicher nicht mehr lange dauern, bis sie wieder aufstehen und in den geliebten Garten gehen konnte. Dort würde sie dann, mit dem Sohn auf ihren Knien, die Rosen anschauen. Auch wenn es wohl nicht mehr so viele sein würden, denn die Essenz, die maßgeblich zu ihrer Gesundung beigetragen hatte, war sicherlich aus den Blütenblättern der Rosen gewonnen worden. Sie mochte sich im Moment lieber nicht vorstellen, wie die geliebten Rosensträucher wohl jetzt aussahen.

Nun ging es auf den Abend zu und Gundel fühlte sich ausgezeichnet. Schmerz und Fieber schienen vergessen. Als die beiden Mägde das Zimmer betraten, setzte sie sich auf und winkte sie freudig heran. „Seht nur!", rief sie, schwang die Beine aus dem Bett und stand schwankend auf.

„Herrin! Nicht!", rief Gwendolyn sichtlich erschrocken und lief schnell auf sie zu. Ein bisschen schwankte Gundel schon noch, nach der langen Zeit im Bett. Auch die andere Magd, die ein verführerisch duftendes Mahl mit geratenen Hühnerfleisch dabei hatte, kam zu ihr gelaufen. Alles drehte sich in Gundels Kopf. „Ihr müsst euch schonen und euch noch ausruhen! Bitte!", flehte Gwendolyn sie an. „Ich möchte mein Kind sehen und zum Austritt gehen. Ich habe schon viel zu lange auf den Eimer gemacht!", sagte die Frau. „Dann werden wir euch stützen. Aber zuerst den Trunk!", erklärte Gwendolyn. „Nein! Zuerst mein Kind!", widersprach Gundel und ließ sich nach draußen führen. Überglücklich setzte sie Fuß vor Fuß.

40. Kapitel

Tod und Verderben

Seit ein paar Tagen schon behandelte Gwendolyn die Herrin mit demselben Trunk, den sie damals auch ihr gegeben hatte. Gespannt schaute Arikana zu, wie die Freundin die Kräuter zubereitete. Es war wohl die einzige Hoffnung für die Herrin, die am Kindbettfieber litt. Schon viel zu viele Frauen hatte Arikana daran sterben sehen. Auf all ihren Fahrten hatte sie immer wieder gehört, dass dies in den Dörfern die häufigste Todesursache bei den Frauen war. Wer erst einmal daran erkrankt war, für den gab es fast keine Rettung mehr. Umso mehr bewunderte sie die Freundin dafür, mit welcher Verbissenheit sie um das Leben der Herrin kämpfte. Jede andere, selbst jeder Medicus, hätte schon längst aufgegeben und den Pfarrer für die letzten Sakramente gerufen. Doch Gwendolyn hatte Erfolg. Seit dem Vorabend konnte sich die Herrin schon wieder aufsetzen und auch Brot nahm sie schon wieder zu sich. Mit anderen Worten: es ging wieder aufwärts. Der kleine Junge, den nun die Amme betreute, würde seine Mutter auch noch brauchen.

Der Herr hatte ihn Alexander genannt, nach der Gestalt aus einem Buch, das die Herrin so gern las. Am Sonntag war nun auch die Taufe gewesen, an der sie aber nicht hatte teilnehmen können. Zu schwach war sie noch und für das Kind war diese Taufe wichtig. Immer noch konnte es sterben und ein ungetauftes Kind würde bei seinem Tod direkt ins Fegefeuer kommen. Kein Elternpaar wollte dies riskieren.

Es ging auf den Abend zu und während Gwendolyn in einem silbernen Becher den Trunk vorbereitete, begann sie die Speisen für die Herrin auf eine Schale zu legen. Brot, Trauben und gebratenes Hühnerfleisch sollte sie der Herrin bringen. Als sie beide das Zimmer betraten, saß die Frau im Bett und winkte sie freudig heran. „Seht nur!", rief sie, schwang die Beine aus dem Bett und stand schwankend auf. „Herrin! Nicht!", rief Gwendolyn, stellte den Becher auf den Tisch und lief schnell auf die schwankende Frau zu. Gerade noch rechtzeitig, um sie aufzufangen, war Gwendolyn bei ihr. „Hilf mir!", sagte die Freundin zu ihr und Arikana stellte das Tablett neben den Becher.

Zusammen stützten sie die glückliche Herrin, die aber immer noch sehr wackelig dort stand. „Ihr müsst euch schonen und euch noch ausruhen! Bitte!", flehte Gwendolyn die Herrin an. „Ich möchte mein Kind sehen und zum Austritt gehen. Ich habe schon viel zu lange auf den Eimer gemacht!", sagte die Frau. „Dann werden wir euch stützen. Aber zuerst den Trunk!", erklärte Gwendolyn „Nein! Zuerst mein Kind!", widersprach die Herrin und so stimmte Gwendolyn schließlich zu. Sie hakten die Frau zu beiden Seiten unter und führten sie zuerst zur Amme, wo die Herrin dem schlafenden Kind liebevoll über die Stirn strich, danach auf die halbe Treppe, wo sich die Frau auf den Austritt setzte. „Ihr wisst gar nicht, wie gut das tut", sagte sie lächelnd. Danach gingen sie zusammen wieder zurück und setzten die Herrin auf das Bett. Der kurze Weg hatte sie schon sehr geschwächt.

Gwendolyn holte den Becher und reichte ihn der Herrin „Und nun der Trunk, dann wird es euch morgen schon besser gehen", sagte Gwendolyn. Der Herr betrat den Raum und die Herrin rief ihm zu „Denk dir nur: ich war bei meinem Kinde." „Er heißt Alexander", sagte der Herr und kam auf sie zu „Danke dir", sagte die Herrin und setzte den Becher an. Mit einem Zuge trank sie das widerliche Gebräu, das aber offensichtlich half. Kurz darauf begann sie um Luft zu ringen. Der Becher entglitt ihrer Hand und fiel scheppernd zu Boden. „Herrin was ist mit euch?", fragte Gwendolyn entsetzt. Die Herrin wurde blau im Gesicht und begann zu japsen. Dann fiel sie vom Bett und wand sich in Krämpfen hin und her. Sie drei bemühten sich, die Frau auf das Bett zu heben, doch es gelang ihnen nicht, die Herrin festzuhalten. Plötzlich durchlief ein Zittern den Leib der Frau und ihre Seele verließ ihren Körper. Leblos lag sie am Boden. Gwendolyn rüttelte an ihrer Schulter und schrie „Herrin nicht!" doch die Frau war tot. Der Herr riss Gwendolyn an der Schulter zurück „Was hast du getan?", schrie er sie an, dann beugte er sich über die Herrin „Du hast sie getötet!", schrie er und Gwendolyn stammelte „Ich habe ... Ich wollte ... Ich konnte ... Es tut mir leid." „Wachen!", schrie der Herr und zwei Knechte kamen in das Zimmer gelaufen. „Packt sie!", schrie der Herr und zeigte auf Gwendolyn, dann setzte er ganz leise fort „Ich hatte dir versprochen, dass du deinen Kopf verlierst. Morgen bei Sonnenaufgang wird das Schwert dich zum Tode befördern. Diese Nacht gebe ich dir Zeit, um deine Sünden zu bereuen und dich mit Gott auszusöhnen."

Nach einer kurzen Pause schrie er „Bringt sie in den Kerker und sperrt die Mörderin ein.", dann drehte er sich zu seiner Frau um und hob sie nun auf das Bett „Alle raus!", brüllte er und kniete sich vor das Bett. Schnell verließen alle den Raum. Arikana war die letzte und als sie die Tür schloss, sah sie, dass der Mann weinte. Die beiden Wachen schleiften Gwendolyn ziemlich unsanft den Flur entlang zur Treppe hinüber, die zum Hof und von dort zum Kerker hinunterführte. „Das habe ich nicht gewollt", war das letzte, was Arikana die Freundin sagen hörte, bevor die Wachen sie die Treppe hinunterschleiften.

Fassungslos stand Arikana im Flur. Das konnte doch nicht wahr sein. Peter kam die Treppe von oben heruntergelaufen „Was ist passiert?", fragte er, „Die Herrin ist tot. Der Trunk. Gwendolyn wird morgen früh sterben!", sagte Arikana und die ersten Tränen flossen über ihre Wangen. Peter nahm sie tröstend in den Arm. Die Tür öffnete sich und der Herr trat heraus „Peter. Ich möchte, dass du morgen früh die Magd köpfst", sagte er nur und Peter nickte „Wie ihr wünscht", antwortete er leise, dann war der Herr wieder im Zimmer und holte seine tote Frau. Auf Armen trug er sie nach draußen und brachte sie jetzt sicherlich in die kleine Kapelle hinunter.

Arikana und Peter sahen ihm noch eine Weile nach „Das war sicher nicht der Trunk", sagte Arikana, doch der Herr hatte sein Urteil gefällt. Die Freundin würde schon am nächsten Morgen ihren Kopf verlieren.

41. Kapitel

Fremde Schuld?

Da saß sie nun wieder in der kleinen Kerkerzelle. Es war halbdunkel in dem Raum. Dabei war draußen die Sonne noch nicht untergegangen. Man hatte ihr die Hände an eine Kette gelegt und diese so kurz an der Wand fest gemacht, dass sie nur noch sitzen konnte. Direkt über ihr war das kleine Fenster, das zwar kaum eine Elle hoch und breit war, durch das sie aber den Rosenstrauch hätte sehen können, der sich auf der anderen Seite der Mauer befand. Direkt hinter ihrem Rücken stand auch an der anderen Seite der Wand die steinerne Bank, auf der die Herrin so gern gesessen hatte, um diese Rosen zu bewundern. Doch die Herrin war tot. Getötet von ihr! Ein Sturzbach von Tränen lief über ihre Wangen und sie konnte sich nicht beruhigen. Was hatte sie falsch gemacht? Der Trunk hatte doch so viele Tage lang gewirkt und bei Arikana hatte er doch auch geholfen.

Nun saß sie hier an die buckelige Wand gelehnt und fragte sich immer wieder, warum es passieren musste. Am nächsten Morgen würde sie ihren Kopf verlieren, das hatte ihr der Herr versprochen, doch im Moment wäre es besser gewesen, er hätte es schon getan. Immer schlimmer wurden die Vorwürfe, die sie sich selbst machte. Warum hatte man ihr eigentlich diese Kette angelegt? Fliehen hätte sie hier heraus, selbst wenn sie es gewollt hätte, sowieso nicht gekonnt. Das Fenster war mit jeweils drei Eisenstäben über Kreuz so vergittert, dass gerade mal eine Hand hindurchgepasst hätte. Und die Tür war fest verschlossen. Sie hatte noch den hämischen Gesichtsausdruck von Utz gesehen, als er die Eisenschellen um ihre Handgelenke zuschnappen ließ.

Langsam wurde es draußen dunkel und hier drin wurde es still. Der Tränenbach versiegte und sie lehnte den Kopf an die Steinwand. Wenn sie nur irgendetwas hätte tun können, doch es hatte alles nichts mehr geholfen. Sie lauschte in sich hinein und entschuldigte sich bei Gundel, ihrer Herrin, die ihr wie eine Freundin geworden war. Ihre Leiche lag nun vermutlich in der kleinen Kapelle aufgebahrt und würde am nächsten Tag beerdigt werden. Vielleicht würden sie beiden zusammen beerdigt werden. Immer weitere Gedankenkreise zogen davon und in das Finster der Nacht malte der silbrige Mond Schreckgespenster auf die gegenüberliegende Wand. Selbst wenn sie schlafen gekonnte hätte, es wäre ihr mit der Kette unmöglich gewesen. Die Schuld lag einfach zu schwer auf ihrem Gewissen.

Ein Geräusch ließ sie aufhorchen. Es klang, als ob jemand die Treppe herunterkam, dann fiel ein Lichtschein durch das kleine Loch an der Tür. Sie hörte den Schlüssel sich im Schloss drehen, dann schwang die Tür mit einem Quietschen auf. Gwendolyn sah nach oben, aber es war noch lange nicht hell, höchstens etwas dämmrig. Der Morgen und damit ihr Ende waren noch fern. Was wollte der Besucher bei ihr und wer war es? Der Herr? Dann trat Utz durch die Tür und leuchtete ihr mit einem Feuer in ihr Gesicht. Ganz nah hielt er die Fackel. So nah, dass Gwendolyn davor zurückzuckte und dadurch mit dem Hinterkopf schmerzhaft gegen die Wand stieß. Hämisch grinste der Knecht sie an, steckte die Fackel in die Halterung an der Wand und drückte die Tür zu.

Der Mann blieb einen Augenblick so stehen und starrte sie an, dann begann er zu erzählen „Du wirst dich sicher gefragt haben, warum dein Trunk nicht gewirkt hat, oder anders, als du es dir vorgestellt hast. Nun, ich habe eine kleine Zutat hinzugefügt. Eigentlich hätte der Herrin davon nur schlecht werden sollen, aber ihr Körper war wohl noch zu schwach." Gwendolyn musste schlucken „Du hast sie umgebracht?", fragte sie laut und er nickte „Ja, wenn man so will", entgegnete er und kniete sich vor sie hin. „Was willst du damit erreichen?", fragte sie gepresst. „Nun ja", begann er „Die Herrin ist tot, aber du könntest Leben.", dann machte er eine größere Pause, „Unten in der Sägemühle ist ein Medicus, der mir auch die Tropfen gegeben hatte, der könnte morgen früh bestätigen, dass die Herrin am Kindbettfieber gestorben ist und nicht an deinem Trunk." „An deinem Trunk!", entgegnete Gwendolyn erbost und er nickte wieder „Wenn du so willst: an meinem Trunk." „Du verlangst doch sicher etwas dafür als Gegenleistung", sagte sie und wusste doch schon, was er sagen würde. „Natürlich", begann Utz und setzte hinzu „Gib dich mir freiwillig hin und du wirst Leben."

„Dann will ich lieber sterben!", sagte sie trotzig. „Wie du willst", erwiderte der Knecht und stand auf. Er drehte sich zur Tür um, dann zögerte er und war mit einem Satz wieder neben ihr. „So einfach lasse ich dich nicht entkommen!", sagte er gepresst. Der Mann griff zu ihrem Fuß und zog sie daran durch die Zelle. Die Kette riss ihre Hände nach hinten, bis sie über ihrem Kopf waren und sie auf dem Rücken lag. Vor Überraschung konnte sie keinen Laut herausbekommen. Mit einem Sprung war er neben ihr und drückte ihr die Kehle zu. „Was du mir nicht freiwillig gibst, das nehme ich mir eben mit Gewalt!", flüsterte er in ihr Ohr. Dann riss er ein Stück Stoff von ihrem Ärmel ab und steckte es ihr tief in den vor Schreck aufgerissenen Mund. „Zu lange hast du mich zum Narren gehalten!", sagte er gepresst und betrachtete sein Werk.

Gwendolyn glaubte ersticken zu müssen. Zu tief steckte das Stoffstück in ihrem Rachen. Sie würgte und noch immer hatte er auch die Hand an ihre Kehle. Wollte er ihr wirklich Gewalt antun? Bevor sie noch irgendetwas tun konnte, hatte er ihr mit der freien Hand die Kleider bis zum Nabel nach oben gezogen und sich die

Hose geöffnet. Schließlich ließ er ihre Kehle los und warf sich auf sie. Mit beiden Händen zog er nun ihre Knie auseinander, die sie verzweifelt zusammenzudrücken suchte. Doch er war zu stark für sie. Der schwere Mann stieß einfach zu. Dann drängte er mit Kraft in sie und der Schmerz war derselbe, wie damals auf der Lichtung. Sie konnte nicht schreien, nur wimmern. Immer wieder stieß er in sie und er schien sie damit zerreißen zu wollen. Die Kette hielt ihre Hände und seine Hände umfingen ihre nackten Knie. Hilflos lag sie dort. Schnaufend verging er sich an ihr und sie würgte an dem Stück Stoff. Zuckend und hämisch grinsend ergoss er sich schließlich in sie.

Endlich ließ er von ihr ab, stand auf und schloss seine Hose. „Wir sehen uns dann beim Morgengrauen", sagte er noch, nahm die Fackel und verwand. Die Tür fiel hinter ihm zu und der Schlüssel knarrte im Schloss. Gwendolyn drückte sich hoch und bekam den Kleiderfetzen zu packen. Schnell riss sie ihn aus dem Mund und musste husten. Wieder setzte sie sich an die Wand und bedeckte ihre Beine mit dem Kleid. Die Schmerzen in ihrem Unterleib waren kaum auszuhalten, aber sie würden ja mit dem Aufgehen der Sonne verschwinden. Nun saß sie dort mit angezogenen Beinen und wartete auf die Sonne. Tränen hatte sie trotz der Schmerzen keine mehr.

Als das erste Tageslicht wenig später in die Zelle fiel, kamen die Männer, um sie zu holen, und führten sie auf den Burghof hinaus. Dort standen schon alle Bewohner der Burg angetreten. Sie vermied es, ihnen in die Gesichter zu schauen. Zu sehr schämte sie sich für ihr Vergehen. In der Mitte war eine kleine Holzplatte, auf die sie sich knien sollte, mit dem Rücken zu den Anwesenden. Peter trat mit einem Schwert neben sie und sagte leise, dass nur sie es hören konnte, „Ich werde dich mit einem Hieb töten, damit du keine Schmerzen haben wirst." „Ich danke dir", sagte sie leise, denn oft hatte sie gesehen, dass der Henker mehr als drei Schläge brauchte. Sie faltete ihre Hände und rief nach oben „Gütiger Gott in deine Hände empfehle ich meine Seele." dann reckte sie ihren Kopf so weit nach oben, dass der Hals ganz lang wurde und damit für Peter gut zu treffen war. Er zog ihre Haare nach oben und sie spürte die kalte Klinge an ihrem Halse, als Peter für den Hieb Maß nahm.

Der Mann neben ihr hob das Schwert und Friedrich fragte „Hast du noch etwas zu sagen?" Sie antwortete „Ich bin schuld am Tode der Herrin und ich empfange nun meine Strafe." „Nein!", sagte der Herr laut und Gwendolyn fuhr im Knien herum. Auch Peter ließ überrascht das erhobene Schwert sinken. „Du bist nicht schuld. Sondern Utz!", rief Friedrich und zeigte auf den Mann „Wieso?", fragte Gwendolyn, „Ich habe im Rosengarten gesessen und das Geständnis dieses Mörders gehört. Er soll an deiner Stelle knien." Zwei Männer packten Utz bei den Armen „Nein Herr. Ich bin schuld. Ich hätte darauf bestehen müssen, dass die Herrin den Becher sofort trinkt und ihn nicht unbeaufsichtigt stehen ließ", sagte Gwendolyn mit Tränen in den Augen.

„Deine Rede ehrt dich. Stehe auf und komme zu mir", befahl der Herr. Zögerlich erhob sie sich und wankte unter Schmerzen zu dem Mann hinüber. Die beiden Knechte schleppten den strampelnden Utz zur Mitte und zwangen ihn, sich hinzuknien. „Und nun Peter. Vollstrecke das Urteil!", rief der Herr und Peter erwiderte „Mit dem größten Vergnügen." Das Schwert sauste nieder und trennte den Kopf des Knechtes mit einem Hieb von dessen Rumpf. Die Schmerzen wurden übermächtig und mit einem Schrei brach Gwendolyn zusammen.

42. Kapitel

Tiefe Wunden

Arikana kniete neben der Freundin und strich ihr über die Stirn. Nur einige Schritte entfernt lag die Leiche von Utz und bis vor wenigen Augenblicken war jeder in der Burg noch sicher gewesen, das Gwendolyn dort ihr Leben beenden würde. Sie sah, dass sich die Augenlider bewegten. „Sie kommt wieder zu sich", sagte sie und alle standen um sie herum. Der Herr blickte ihr direkt über die Schulter und Peter kniete nun neben ihr. Das blutige Schwert hatte er achtlos in den Hof gelegt. Mit vor Schmerz verzogenem Gesicht öffnete die liegende Freundin wieder ihre Augen. Dabei erschrak sie vor all den Gesichtern, die sie über sich sah. Dann versuchte sie sich aufzurichten und dabei fiel ihr Blick auf den kopflosen Körper, der nur wenige Schritte von ihr entfernt lag. „Und es war doch meine Schuld", murmelte sie, doch wieder erwiderte der Herr „Nein, dich trifft die Schuld nicht." Unmerklich nickte sie und Arikana fragte „Was ist mit dir?" und sie antworte leise „Der Utz … im Kerker … er hat mich … es tut so weh." Dann fiel sie wieder zurück und Peter fing sie auf. Anschließend trug er sie auf seinen Armen in das Gebäude hinein und dann die Treppe hinauf, bis in die Mägdekammer, wo er sie auf ihren Strohsack ablegte.

Sie war ihm gefolgt und auch der Herr war an der Lagerstatt der Freundin. Was hatte sie wohl gemeint? Woher kam der Schmerz? Dann fiel es ihr ein und sie schickte die Männer hinaus. Als sie das Kleid der Freundin zurückschlug, sah sie die blutige Stelle zwischen den Beinen der Freundin. In der Zeit beim fahrenden Volk hatte sie viel über kleine Wunden gelernt und wusste, wie sie diese versorgen musste, doch als sie die Wunde berührte, stöhnte die Freundin auf. Mühsam schlug sie die Augen auf und

Arikana sagte „So ein Hurensohn. Was hat er nur mit dir gemacht!" dann schlug sie das Kleid wieder herunter und eilte in die Küche, wo noch ein paar der Kräuter von Gwendolyn auf dem Tisch lagen. Als sie wieder herauskam, stand dort der Herr und fragte „Wie geht es ihr?" und Arikana erklärte ihm, wie es um die Freundin stand. Der Mann war sehr betroffen. „Wenn ich es gewusst hätte, dann wäre ich dazwischen gegangen. Aber ich habe keinen Laut aus dem Kerker vernommen", sagte er und Arikana setzte hinzu „Utz hat ihr sicher den Mund zugehalten. Ihr Schreien hätte sonst die ganze Burg auf sein schändliches Treiben aufmerksam gemacht." Der Herr nickte und sagte „Wenn sie etwas braucht, dann lasse es mich wissen. Ich will meinen Fehler wieder gutmachen." Arikana nickte und lief los. Unterwegs nahm sie noch ein sauberes Tuch mit, dann kniete sie vor der Freundin und versorgte die Wunde.

Mit zusammengebissenen Zähnen saß Gwendolyn, halb aufgerichtet, auf ihrem Lager und sah ihr bei der Wundversorgung zu. „Kannst du mir etwas Wasser zum Trinken bringen?", fragte Gwendolyn schließlich und Arikana rannte sofort los. Wenig später war sie mit dem Becher zurück und gab ihn an die Freundin weiter. Gwendolyn sah in den Becher. Sicherlich machte sie sich weiter Vorwürfe. Dann trank sie. „Ich habe auch nicht auf den Becher der Herrin geachtet", sagte Arikana schließlich, als sie der Freundin das Trinkgefäß wieder abnahm, und setzte dazu „Wir konnten doch nicht wissen, dass da jemand etwas hineintut." Doch die Freundin machte sich immer noch Vorwürfe. „Durch meine Unvorsichtigkeit ist die Herrin zu Tode gekommen", stellte sie fest und begann zu schluchzen.

Arikana setzte sich neben sie und nahm sie in den Arm. Sie versuchte Gwendolyn zu trösten. Es dauerte eine ganze Weile, bis sie sich wieder beruhigt hatte. „Zur Beerdigung möchte ich aber mitkommen", sagte Gwendolyn, „Zu der von der Herrin", setzte sie hinzu, denn es würde ja zwei geben und zu der des Knechtes würde sie sicher nicht wollen. Arikana nickte und ging zum Herrn hinunter. Dort machte sie einen Knicks und sagte „Gwendolyn möchte auch zur Beerdigung der Herrin kommen, aber sie kann noch nicht gehen." „Die sollte eigentlich heute sein, aber ich werde sie auf morgen verschieben. Vielleicht geht es deiner Freundin dann schon wieder besser", erklärte der Herr und Arikana ging, nach einem erneuten Knicks, zurück in die Mägdekammer, wo Gwendolyn gerade eingeschlafen war. Peter kam die Treppe herauf und sah in den Raum. „Ich werde heute Nacht bei ihr bleiben", legte Arikana fest und der Mann nickte verstehend.

Es war zwar noch mitten am Tag, aber Gwendolyn schlief einfach. Vermutlich hatte sie vor Kummer, Schuld und Schmerz in der Nacht nicht geschlafen und der Körper holte sich nun zurück, was sie ihm verweigert hatte. Und die Schmerzen waren jetzt im Schlaf sicher auch leichter zu verkraften. Simone hatte ihr gesagt, dass sie Arikanas Arbeit in der Küche mit übernahm und sie sich damit um Gwendolyn kümmern konnte. Daher saß sie nun weiter auf dem Schlafsack neben Gwendolyn und sah in das Gesicht der Freundin. Vor einer Weile hatte sie selbst so gelegen und Gwendolyn hatte sich um sie gekümmert. Nun konnte sie ihr etwas davon zurückgeben. Plötzlich schreckte Gwendolyn hoch und versuchte aufzustehen, doch sie fiel sofort wieder auf ihr Lager zurück.

„Ich muss die Herrin noch einmal sehen", sagte sie schließlich und versuchte erneut auf die Füße zu kommen, aber wieder gelang es ihr nicht. „Hilf mir bitte", flehte Gwendolyn sie an und Arikana sah zur Treppe hin. „Das schaffen wir nicht. Ich hole Peter, er kann uns helfen", sagte sie und lief los. Wenig später war sie mit dem Mann zurück.

„Damals bin ich noch lange durch den Wald gelaufen. Diesmal kann ich mich kaum bewegen", sagte Gwendolyn mit Tränen in den Augen. „Die Herrin ist in der Kapelle aufgebahrt. Ich trage dich hin", sagte Peter und hob sie vorsichtig auf seine Armen. Zu dritt stiegen sie die Treppe hinab und gingen zur Burgkapelle.

Dort setzte Peter die Freundin ab. Die letzten drei Schritte machte Gwendolyn langsam und mit immer noch vor Schmerzen verzogenem Gesicht. Wenig später stand sie am Kopfende der Bahre. „Es tut mir so unendlich leid", sagte sie wieder. Dann begann sie zu weinen und hielt sich schluchzend am Rand der Bahre fest. Von dort drehte sie sich zu ihr um „Kannst du mir die Bürste aus ihrem Zimmer bringen? Ich bin doch ihre Zoffmagd", sagte sie und löste das Band der Kappe vom Kopfe der Herrin.

Arikana lief sofort los und traf auf der Treppe auf den Herrn. „Ich soll die Bürste holen. Gwendolyn will der Herrin die Haare machen", sagte sie, nach einem Knicks. Der Herr eilte in das Zimmer, nahm die Bürste und sagte „Ich komme mit.", dann gingen sie zusammen zur Kapelle hinüber. Dort gab der Herr Gwendolyn die Bürste und setzte sich auf eine der Bänke. Arikana hielt sich im Hintergrund und sah zu ihm und der Freundin. Der Graf beobachtete die Zoffmagd und da war etwas Seltsames in seinem Blick, wie Arikana stumm bemerkte. Bisher hatte er in ihr immer die Dirne gesehen. Das schien nun anders zu sein.

43. Kapitel

Flinke Hände

Aufmerksam hatte er der Magd zugesehen, wie sie mit schmerzverzogenem Gesicht, und immer wieder Tränen vergießend, seiner toten Frau die Haare gebürstet und kunstvoll geflochten hatte. Da war etwas Liebevolles in jeder ihrer Bewegungen. Er dachte daran, dass er sie beinahe hätte köpfen lassen. Hatte er deswegen Schuldgefühle? Nein! Er hatte es nicht besser gewusst und sein Urteil wieder korrigiert. Was ihm leidtat war, dass er Utz nicht im Kerker gestoppt hatte. Nur ein paar Schritte von ihm entfernt, nur durch die Mauer des Burgturmes getrennt, hatte er gesessen und auf weitere Ausführungen des Knechtes gewartet. Er hatte ja nicht wissen können, dass dieser dies alles nur geplant hatte, um sich an der Zoffmagd zu rächen. War also doch die Magd schuld? Vielleicht ein bisschen. Hatte er dadurch, dass er sie auf die Burg gebracht hatte, das Leben seiner Frau auf dem Gewissen? Ein bisschen schon. Es war also geteilte Schuld, aber die Meiste davon hatte der Knecht, dessen Leiche er über die Burgmauer in die Tiefe hatte werfen lassen. Nichts sollte mehr an diesen Hundsfott erinnern! Nun saß er also in der Kapelle und anstatt Trauer über die verlorene Frau zu verspüren, sah er der Magd interessiert auf die flinken Hände.

Was war hier nur los? Er konnte seinen Blick nicht von ihr losreißen. Warum nur? Sie war doch eine Dirne! Unwürdig hier überhaupt auf der Burg zu sein. Und doch fesselte sie ihn. Schon ein paar Tage hatte er sie beobachtet, wie sie sich um seine Frau gekümmert hatte. War nun der Trank am Zustand seiner Frau schuld? Natürlich! Aber ohne dieses Getränk wäre seine Frau nun vielleicht auch schon Tod. Hätte sich also nichts geändert? Sicher schon, wenn dieser elende Knecht nicht das Getränk vergiftet hätte! All sein Hass ballte sich um diesen Mann und im Moment umnebelte ein Gefühl diese Magd da vor ihm. Friedrich stand auf und riss sich von ihr los, bevor ein Strudel an Gefühlen ihn in einen Abgrund zog.

Was sollte er mit der Magd machen? Jetzt brauchte er sie eigentlich nicht mehr und dennoch konnte er sich nicht von ihr trennen. Langsam ging er aus der Kapelle und schritt über den Burghof. Der Ritter betrat den Garten und setzte sich auf die Bank, auf der er in der Nacht gesessen hatte. Was hatte ihn zu so früher Stunde genau auf diesen Platz gezogen? Die Rosen, die seine Frau so gern gehabt hatte, oder die Frau, die hinter ihm angekettet gewesen war? Der Mann wusste es nicht und doch hatte er nur dadurch den wahrhaftig Schuldigen ausfindig machen können. Eine Bewegung ließ in Aufsehen. Die Magd kam in den Garten. Auf Peter gestützt trat sie auf ihn zu. War sie ihm gefolgt? Sie schnitt eine Rosenblüte ab und schwankte damit zurück zur Kapelle.

Damals, im Wald, hatte sie noch normal laufen können, nun lief sie unsicher und langsam. Vielleicht hatte der Tod von Gundel ihre Seele tiefer verletzt, als die Gewalt von Utz? Oder beides war so schlimm gewesen, dass die Magd nicht anders konnte? Er merkte gar nicht, dass er ihr immer noch durch die offene Tür nachstarrte. Etwas hatte ihn an dieser Frau eingefangen. Er wusste nicht, was es war, nur dass es die Trauer vollständig verdrängte. Wäre sie doch nur keine Dirne! Keine Magd! Wenn sie eine ehrbare Frau oder Kaufmannstochter wäre, wie sie es immer behauptet hatte, dann wäre alles klar. Dann könnte er sie schon in ein paar Tagen da drüben heiraten, aber so? Er würde die Burg und sein Lehen verlieren, wenn das Ruchbar werden würde.

Der Graf und die Dirne!

Am Hofe des Herzogs würden sich alle das Maul zerreißen und er würde als armer, landloser Ritter umherreisen müssen. Oder beim fahrenden Volk bleiben müssen. Da würde er wenigstens nicht hungern! War sie aus denselben Gründen dort geblieben? Er stand auf und griff unbewusst in die Rosen. Die Dornen holten ihn mit dem Schmerz zurück aus diesen unnützen Träumereien. Er sah auf das Blut, das von seiner Hand tropfte. Friedrich schlang sich ein Tuch um die Hand, um das Blut zu stoppen und sah über die Burgmauer. Was würde werden? Noch wusste er es nicht. Langsam ging er zur Kapelle zurück.

Die Frau sah zu ihm zurück und bemerkte den Verband. Sie winkte ihn zu sich und er hielt ihr die Hand hin. „Nur ein paar Rosendornen", sagte er und sie betrachtete die Wunde. Dann beugte sie ihren Kopf vor, berührte seine Hand mit den Lippen und ein Schlag traf ihn, dass er zitterte. Dann zog sie den Rest eines Dorns, den er zuvor gar nicht bemerkt hatte, mit den Zähnen aus der Wunde. Sorgfältig tupfte sie die Wunde ab, schlang das Tuch wieder um die Hand und zog den Knoten fest. Entgeistert und gleichzeitig fasziniert sah er sie immer noch an. Was war da gerade passiert? Hatte sie ihn zuvor schon mal berührt? Er konnte sich nicht daran erinnern. Friedrich ließ sich erneut auf die Bank nieder.

Alle anderen verließen die Kapelle und er blieb mit seiner toten Frau zurück. Was machte er hier? Das war falsch! Im Angesicht seiner Frau, deren Körper gerade mal kalt geworden war und deren Seele immer noch in ihr war, hatte er Gefühle für eine andere Frau. Eine Dirne noch dazu! „Das ist falsch!", schrie er und zuckte vor dem Echo zusammen. Es blieb ihm nur, eine andere, ehrbare Frau zu finden und dadurch diese Hübschlerin zu vergessen.

Aber der Schmerz in seiner Hand sagte ihm, dass das wohl nicht so einfach war. Er sah wieder nach vorn. Seine Frau hatte nun die Rose so unter der Kappe stecken, dass sie direkt im Haar über dem Ohr lag. So würde sie den geliebten Rosenduft auch im Grab immer bei sich haben. Er fragte sich, ob er wohl selbst, oder irgendein anderer, so etwas gedacht oder gemacht hätte.

Vermutlich nicht! Die Magd hatte es, trotz der Schmerzen, getan. Er stand auf und ging nach vorn. Dann kniete er sich vor seine Frau und fragte leise „Was soll ich tun?" Friedrich betete, um ein Zeichen zu erhalten, was er tun sollte. Da fiel sein Blick auf die Bürste, welche die Magd dort vergessen hatte. Er hob sie auf und betrachtete die kunstvollen Verzierungen. So genau hatte er diese Bürste noch nie betrachtet. Auf der Seite war das Bildnis zweier sich liebender Menschen, im innigen Kuss vereint. „Ist dies das Zeichen?", fragte er seine Frau, doch er bekam keine Antwort. Oder doch? Langsam erhob er sich und küsste die kalten Lippen seiner Frau.

44. Kapitel

Ein verrückter Plan

Die Beerdigung der Herrin war sehr schön gewesen und wenn sie Gwendolyn nicht zurückgehalten hätte, dann hätte sich die Freundin sicher mit in das Grab geworfen. Doch Arikana hielt sie fest am Arm gepackt. Schluchzend standen sie beide immer noch an der Stelle, selbst nachdem die Knechte schon lange die Grube verschlossen hatten. Sie hatten das Grab außerhalb der Burg, direkt an der Straße, ausgehoben. So musste jeder Reisende direkt an ihr vorbei und ihr Geist konnte mit ihnen auf eine ferne Reise gehen.

Zum Schluss hatte Gwendolyn noch einen Rosenstrauch auf das Grab gepflanzt und war, diesmal ohne gestützt zu werden, in die Burg zurückgetaumelt. Aber die Freundin wehrte alle Versuche ab, ihr zu helfen. Langsam stieg sie die Treppe hinauf, während Arikana in die Küche musste. Als Peter die Küche betrat, sagte sie ihm „Ich bin der Meinung, wir müssen was für Gwendolyn machen. Etwas, damit sie mit dem Kummer abschließen kann!" Peter stimmte ihr zu „Nur was?", fragte er. Arikana rührte in dem großen Kessel und dachte nach. „Wir müssten ihren seelischen Schmerz lindern können", murmelte sie vor sich hin. „Was wäre, wenn wir den beiden Knechten ihr schändliches Werk legen? Den beiden, die dir und ihr so viel Leid angetan haben?", fragte Peter und sie stoppte die Rührbewegung. „Utz und Knuth?", fragte sie und Peter antwortete „Genau!" „Aber wie?", entgegnete Arikana und setzte die Bewegung fort, damit die Suppe nicht anbrannte.

„Wir brauchen einen Plan", sagte Peter zu sich selbst. Beide überlegten stumm vor sich hin. „Ich habe es!", sagte Arikana erfreut, „Wie fängt man Mäuse? Mit einem Köder in einer Falle!", setzte sie erklärend hinzu. „Wer ist der Köder und was ist die Falle?", fragte Peter und die Frau rührte weiter. Nach einer Weile ergänzte sie „Wir brauchen einen reichen Kaufmann, den sie im Wald überfallen können. Dann kannst du sie auf frischer Tat schnappen!" Peter kratzte sich am Bart und wurde von Martha angefaucht. „Raus hier! Oder willst du Haare in der Suppe haben?" Der Mann nickte und sagte „Ich überlege mir was!" dann ging er hinaus, bevor die dicke Frau ihm eine Pfanne, die sie schon in der Hand hatte, hinterherwerfen konnte. Wutschnaubend stellte Martha den Tiegel zurück auf den Tisch.

Mehr abwesend als anwesend ließ Arikana den großen Holzlöffel in dem Kessel kreisen. Das war zum Glück eine Arbeit, bei der sie nicht viel aufpassen musste und so hatte sie genug Zeit, um sich etwas zu überlegen. Etwas, was funktionieren musste. Nur was? Wo sollten sie einen Kaufmann finden, der sich dem Risiko freiwillig aussetzen würde, im Wald überfallen und getötet zu werden? So verrückt wäre doch niemand. Und wie sollten sie es anstellen, dass die beiden Knechte den Kaufmann dann auch wirklich überfielen? Sie konnten den Mann vor der Mühle mit einem Beutel Goldmünzen winken lassen und von einem guten Geschäft prahlen lassen, aber fiel das nicht auf?

Die Falle musste aber auch beim ersten Mal schon zuschnappen. Schließlich konnten sie ja nicht eine Reihe von Kaufleuten anwerben, die sich dann tagelang, einer nach dem anderen, vor der Mühle in den Wald setzten und dort auf ihr Ende warten würden. Die Beute musste verlockend genug sein, dass die beiden Knechte nicht darum herumkommen würden, ihr Glück zu versuchen. „Arikana träumst du?", rief Martha von hinten und nun roch auch die Magd, dass etwas nicht stimmte. Etwas von der Suppe war übergeschwappt und in das Feuer getropft. Es qualmte und stank. „Entschuldigung", rief die Magd und versuchte den Rauch fort zu wedeln, was ihr einigermaßen gelang. Nun achtete sie wieder auf die Arbeit und schob den Plan vorerst zurück.

Nach dem Essen, zusammen mit Peter in dem gemeinsamen Zimmer, setze sie sich wieder hin und überlegte weiter. Auch Peter war zu fast den gleichen Schlüssen wie sie gekommen, aber auch er hatte erkannt, dass die Beute das Wichtigste an dem Plan war. Was konnte man als Beute anbieten? Während sie überlegte bemerkte sie, dass Peter sie ganz still ansah. „Was ist los?", fragte sie und er antwortete ihr „Ich habe die perfekte Beute schon gefunden!" Fragend sah sie ihn an und er setzte hinzu „Dich!" Sie erschrak bei dem Gedanken und wollte davon nichts wissen. Abwehrend wedelte sich mit der Hand, doch Peter fing an seine Idee zu erklären „Sowohl beim Überfall auf die Reisenden bei Gwendolyn als auch auf eure Gruppe war immer eine Frau mit dabei. Bei euch gab es nicht viel zu holen und doch haben sie euch überfallen. Den Männern geht es nicht in erster Linie um das Geld oder Gold, sondern um die Frauen!"

Arikana erschauderte bei dem Gedanken. Doch dann sagte sie „Da könntest du recht haben." Aber so richtig gut ging es ihr nicht bei dem Gedanken, sich in den Wald zu setzen und darauf zu warten, von den Männern überfallen zu werden. „Das ist ein verrückter Plan!", begann sie stockend, „Ich bin der Köder und du die Falle!", ergänzte sie und musste schlucken. „Ich weiß nicht, ob mir das gefällt", setzte sie zögerlich hinzu und dachte wieder an Sofia, deren Schreie sie immer noch in mancher Nacht im Ohr hatte. „Und wie stellst du dir das vor?", fragte Arikana weiter und hörte den ganzen Plan ihres Partners an. Immer noch gefiel er ihr nicht und doch musste sie zugeben, dass es der einzige Plan war, der einen Erfolg versprach.

Wenn sie also die beiden Knechte für ihr Unwesen zur Rechenschaft ziehen wollten, so blieb ihnen nichts weiter übrig, als dass sie sich in den Wald legte und darauf wartete, dass die Männer über sie herfielen. Nicht wirklich ein schöner Gedanke. Im Nachgrübeln fielen ihr schließlich die Augen zu und Arikana schlief ein.

Jetzt war sie wieder im Wald und lag neben Sofia im Wagen, aber diesmal war es Sofia, die in den Wald ging und Arikana, die auf dem Wagen blieb. Sie hörte die Geräusche der Nacht rund um sich und lauschte auf alles. Dann hatte sie die Klinge eines Messers am Hals und schreckte schreiend aus dem Traum auf. Dieser Plan war verrückt und sie riskierte ihr Leben dabei. Sie sah auf Peter, der neben ihr gerade, durch ihren Schrei aufgeschreckt, aufwachte. Arikana würde ihr Leben in seine Hände legen müssen. Die junge Frau beugte sich zu ihm und küsste ihn.

45. Kapitel

Was bleibt zu tun?

Als Gwendolyn die Burg wieder betrat, führte sie ihr erster Weg zum Burgherren. Sie ging in das Zimmer, in dessen Bett ja die Herrin gestorben war. Der Herr saß am Tisch und sie machte einen Knicks, der nicht sehr gekonnt aussah, aber in Anbetracht der Verletzung nicht besser gelingen konnte. „Gnädiger Herr, was kann ich nun tun? Als Zoffmagd kann ich nicht mehr dienen", sagte sie mit Tränen in der Stimme. Der Herr drehte sich zum Bett um, als ob die Herrin noch darin liegen würde, dann nickte er und sagte traurig „Das ist wohl wahr! Aber du könntest als Gärtnerin den Garten meiner Frau so gestalten, dass er eine Augenweide und ein Platz für eine müde Seele werden kann. So bewahren wir ihr Andenken." „Das kann ich sicherlich, nur es ist keine Arbeit für einen ganzen Tag. Was kann ich sonst noch tun? In der Küche sind schon genug Mägde", antwortete sie und der Herr sah sie lange an. Offensichtlich überlegte er, womit er sie den Rest des Tages beschäftigen konnte. Dann setzte er fort „Meine Frau, Gott sei ihrer Seele gnädig, hat mir mal gesagt, du seist eine gute Gesellschafterin und sie könne mit dir viele geistreiche Unterhaltungen führen. Vermagst du auch mich zu unterhalten?" „Ich will es versuchen gnädiger Herr", erwiderte Gwendolyn. „Dann sei es so", legte der Herr fest. Nach einem weiteren Knicks ging sie in den Garten, dessen Rosensträucher durch die Zubereitung der Essenz ziemlich gerupft aussahen.

Gwendolyn seufzte bei dem Anblick der kahlen Zweige, doch ein paar Knospen zeigten sich schon wieder. Bald würde wieder das Rot der Rosen überall zwischen dem Grün der Blätter zu sehen sein. Sie ließ sich auf der Bank nieder und presste ihre Hand auf ihren Schoß, damit die Schmerzen nachlassen würden. Von ihrem

Platz aus sah sie auf die Kräuter und Blumen, dann stemmte sie sich von ihrer Sitzgelegenheit hoch und griff sich die Hacke. Langsam zog sie die Erde um die Pflanzen herum und lockerte das Beet auf. Ihre Gedanken flogen davon und sie sah plötzlich das Gesicht des Herrn vor sich. Sie verlor sich in seinen Augen und begann zu träumen. Sie sah seinen nackten Körper vor sich, wie er aus dem Fluss gestiegen war. Die Träumerei vertrieb den Schmerz! Doch es durfte nicht sein! Schließlich riss sie sich von diesen verwerflichen Gedanken los. Die Frau des Herrn war gerade mal unter der Erde und sie träumte schon von ihm. Das durfte nicht sein! Und nun würde sie auch noch seine Gesellschafterin sein! Würde ihm täglich in die Augen sehen müssen!

Das konnte nicht gut gehen. Oder doch?

Was konnte sie überhaupt mit ihm reden? Mit der Herrin hatte sie über Bälle und Tänze geredet. Konnte sie darüber auch mit einem Mann sprechen? Es kam auf den Versuch an! Gwendolyn stützte sich auf den Stiel des Gartengerätes und sah sich die Pflanzen an. Sie war mit ihrer Arbeit ganz zufrieden. Nur gießen musste sie noch, aber dafür würde sie Arikana brauchen. Plötzlich bemerkte sie, dass der Herr am Eingang stand und ihr zusah. Wie lange hatte er da schon gestanden? „Können sie mir ein paar Eimer Wasser holen lassen? Ich kann mich noch nicht so richtig bewegen.", fragte sie und der Herr ging selbst zum Brunnen, obwohl sie erwartet hätte, dass er einen seiner Knechte damit betrauen würde.

Als er mit dem Eimer den Garten wieder betrat, kam sie ihm entgegen und ihre Hände berührten sich, als er ihr das Gefäß übergab. Ein Funke sprang über, wodurch sie zusammenzuckte. Der Mann schien es ebenfalls bemerkt zu haben. Da lag etwas in seinen Augen, was sie nicht deuten konnte. Es war keine Trauer, vielleicht so etwas wie Verachtung für das, was sie seiner Meinung nach früher gemacht hatte. Kein Mann würde mit einer Hübschlerin auch nur ein Wort wechseln. Höchstens, um sie nach dem Preis der Liebesnacht zu fragen. Wie konnte sie diesen Irrtum aus der Welt schaffen? Vermutlich gar nicht!

Sie drehte sich mit dem Eimer von ihm weg, damit er ihre Tränen nicht sehen konnte und begann die Pflanzen zu gießen. Nachdem der Eimer leer war, drehte sie sich wieder um, aber der Mann war schon gegangen. Dafür kam einer der Torwachen zu ihr und fragte „Da ist eine Frau am Tor und will dich sprechen. Kommst du mal mit?" „Wer kennt mich den hier?", fragte sie, mehr sich selbst, und stellte den Eimer neben die Tür. Sie folgte dem Mann mit unsicheren Schritten zum Tor, das ja zum Glück nicht weit entfernt war.

Auf einem Stein saß direkt vor der Pforte eine ältere Frau, deren Haare schon langsam grau wurden. Gwendolyn sprach sie an und sie lächelte zurück. „Ich habe gehört, du kennst dich mit Heilkräutern aus?", fragte sie und Gwendolyn fragte zurück „Von wem das denn?" doch die Frau winkte ab und zog ihren Fuß aus dem Schuh. Ein schmutziger Verband kam zum Vorschein. Mühsam kniete sich Gwendolyn hin und wickelte das Tuch ab. Ein Geschwür kam zum Vorschein, welches schon zu stinken begann. „Das sieht aber nicht gut aus", sagte Gwendolyn und betrachtete die Wunde ausgiebig. Schließlich drehte sie sich zu dem Wachposten um und fragte ihn „Kannst du mir etwas Wasser mit dem Eimer bringen?" und obwohl der Mann es nicht hätte tun müssen, das war ja Frauenarbeit, nickte er und ging in die Burg hinein.

Kurze Zeit später wusch Gwendolyn den Fuß der Frau im Brunnenwasser ab. Dann ging sie zu ihrem Garten und sah sich um. Nach drei Schnitten mit dem Messer hatte sie eine Handvoll Kräuter gesammelt und wankte damit zurück zum Tor. Sie legte ein paar der Blätter auf und erklärte der Frau, was sie weiterhin machen sollte. Dann zog sie den Verband fest und fragte „Soll Peter dich in das Dorf bringen?" denn es war sicher ein beschwerlicher Weg mit dem verletzten Bein, doch die Frau winkte ab. „Vergelte es dir Gott Kindchen", sagte sie, schlüpfte in ihren Schuh und hinkte los.

Gwendolyn sah ihr noch eine Weile hinterher, dann kippte sie den Inhalt des Eimers an den Wegesrand und humpelte unter Schmerzen zurück in die Burg. Im Hof stand der Herr und sagte „Da hast du nun sicher eine neue Beschäftigung gefunden." „Wieso?", fragte Gwendolyn den Mann. „Na das spricht sich doch sofort in allen Dörfern herum", entgegnete er ihr und zeigte auf die Stelle, an der sie gerade die Frau behandelt hatte. „In den Dörfern gibt es niemanden, der sich mit Kräutern auskennt. Ein paar fahrende Medici sind in der Gegend unterwegs, aber die sind nur für die groben Sachen da, wie Zähne herausreißen, Amputationen und so etwas. Auch Hebammen gibt es keine hier in der Gegend", erklärte er. Gwendolyn nickte. „Und abends leistest du mir Gesellschaft", sagte der Herr abschließend und drehte sich zum Eingang des Gebäudes um.

Die Frau blieb stehen und sah ihm lange nach. Was wollte er damit wohl erreichen? Er hielt sie ja noch immer für eine Dirne. Hoffentlich erwartete er nicht irgendwelche körperlichen Dienste von ihr! Bei dem Gedanken daran zog wieder der Schmerz durch ihren Unterleib.

46. Kapitel

In reißenden Fluten

Die halbe Nacht hatte er nicht richtig schlafen können und Arikanas Schrei hatte ihn dann endgültig geweckt. War es richtig, die geliebte Frau als Köder zu verwenden? Gab es eine andere Möglichkeit? Die beiden Knechte kannten jeden in der Burg. Alle, bis auf Arikana! Sie war hier hineingetragen worden und hatte seitdem die Burg nicht mehr verlassen. Im Wald damals hatten sie die Frau auch nicht erkannt, zu dunkel war es gewesen und sie war vor ihnen her gerannt, wie sie erzählt hatte. Gwendolyn kannten die beiden Männer nur zu gut und eine andere Frau zu finden, das wäre sicherlich unmöglich. Alle in der Gegend waren den beiden Männern bekannt und sollte Peter nach Dresden fahren, um dort eine zu finden, die sich darauf einlassen würde, sich als Lockvogel in den Wald zu setzen? Sicherlich nicht.

Es blieb nur das Risiko mit Arikana. Nun galt es die restlichen Einzelheiten des Planes zu überdenken. Er wollte so wenig Menschen wie möglich informieren. Eigentlich nur Friedrich. Je mehr es wussten, desto mehr konnten sich verplappern und eine Falle funktionierte eben nur, wenn sie als Falle nicht zu erkennen war! Unten im Stall stand ja noch der Karren des fahrenden Volkes, den sie damals im Wald gefunden hatten. Die beiden Knechte würden sich bestimmt nicht mehr an ihn erinnern und solche Karren gab es sicherlich zu hunderten.

Nebeneinander liegend gaben sie beide ihre Gedanken dazu und mit jedem Wort reifte der Plan weiter heran. „Zieh dich an, wir gehen zu Friedrich", sagte er schließlich zu Arikana und schon waren sie aus dem Bett. Sie liefen den Gang entlang und klopften an der Tür, hinter welcher der Herr nun alleine schlief. Sicher war er schon wach. Nur er konnte diesem riskanten Vorhaben seine Zustimmung geben. Würde er ablehnen, so war der Plan gescheitert. Peter trat nach der Aufforderung ein. Der Herr saß an einem Tisch und sah zu ihnen auf. „Wir wollen versuchen, die beiden Knechte zu überführen und sie ihrer gerechten Strafe zuzuführen", begann Peter und der Herr winkte sie zu sich. „Und wie wollt ihr das machen?", fragte er schließlich und Peter setzte fort „Also: ich schwimme über den Fluss und verstecke mich am Rande der Lichtung. Arikana wird mit dem Wagen an der Sägemühle vorbei zur Brücke fahren. Zuvor wird sie dort nach dem Weg fragen. Dann wird sie zur Lichtung kommen, wo ich mich schon versteckt habe. Dann warten wir." „Warum schwimmst du?", unterbrach ihn nun Arikana und er erklärte ihr „Du musst über die Brücke, nachdem du sie gefragt hast, denn es würde komisch aussehen, wenn du danach umdrehst und den Berg wieder hochfährst." Die Frau nickte verstehend. „Ich kann aber mit dem Pferd nicht über die Brücke, denn dann würden die beiden Strolche mich sehen und wenn ich nicht zurückkomme, wüssten sie, dass ich noch im Wald bin", setzte er fort. „Du hast dir aber schon viele Gedanken gemacht", sagte Friedrich anerkennend.

„Na ja und es würde auch auffallen, wenn Arikana mit einem Pferd dort entlang fährt und dann zwei im Wald bei sich hat. Ich müsste das Pferd ja irgendwo verstecken, damit es mich nicht verrät." „Daher also das Schwimmen?", fragte Arikana und Peter konnte nur zustimmend nicken. „Willst du ein paar von den Männern mitnehmen?", fragte Friedrich, doch Peter schüttelte den Kopf „Zwei gegen einen?", fragte Friedrich und Arikana erwiderte, zu allem entschlossen, „Zwei gegen zwei!", auch darauf konnte Peter nur nicken. „Gut! Wann wollt ihr beginnen?", fragte Friedrich. „Wenn alles klappt, dann werden wir die beiden Knechte morgen früh überführt haben", antwortete Peter und nun stimmte der Herr zu. „Ich wünsche euch beiden viel Glück", sagte er schließlich und daraufhin verließen sie das Zimmer wieder. Gemeinsam gingen sie in den Schuppen hinunter, wo noch der Karren stand. Sie zogen ihn auf den Hof und stellten ihn vor den Stall. Dann gingen sie nach oben, wo Arikana ihr buntes Kleid in ein Bündel wickelte, den Dolch dazu legte und alles zusammen suchte, was sie für eine Nacht im Wald brauchte. Er prüfte sein Schwert und legte es sich um.

Wenig später hatten sie sein Pferd angespannt und saßen nebeneinander auf dem Karren. Am Tor sagte Peter zu den Wachen „Wir fahren in die Stadt und holen neuen Wein." Die beiden Männer waren begeistert von der Aussicht, bald wieder neuen Wein trinken zu können. Sie wünschten ihnen eine gute Fahrt, dann bog der Wagen auf die Straße ab und fuhr ein Stück den Berg hinab, bevor er das Pferd anhielt. Arikana zog sich schnell die bunten Sachen des fahrenden Volkes an und er sprang vom Wagen ab. Nachdem die Frau fertig war, küsste er sie und sagte „Wir sehen uns auf den anderen Seite des Flusses auf der vereinbarten Lichtung. Spätestens morgen früh. Ich werde mich dir nicht zu erkennen geben, damit es ein anderer auch nicht sieht, falls du beobachtet wirst." Sie nickte und griff sich die Zügel. Dann rollte der Karren weiter und er sah noch einen Moment hinterher. Schließlich stieg er den Wald hinab zum Fluss.

Peter ging ein Stück am Fluss entlang, bis er glaubte, weit genug von der Sägemühle entfernt zu sein. Mit ein paar Holzstücken und einem kurzen Seil baute er ein kleines Floss, auf dass er das Schwert und seine Sachen packte, die nicht nass werden sollten. Dann suchte er eine Stelle, an der er in das Wasser steigen konnte. Nach ein paar Augenblicken hatte er eine kleine Sandbank in einem Flussknick gefunden. Die Strömung war fast nicht zu spüren und Peter ging langsam, das Floss vor sich her tragend, in den Strom hinein.

Als das Wasser tief genug war, begann er zu schwimmen. Nun griffen die Strudel zu seinen Beinen. Mit kräftigen Armzügen stemmte er sich gegen die reißenden Fluten. Immer schwerere wurde es für ihn, über Wasser zu bleiben. „Arikana verlässt sich auf mich!", war der Gedanke, der ihn vorwärts zog. Plötzlich gab es einen Ruck und sein Fuß wurde festgehalten. Das kleine Floss wurde ihm aus den Händen gerissen und trieb davon.

Von der heftigen Strömung wurde Peter unter Wasser gedrückt. Eine Schlingpflanze hatte sich um sein Bein gelegt. Mit aller Kraft versuchte er den grünen Stängel wieder loszubekommen. Die Luft ging ihm aus und seine Kräfte schwanden. „Arikana", dachte er noch.

47. Kapitel

Auf Messers Schneide

Sie konnte nichts anderes tun, als Peter zu vertrauen. Mit gemischten Gefühlen rollte sie nach unten. Einerseits musste sie gleich wieder den Männern gegenüber treten, die Sofia und all ihre Freunde umgebracht hatten und auf der anderen Seite durfte sie sich aber auch nichts anmerken lassen. Ein kleiner Fehler, ein falsches Wort, eine falsche Bewegung und alles wäre vorbei. Woher hatte Peter eigentlich die Gewissheit, dass die beiden Kerle nicht hier, am helllichten Tage, über sie herfallen würden? Bei einer einzelnen Frau? Warum auf das Dunkel der Nacht warten? Vorsichtig trieb sie das Pferd an. Die nackten Füße auf das Brett gestemmt, so wie sie es die ganzen Jahre gemacht hatte. Nur, dass sie dabei immer noch ein paar Freunde dabei gehabt hatte. Es war der späte Nachmittag, als sie vor sich das Dach der Sägemühle sah. Das große Wasserrad drehte sich und schon eine ganze Weile war das Geräusch der Sägeblätter zu hören gewesen, die sich mit einem melodischen Sing-Sang durch die dicken Baumstämme sägten.

Die beiden Knechte entluden gerade einen Stamm von einem Wagen, als sie neben ihnen das Pferd anhielt. Sie zog das Kleid zurück, wodurch ihre nackten Knie zu sehen waren und rief zu den Männern hinunter „He ihr! Könnt ihr mir und meinem Pferd etwas Wasser geben?" Sofort drehten sich die beiden Knechte nach ihr um und ließen den Stamm fallen. Arikanas Pferd scheute kurz bei dem Knall, doch einer der Männer griff es am Zügel und beruhigte es. „Na klar holde Maid", sagte einer der Männer lachend. Der zahnlose Mund sah dabei etwas komisch aus. Der andere brachte einen Eimer mit Wasser und ging danach in die Mühle, um einen Becher zu holen.

Während das Pferd trank ließ sich auch Arikana das Wasser schmecken, dabei trank sie aber so ungeschickt, dass ein Teil davon über ihr Kleid lief. „Woher und wohin des Weges?", fragte der Zahnlose und Arikana gab ihm den Becher zurück. „Ich komme von einer Hochzeit. Der Bauer war sehr freigiebig und nun bin ich auf dem Weg zu meinen Freunden. Die werde ich sicher morgen treffen. Die sind auf einer Burg und führen dort Kunststücke vor", antwortete sie. „Und was machst du?", fragte der andere Mann, „Ich tanze", sagte Arikana und setzte hinzu „Soll ich euch etwas vortanzen?" Was die beiden Männer auch sofort annahmen. Sie drückte dem einen die Zügel in die Hand und sprang vom Wagen.

Schnell tanzte sie ein paar Schritte hin und her, wobei sie den Männern mehr als einen Blick auf ihre nackten Schenkel und den entblößten Bauch gewährte. Danach stieg sie wieder auf, natürlich nicht, ohne die Männer einen weiteren Blick auf ihre makellosen Beine werfen zu lassen. Dazu zog sie das Kleid ungeschickt so weit nach oben, dass ihr Schoss für einen Moment unbedeckt war. Aus dem Augenwinkel konnte sie den Geifer in ihren Augen sehen. Sitzend nahm sie die Zügel von dem Knecht zurück und sagte „Diese Nacht werde ich sicher auf einer Lichtung im Wald schlafen." und einer der beiden Männer fragte „Hast du denn da keine Angst?" doch sie schüttelte nur ihren Kopf, wobei ihre Haare nur so flogen. Dann ordnete sie die Locken mit einer Handbewegung wieder und zog am Zügel. „Danke euch. Dann mache ich mich mal los", rief sie, während das Pferd schon an dem Wagen ruckte. Aus dem Augenwinkel sah sie, wie die beiden Männer noch eine Weile hinter ihr her sahen, bevor sie wieder mit ihrer Arbeit begannen. Der Köder war ausgelegt, nun musste der Fisch nur noch anbeißen. Oder hatte der schon?

Der Karren fuhr über die Brücke und danach in den Wald hinein. Es war nicht weit bis zu der vereinbarten Lichtung, wo sie wenig später das Pferd vom Karren ausspannte und an einen der Bäume anband. Noch war es hell und sie sammelte zuerst genug Holz, damit es für eine ganze Nacht reichen würde. Am schlimmsten würde es sein, wenn sie dann mitten in der Nacht, im Dunklen, noch einmal gehen musste, um Holz zu sammeln. Vielleicht würde sie dann auf Peter treffen und damit sein Versteck verraten. Sie wusste ja auch nicht, wann die beiden Knechte kommen würden, um sie zu beobachten. Der Überfall damals auf ihre Gruppe hatte am frühen Morgen stattgefunden. Aber da hatten die beiden Männer sie vielleicht nicht beobachtet, denn sonst hätten sie ja gemerkt, dass sie kurz in den Wald gegangen war. Oder der Wagen hatte ihr Verschwinden im entscheidenden Moment verdeckt. Zumindest lebte sie nur noch durch diesen Zufall. Mit einem Feuerstein entzündete sie das Feuer und setzte sich daran. Den Wagen zwei Schritte hinter sich starrte sie durch die Flammen in den Wald vor sich.

Wo mochte Peter wohl gerade sein? Vielleicht irgendwo seitlich? Hinter ihr? Vor ihr? Er musste einen Platz finden, an dem sich nicht auch gerade einer der Knechte verstecken würde. Also war er sicher etwas weiter im Wald und würde bestimmt erst aus seinem Versteck kommen, wenn sie laut um Hilfe rief. Dann fiel die Nacht auf sie herunter. Die Sterne waren über ihr zu sehen und sie dachte daran, wie oft sie mit den anderen wohl so im Wald gesessen hatte. Eigentlich jede Nacht in den letzten acht Jahren, bis zu dieser Einen. Sie stand auf und holte sich die Laute vom Wagen. Wenn man schon alleine im Wald saß, warum sollte man sich da nicht etwas Mut ansingen? Arikana zupfte die Saiten und die ersten Töne verließen das Instrument. Sie horchte ihnen hinterher und begann ein trauriges Lied zu singen.

Es handelte von einem Mädchen, welches den Liebsten vermisste. Sofia hatte es ihr einst beigebracht und die erste Träne rollte über ihre Wange. Das Lied passte zwar gerade zu ihrer Situation, war aber im Moment wohl nicht das Richtige. Sie brauchte eines, dass ihre Stimmung etwas aufhellen würde. Schneller wurde die Melodie und sie begann ein Lied zu singen, zu dem sie früher immer getanzt hatte.

Immer lauter zog dieses Lied durch den Wald und vertrieb ihre Angst. Sie konnte nicht aufhören. Und immer wenn die Melodie zu Ende war, so fing sie wieder von vorn an. Die ganze Nacht hindurch hatte sie dieselbe Reihenfolge von Tönen gespielt. Dann begann der Himmel über ihr langsam blau zu werden. Nicht mehr lange und es würde hell. Vorsichtig legte sie die Laute zur Seite und schürte das Feuer. Als sie sich umdrehte, war hinter ihr ein dunkler Schatten. Jemand riss sie von den Füßen und hielt ihr den Mund zu. Sie konnte nicht schreien und hörte, wie der Stoff zerriss. Verzweifelt biss sie in die Hand und schrie „Hilfe!", was in einem gurgelnden Laut unterging, als einer ihr wieder die Hand auf den Mund legte. Die beiden Männer über ihr drückten sie zu Boden und lachten nur. Sie spürte eine Klinge am Hals und eine Hand an ihrem Bein. Wo war Peter?

48. Kapitel

Törichte Gedanken

Hatte er den Freund wirklich einfach so gehen lassen? Eigentlich war es seine Aufgabe, als Herr, diese beiden Knechte zur Rechenschaft zu ziehen und zu bestrafen. Doch dafür brauchte er Beweise. Der Plan von Peter schien gut durchdacht zu sein, aber nur zu gut wusste Friedrich, was mancher Plan wert war. Sein Vater hatte ihn in der Kunst des Krieges unterrichtet und da war die oberste Regel gewesen „Der Plan funktioniert nur, bis man auf den Feind trifft." Nach dem Zusammenprall half nur noch zuschlagen, wohin auch immer. Er stand am Fenster und sah immer noch in den Hof hinunter, wo der Wagen schon lange abgefahren war. Eigentlich konnte er nur beten, dass dem Freund und seiner Partnerin nichts passieren würde. Doch Peter war sein erfahrenster Mann. Er kannte ihn schon ewig und wenn er irgendjemanden auf der Welt vertraute, dann dem Freund aus Kindertagen. Sein Blick wanderte zum Eingang des Gartens. Durch die angelehnte Tür konnte er die Frau sehen, wie sie sich in das Rosenbeet gekniet hatte. Es war nicht weit bis zu ihr, wenn er das Fenster geöffnet hätte, so hätte er zu ihr rufen können, doch er beließ es bei der Beobachtung ihre Bewegungen.

Erneut konnte er seinen Blick nicht von ihr abwenden. Da war etwas, was ihn anzog und auch gleichzeitig von ihr abstieß. Ein Zweifel bohrte sich in ihn. Was sollte er tun? Er würde eine neue Frau brauchen! Ein Mann in seiner Position brauchte Erben. Mindestens einen, der überleben würde. Besser noch zwei, drei, vier oder mehr. In diesen Zeiten konnte alles Mögliche passieren und je mehr Kinder er hatte, desto eher war auch ein Erbe darunter, dem er irgendwann mal dieses Lehen übergeben konnte. Plötzlich rauschte ein Gedanke durch seine Kopf: konnte er diese Frau hier zu seiner Frau machen? Wenn er sie in der Burg einschloss? Aber gleichzeitig wusste er, dass das niemals funktionieren würde. Es hatte sich schon herumgesprochen, dass sie sich mit Kräutern auskannte, ohne dass sie oder irgendjemand anderes wissentlich darüber gesprochen hatten. Was würde dann erst ein Gerücht vermögen? Der Mann schüttelte den Kopf, aber der Gedanke blieb hängen. Er mochte sie, aber er würde sie niemals lieben dürfen. Friedrich riss sich von ihrem Anblick los und drehte sich zur Tür. Er wollte in das Nachbarzimmer, um nach seinem Sohn zu sehen, der bei der Amme die nächsten Jahre sicher verwahrt war. Erst wenn er alt genug sein würde, um all das zu lernen, was er später mal brauchen würde, dann würde sich Friedrich wieder um das Kind kümmern.

Als er den Sohn über die Stirn fuhr, sah er die Züge seiner Frau in seinem Gesicht. Er wunderte sich, wie schnell er über den Tod der Frau hinweg gekommen war. Hatte er sie jemals geliebt? Er wusste es nicht. Damals, als sie auf der Burg angekommen war, da war sie für seinen Vater von ihrem Vater vorgesehen gewesen. Zur Sicherung eines Vertragsverhältnisses. Sozusagen als Unterpfand der Treue. Sie war sehr schön gewesen und er hatte sie einfach nach dem Tode des Vaters „übernommen". In den Jahren waren sie sich immer näher gekommen, aber Liebe war es wohl nicht gewesen. Da liebte er diese Dirne unten in dem Garten jetzt schon viel mehr!

Der Mann verließ das Zimmer und trat in den Gang hinaus. Sein Blick fiel wieder in den Garten. Es schien ihm so, als ob jedes Fenster immer nur auf diese Frau ausgerichtet war. Wieder stand er da und sah zu ihr hinab. Unbewusst folgte er jeder ihrer Bewegungen. Unmerklich begann er sie mit seiner eigenen Frau zu vergleichen. Gundel war zierlich gebaut gewesen und ziemlich schmal. Vermutlich war das auch die Ursache für die Komplikationen bei der Geburt gewesen. Diese Frau da unten war üppiger und auch breiter in den Hüften. Sie versprach einen gesunden Nachwuchs zu haben, aber sie war eben unter seinem Stand! Es waren vollkommen unnütze Gedanken. Eigentlich hätte er diese Frau niemals hierher bringen dürfen. Trotzdem blieb sein Blick auf ihrem Hintern hängen.

Er hätte sie von der Burg werfen müssen, jetzt, wo seine Frau sie nicht mehr brauchte. Aber er konnte es nicht. Da war etwas zwischen ihnen, das er nicht greifen konnte. Es war nichts Körperliches. Mehr eine Verbindung zwischen ihren Seelen. Friedrich musste sich losreißen. Was wäre, wenn einer der Knechte ihn hier so stehen sah? Das Gerücht wäre da und könnte nicht mehr zurückgenommen werden. Jeder Einspruch seinerseits wäre nur eine Bestärkung des Gerüchtes. Mit jedem Wort würde er das Gerücht nur noch mehr anfachen. Deshalb drehte er sich weg und ging in den Saal. Dort setzte er sich demonstrativ mit dem Rücken zum Fenster und dachte wieder an den Freund. Nun saß er hier, zur Untätigkeit verdammt, und hoffte, dass es ihm gut ging.

Immer noch dachte er, dass es wohl seine Aufgabe gewesen wäre, dieses Verbrechen aufzuklären. Doch wie sollte er dies schaffen? Der Weg, den Peter und Arikana gerade gingen, war der einzige, der einen Erfolg versprach. Sie mussten die beiden Männer auf frischer Tat ertappen, dann war das Urteil schon gefällt.

Friedrich schlug mit der Faust auf den Tisch. Draußen wurde es langsam dunkel und die anderen Männer kamen in den Saal herein. Wieder begann das Abendessen. Da eine der Mägde mit Peter unterwegs war, war Gwendolyn für sie eingesprungen. Sie bewegte sich zwar immer noch langsamer, als die anderen drei Frauen, aber das war ja nach der Schwere der Verletzung normal.

Wieder hing er mit jedem Blick an ihr. Da die Anderen dem Wein und Bier gut zusprachen, achtete aber keiner auf ihn. Mit den Augen war er bei ihr, mit den Gedanken bei Peter im Wald. Wie ging es dem Freund? Sicher würde er bis zum nächsten Morgen warten müssen.

Der Lärm der Männer um ihn herum konnte ihn nicht aus seinen Gedanken reißen. Erst die Stille, nachdem alle gegangen waren, holte ihn zurück. Er setzte sich an das Feuer des Kamins, der eigentlich, in dieser warmen Sommernacht, nicht notwendig gewesen wäre. Niemanden konnte er etwas sagen, weil das vielleicht den Freund gefährden würde. Nach einer Weile kam Gwendolyn und machte einen Knicks. Er zeigte auf den anderen Stuhl und sie setzte sich. Ein unverfängliches Gespräch über Rosen begann, aber er hing an jedem ihrer Worte. An ihren Lippen, in ihren Augen. Das Feuer spiegelte sich darin und gab ihnen einen besonderen Glanz.

49. Kapitel

Im letzten Augenblick

Nur mit Mühe hatte er sich losreißen können. Danach hatte ihn die Strömung weit abgetrieben und er hatte auch noch das Schwert suchen müssen. Erst bei Einbruch der Dämmerung war er erschöpft aus dem Wasser gekrochen und hatte doch immer die Angst um seine Partnerin im Kopf. Er hatte sich schnell angezogen und war losgelaufen, um noch so weit wie möglich zu kommen, bevor es dann völlig dunkel im Wald sein würde. Aber er kam nicht so weit, wie er es gern gehabt hätte. Sein Plan war durch eine simple Schlingpflanze praktisch ins Wasser gefallen. Alles war schiefgegangen und eigentlich sollte er zu diesem Zeitpunkt schon an der Lichtung sein, an der Arikana nun vermutlich saß und darauf hoffte, dass er in ihrer Nähe war.

Doch er war meilenweit entfernt und irrte durch den Wald. Er betete dafür, dass er noch rechtzeitig bei ihr sein würde. Nie im Leben würde er es sich verzeihen können, wenn sie durch seine Handlung zu Schaden kommen würde. Den Griff des Schwertes fest umklammert, ging er durch den Wald, aber es war nicht so einfach, wie er erhofft hatte. Er ließ sich einfach von seinem Gefühl leiten und tastete sich voran. Der Mond ließ sich auch nicht sehen und so konnte er nur von einem Baum zum nächsten gehen. Auf den Wegen, selbst wenn er gewusst hätte, wo diese waren, konnte er nicht gehen. Dort könnte er auf die beiden Knechte treffen, die sicher dem Waldpfad folgten.

Durch die Angst um die Frau vorwärtsgetrieben, hetzte er durch den Wald und musste doch jeden Laut vermeiden. Jeder zertretene Ast war im dunklen Wald sehr weit zu hören. Plötzlich vernahm er weit vor sich ein kaum hörbares Lied. Nur Leise sang dort eine Frau und das konnte nur Arikana sein. Zumindest lebte sie noch, solange das Lied erklang, und es wurde auch noch eine Art von Wegweiser durch die Finsternis für ihn. Das Lied wurde immer lauter und als dann über ihm der neue Tag schon seinen Morgen ankündigte, fiel er erschöpft, unweit der Lichtung lautlos in das Unterholz. Etwa fünfzig Schritte vor sich konnte er den Schimmer des Feuers sehen. Mit rasselnden Atem lauschte er nach vorn. Noch sang Arikana, noch war alles gut. Er nutzte jeden Moment, den er noch hatte, um Kraft zu bekommen. Die Erschöpfung wich langsam und sein Blick schärfte sich. Das Lied verstummte und er sah das Feuer auflodern. Gespannt sah er nach vorn. Seine Ohren waren begierig darauf gerichtet, das Lied wieder zu vernehmen, doch Arikana war verstummt. Was war los? Plötzlich hörte er ihren unterdrückten Hilfeschrei.

Peter schreckte hoch, zog das Schwert und rannte, allen Bäumen ungeachtet, hinüber zur Lichtung. Die Frau war in Not! Fünfzig Schritte konnten ewig weit sein, wenn sie einen Mann von der geliebten Frau trennten, die in Not war und um ihr Leben kämpfte. Schwer schnaufend erreichte er die Lichtung, wo zwei Gestalten sich über die Frau beugten, die verzweifelt strampelnd gegen die beiden Kerle kämpfte. Mit einem Schrei stürzte er sich auf die Beiden und riss den zu vorderst knienden Mann von ihr fort. Wutschnaubend schlug er dem Mann den Schwertgriff mit solch einer Kraft ins Gesicht, dass dieser mit einem Schrei nach hinten umkippte. Arikana schrie nun erneut und er sah die blitzende Klinge eines Dolches an ihrem Hals. Sein Schwert fuhr herum und trennte den Kopf des über ihr knienden Mannes von dessen Rumpf, noch bevor seine Hand den tödlichen Stich ausführen konnte.

Der kopflose Torso sackte über der vor Angst schreienden Arikana zusammen. Nun kümmerte er sich um den anderen, der wimmernd am Boden lag. Mit der Schwertspitze am Hals zwang er ihn zur Aufgabe. Schnell hatte er dem Knecht die Hände auf dem Rücken gefesselt und ihn am Wagen festgebunden. Dann drehte er sich um und sah im ersten Morgenlicht, wie sich Arikana blutüberströmt aufrichtet. War er zu spät gekommen? War die Partnerin tödlich verletzt worden? Er lief die drei Schritte auf sie zu, um sie abzufangen, doch sie winkte ab. „Das Blut stammt nicht von mir, sondern von ihm", sagte sie und zeigte auf die Leiche neben dem Feuer. Sie hielt sich das zerrissene Kleid mühsam vorn zusammen und kam auf Peter zu.

„Das war aber knapp", sagte sie mit zitternder Stimme und dem konnte Peter nur zustimmen. Er küsste sie und zeigte auf den kleinen Bach an der Seite der Lichtung, wo sich die Frau säubern konnte. Dann wendete er sich dem anderen Knecht zu, der aus Mund und Nase blutete. Der Schlag hatte vermutlich seinen Kiefer zertrümmert. Er erkannte nun Knuth, der wimmernd neben dem Wagen saß. Demzufolge musste der nun Kopflose Utz gewesen sein. Er zog ihn auf die Füße und schaute ihm in die Augen. „Wo habt ihr denn eure Beute versteckt?", fragte Peter und der Knecht sagte undeutlich „In einer Höhle im Wald, nicht weit von hier."

Inzwischen war Arikana, neu angezogen, neben ihn getreten und sagte, nun etwas gefasster, „Mir ist zum Glück nichts passiert." „Kannst du das Pferd anspannen?", fragte Peter und die Frau ging das in der Nähe weidende Tier holen. „Und du führst uns zu deiner Beute", sagte Peter und der Knecht drehte sich um. Der Mann ging langsam voran, Peter hielt den Strick und Arikana zog das Pferd und den Wagen hinter ihnen her. Als sie die Brücke schon fast sehen konnten, zeigte der Mann zur Seite. Er konnte nicht mehr sprechen, sein ganzer Mund war zugeschwollen. Peter band ihn an einen Baum und gab Arikana den Dolch, den diese sofort an den Hals des Knechtes setzte.

Nun folgte Peter einer kaum sichtbaren Spur und kam nach ein paar Schritten zu einer versteckten Höhle. Dort standen zwei größere Kisten, die er, eine nach der anderen, zum Wagen zog und dann darauf verlud. Als letzten warf er den Knecht auf den Wagen, dem er nun Armen und Beine gefesselt hatte. Schließlich setzte Peter sich nach vorn zu Arikana und dann fuhren sie über die Brücke zurück zur Burg.

Die Frau neben ihm ließ den Gefangenen nicht aus dem Blick. Sie hatte den Dolch immer noch fest mit der Hand umklammert und würde sicher sofort zustoßen, wenn der Mann auch nur den Versuch einer Flucht wagen würde.

50. Kapitel

Zeichen aus der Vergangenheit

Gwendolyn hatte sich schon gefragt, wo Arikana die Nacht gewesen war. Aber einer der Männer hatte ihr gesagt, dass sie mit Peter in den nächsten Ort gefahren war, um dort Wein zu holen. In der Zeit war ihr die Frau doch schon sehr an ihr Herz gewachsen, aber da sie ja mit Peter unterwegs war, konnte ihr ja nicht viel passieren. Auch an diesem Tag waren schon zwei Frauen bei ihr gewesen, um sich mit den Kräutern Hilfe zu holen. Es gefiel ihr ganz gut und der Herr hatte ja auch nichts dagegen. Nun konnte sie mit dem erworbenen Wissen den Menschen hier helfen. Die zweite Frau war gerade gegangen, als Gwendolyn den Wagen mit Peter und Arikana den Berg hochkommen sah. Sie winkte den beiden zu, aber die Frau sah seltsam angespannt aus. Arikana hatte auch einen blanken Dolch in der Hand. Gwendolyn ließ den Wagen an sich vorbei und sah, dass darauf kein Fass stand, sondern zwei Kisten. Gespannt folgte sie dem Gefährt in den Burghof, wo auch gerade der Herr aus dem Gebäude kam.

Offensichtlich hatte er den Wagen ebenfalls gesehen. Peter sprang vom Karren und rief „Wir haben ihn!" dann ging er nach hinten und zog einen verschnürten Mann herunter. Nun war auch Gwendolyn so nahe, dass sie den Mann erkannte. Es war einer der beiden Verbrecher. Ihr stockte der Atem. Hatte er die beiden Überfallen? „Und der Andere?", fragte der Herr, worauf Peter antwortete „Der ist tot!" Woher wusste der Herr davon? Nun sprang auch die Freundin herunter und kam zu ihr. Sie umarmten sich. „Wir haben sie beide erwischt!", rief sie freudig. Aber noch immer wusste Gwendolyn nicht, was eigentlich passiert war.

„Wir haben den beiden eine Falle gestellt", erklärte die Freundin nun und Gwendolyn klappte der Unterkiefer herab. „Ihr seid verrückt! Das war doch viel zu gefährlich!", rief sie schließlich aus. „Wir mussten sie doch aber stoppen!", sagte Peter und schleifte den strampelnden Mann zum Kerker hinüber. „Wir haben auch die Beute der Männer sichergestellt", sagte Arikana und zeigte auf die beiden Kisten, die noch auf dem Wagen standen. Peter war nun wieder zurück und zusammen mit einem anderen Knecht zog er die erste Kiste vom Wagen herunter. Sie versuchten das Schloss zu öffnen, doch es widerstand allen Versuchen. Dann ging Peter zum Stall und kam mit einem großen Hammer zurück. Nach fünf Schlägen fiel das Schloss von der Kiste ab.

Der Herr klappte den Deckel hoch und schaute hinein. Es waren Stoffe, kostbare Waffen und ein paar Beutel mit Münzen darin. Alles Beutestücke, welche die beiden Räuber den Reisenden abgenommen hatten. Vermutlich hatte keiner der Männer die Überfälle überlebt. Peter wuchtete nun die zweite Kiste vom Wagen und zerstörte auch deren Schloss. Dann klappte er den Deckel auf und Gwendolyn sah einen vertrauten Gegenstand darin. „Das ist die Kiste, die mein Vater auf den Wagen des Kaufmannes geladen hat", rief sie und zeigte auf das Wappen an der Seite der eisernen Truhe, die in der großen Kiste lag.

Peter hob sie heraus und versuchte sie zu öffnen. „Den Schlüssel hatte Hinner um den Hals gehabt", sagte Gwendolyn und dachte wieder an den toten Freund zurück. „Das haben wir gleich", sagte Peter, doch an dieser Kiste war das Schloss innen und nicht draußen dran. Der eiserne Beschlag hielt jedem Öffnungsversuch stand. Die Spuren an der Seite zeigten deutlich, dass auch die Räuber vermutlich beim Öffnen gescheitert waren.

„Was nun?", fragte der Herr und Peter kratzte sich am Kinn. Er ging noch einmal zurück zum Stall und kam mit einem Dorn zurück. Mit ein paar Hammerschlägen bog er das Metallstück zu einem Haken und steckte diesen in die Öffnung des Schlosses. Ein paar Versuche später schnappte das Schloss hörbar auf und Peter hob den Deckel an. Ein paar Säcke mit Münzen und ein Brief befanden sich darin. „Das müssen 350 Gulden sein und der Brief ist von meinem Vater für das Kloster", sagte Gwendolyn und der Herr zählte zuerst die Säckchen durch. „Sieben Stück", sagte er, dann nahm er den Brief und öffnete das Siegel. Leise las er das Schriftstück durch, dann sagte er laut, so dass es alle im Hof hören konnten, „… empfehle ich euch, liebe Äbtissin, meine Tochter Gwendolyn zu Aufnahme in das Kloster heilig Kreuz …" er blickte auf und ergänzte „Du hast also die Wahrheit gesagt."

Gwendolyn nickte und nahm das Schriftstück entgegen. Nun las sie das Zeichen aus der eigenen Vergangenheit. So weit fort schien es zu sein und doch war es erst ein paar Wochen her. Ihre Tränen tropften auf das Papier und löschten einen Teil der Schrift aus. „Die Münzen waren meine Mitgift", sagte sie und blicke den Herrn an. Der nickte und hob die Säcke aus der Kiste. „Die Beute gehört nun mir!", sagte er und drehte sich zum Kerker um. „Der Räuber soll an der Straße aufgehängt werden. Mit einem Schild um den Hals, dass er ein Wegelagerer und Mörder war", sagte er und Peter ging zurück zum Kerker. Ein paar Augenblicke später schleifte er den strampelnden Räuber über den Hof und zerrte ihn durch das Tor der Burg nach draußen. Einer der anderen Knechte kam mit einem Strick, sowie einem Schild und folgte Peter. Wenig später meldeten beide den Vollzug des Urteils. „Was wird nun aus mir?", fragte Gwendolyn leise. „Wenn du magst, so kannst du auf meiner Burg bleiben", antwortet der Herr und Gwendolyn nickte.

Mit dem Brief ging Gwendolyn zum Garten hinüber und setzte sich auf die Bank. Nun wusste der Herr Bescheid, dass sie keine Dirne war. Aber ihre Ehre war trotzdem verloren. Daran änderte der Brief nichts. Sie war immer noch entehrt, geschändet, mittellos und, wenn der Herr sie von der Burg warf, auch ohne Dach über dem Kopf.

Nie wieder würde sie in die Gesellschaft hinein passen können. Außerhalb der Burg blieb ihr nur das fahrende Volk und dann wäre sie wirklich eine Hübschlerin. Wieder rollten die Tränen über ihre Wangen. Von einem Moment zum nächsten war alles vorbei gewesen. Nun konnte sie die Mutter noch besser verstehen. Bei ihr war es ähnlich gewesen. Unverschuldet in Not geraten! Nur die gerade neu erblühenden Rosen konnten sie ein wenig trösten.

51. Kapitel

Bittere Tränen

Ungläubig starrte sie auf die Zeilen. Nur schwer konnte sie die Tränen zurückhalten. Ihre Welt war gerade zusammen gebrochen. Hans hatte ihr wortlos den Brief gegeben und nun wartete sie, dass Carola den Raum verließ. Noch einmal las sie, was da stand. Der Kaufmann war nie in Dresden angekommen. Auch die Tochter hatte das Kloster nicht erreicht! Verschollen im Wald. Wenn sie noch leben würde, dann hätte sie sich in der Zwischenzeit schon gemeldet. Doch das Schweigen der Tochter sagte genug! Endlich war Carola aus dem Raum und nun durften die Tränen fließen. „Sie ist tot!", flüsterte Johanna und knüllte den verhängnisvollen Brief zusammen. Sie sah zu ihrem Mann auf und auch dieser hatte Tränen in den Augen. „Es ist meine Schuld!", schluchzte die Frau und warf den Brief in das Herdfeuer, an dem sie gesessen hatte. Die Flammen löschten die Schrift aus, aber sie konnten die verlorene Tochter nicht zurückbringen. Schnell griff sich Johanna eine Zwiebel und schälte sie. Gerade noch rechtzeitig, bevor Carola zurückkam. Wie konnte sie es der Tochter beibringen, dass die geliebte Schwester nicht mehr unter den Lebenden war? Gar nicht! Es würde dem Mädchen das Herz brechen.

Johanna schnitt die Zwiebel weiter und ließ die Tränen laufen. Immer mehr Zwiebeln wurden es „Mutter! Wollt ihr Zwiebelsuppe kochen?", fragte das Mädchen nach einer Weile und zeigte auf den Berg an Stücken, der sich vor Johanna auftürmte. Die Frau nickte, wischte sich mit dem Ärmel die Tränen weg und antwortete „Ja! Ich glaube, es ist genug.", dann stand sie auf und zog das Mädchen zu sich. Sie drückte sie so fest an sich, dass das Mädchen verständnislos zu ihr aufsah. Dann gab sie Carola frei und sagte „Hole doch mal deine Großmutter." das Mädchen nickte und verschwand. Wenig später war Bärmuth da. Unter einem Vorwand schickte Johanna das Mädchen hinaus und eröffnete der älteren Freundin die schreckliche Botschaft. Bärmuth sah genauso erschrocken aus, wie sie wohl ausgesehen haben musste. Zusammen lagen sie sich weinend in den Armen, während Hans die Küche verließ. „So ein Unglück", murmelte Bärmuth und versuchte dieses Schicksal zu verstehen. Doch es gelang ihr offensichtlich genauso wenig, wie es Johanna gelungen war. „Lass uns in der Kirche für ihre Seele beten", sagte sie schließlich und nachdem Carola zurückgekommen war, gingen die beiden Frauen los. Es war kein weiter Weg bis zu dem Gotteshaus.

Sie betraten den Chorraum, bekreuzigten sich und entzündeten eine Kerze an dem Altar. Still saßen sie in der Bankreihe und sahen nach vorn. „Das ist alles so ungerecht", murmelte Johanna und setzte leise hinzu „Ich wollte sie in dem Kloster in Sicherheit bringen und habe sie in den Tod getrieben!" ein Weinkrampf schüttelte ihren Körper. Bärmuth nahm sie in den Arm, konnte aber keinen Trost spenden, da sie selbst zutiefst getroffen war. Der Pfarrer trat zu ihnen und fragte, was sie beide so betrübt hatte. Johanna erzählte schnell die Geschichte und der Geistliche sagte „Gottes Wege sind unergründlich. Aber niemand von uns kann seinem Schicksal entfliehen. Ich werde eine Messe für sie lesen." dann hielt er die Hand auf und nahm die geforderte Münze entgegen. Die beiden Frauen bedankten sich. Er segnete sie und dann verließen Johanna und Bärmuth die Kirche wieder. „Wir dürfen es niemanden sagen. Wenn sich einer der Lehrlinge verplappert, so bricht es Carola das Herz", sagte Bärmuth und bestätigte damit Johannas Überlegungen. Langsam gingen sie wieder zurück zu dem Haus, aber es war nicht weit genug, um die verwirrten Gefühle zu glätten.

Um nicht so in das Haus zu gehen, gingen sie zuerst in das Kontor. Dort fanden sie Hans auch weinend vor. Zusammen ließen sie ihre Trauer heraus. Es dauerte eine ganze Weile, bis zumindest die Tränen versiegt waren. Nun konnten sie in das Haus hinübergehen, wo die Lehrlinge mittlerweile der Tochter bei der Essenszubereitung halfen. Das Lachen des Mädchens klang glockenhell durch die Räume und stand damit der Stimmung von Johanna entgegen. Doch die Frau musste nun für ihre andere Tochter stark bleiben. Noch gezwungen gab sie sich der Fröhlichkeit Carolas hin. „Nur nicht an Gwendolyn denken!", sauste es durch ihren Kopf und damit dachte sie weiter zwangsläufig an die ältere Tochter.

Was mochte wohl passiert sein? Immer schrecklichere Bilder kamen in ihr hoch. Wilde Tiere, Räuber oder marodierende Soldaten. Alles schlimm, aber wie hatte Gwendolyn wohl ihre letzten Augenblicke erlebt? War es schnell gegangen? Oder hatte sie sehr leiden müssen? Die Ungewissheit nagte an ihrer Stärke und dazu kam auch noch, dass sie das Grab der Tochter nie besuchen konnte. Wo lagen ihre Gebeine? Sicherlich nicht in geweihter Erde! Oder hatte sich dennoch jemand erbarmt und ihr ein christliches Begräbnis zuteilwerden lassen? Sie wusste es nicht und würde es nie erfahren! „Hinfort ihr nutzlosen Gedanken!", dachte Johanna und konzentrierte sich auf die verbliebene Tochter. Wieder nahm sie das Mädchen in den Arm. Dann begann das Abendmahl. Wie jeden Abend wurde am Tisch gelacht, gescherzt und dann auch noch gesungen, nachdem die Schüsseln vom Tisch geräumt waren.

Ein Krug Wein kreiste um den Tisch und auch Johanna trank, entgegen ihrer sonstigen Gewohnheiten, ein paar Becher. Vielleicht würde das Getränk helfen, den Schmerz zu vergessen. Ein bisschen gelang es dem süßen, schweren Wein. Johannas Stimmung kippte von Trauer zu Melancholie. Sie stimmte ein schwermütiges Lied an und alle Männer stimmten ein. Bärmuth nahm Carola und brachte die Tochter zu Bett. Johanna winkte den Beiden hinterher. Es wurde ein langer Abend und die traurigen Gedanken verschwanden mit jedem Becher, den die Frau trank, immer mehr.

Die Männer um sie herum begannen Geschichten aus ihren Wanderjahren zu erzählen. Jeder erzählte irgendetwas von seinen Erlebnissen. Manch lustige Begebenheit zauberte auch ein Lachen in Johannas Gesicht. Dann räumten alle auf und Johanna erhob sich. Schwankend stand sie am Tisch und musste sich festhalten. Es war wohl doch zu viel gewesen. Hans kam zu ihr und nahm ihren Arm. Zu zweit stiegen sie die Treppe hinauf zu ihrem Zimmer. Die Mutter warf einen letzten Blick in Carolas Kammer, doch die Tochter schlief sicher schon lange friedlich.

Dann folgte Johanna ihrem Mann in ihren Raum. Vor dem Bett streifte sie sich das Kleid über den Kopf, dann zog Hans sie zum Bett. „Ein Kind verloren", dachte sie, als sie rücklings in das Bett fiel. Sie zog Hans hinter sich her. Ein paar bittere Tränen folgten.

52. Kapitel

Ja oder Nein?

Nun wusste er eigentlich nur, dass sie ihn nicht belogen hatte. Was änderte dies? Nichts! Es war zum Verrücktwerden. Sie war immer noch entehrt und damit für ihn praktisch unantastbar. Aber sie war keine Dirne gewesen und auch nicht beim fahrenden Volk mitgereist. Zwar hätte er sie sich als Konkubine nehmen dürfen, doch das fühlte sich für ihn falsch an. Er kannte viele feine Herren, die es einfach so machten. Der Hauptgrund dessen war, mehr Erben zu bekommen. Die Söhne einer Konkubine waren ebenfalls Erben, auch wenn sie hinter den legitimen Söhnen, die ehelich geboren waren, hinten anstanden. Seine Gedanken flogen wieder zu Gwendolyn und er stellte sich ihr Gesicht vor. Da war etwas, was ihn immer wieder zu der Frau hinzog. Die allabendlichen Gespräche am Feuer hatten nun vollständig die bisher so geliebten Besäufnisse verdrängt. Kaum konnte er es erwarten, dass sie sich zu ihm setzte.

Während die Knechte also hinter ihm am Tisch grölten, saß er mit Gwendolyn, in ein Gespräch über Rosen vertieft, am Feuer des Kamins. Was war da nur geschehen? Mit Gundel hatte er nie so vertraut reden können, obwohl sie wahrscheinlich dasselbe zu den Blumen hätte sagen können. Es war einfach ein anderes Gefühl, das ihn zu Gwendolyn zog. Der Blick ihrer Augen hielt ihn im Bann!

Gundel hatte er geheiratet, weil es seine Pflicht gewesen war. Zu Gwendolyn fühlte er sich aus einem anderen Grund hingezogen. Warum wusste er nicht. Einzig Peter schien ihn zu verstehen, auch er redete jeden Abend mit seiner Partnerin. Trotz des Standesunterschiedes waren sie sich doch beide sehr ähnlich. Das zusammen Aufwachsen hatte dies bestimmt bewirkt. Von seinem Vater hatte er es auf jeden Fall nicht. Eher von der Mutter, die ihn und Peter liebevoll aufgezogen hatte. Aber gleichzeitig hatte sie ihm auch beigebracht, dass es so etwas wie Liebe in ihrer Gesellschaftsschicht nicht geben konnte. Die Ehen waren immer nur aus Kalkül geschlossen. So wie die Ehe zwischen ihm und Gundel. Nur um die Brücke für die Kaufmannsfamilie offenzuhalten, hatten sie Gundel aus dem fernen Augsburg hierher geschickt.

Natürlich hatte er bemerkt, wie unglücklich seine verstorbene Frau damit gewesen war. Doch was konnte er tun? Und was Gundel? Heirat oder Kloster. Mehr gab es für eine hochgeborene Frau nicht. Ledig bleiben? Gänzlich ausgeschlossen! Und nun saß er hier und sah zu der Frau hinüber, die genauso hochgeboren war, wie es Gundel gewesen war. Die aber durch die Geschicke und ein schlimmes Schicksal in der Hierarchie nach ganz unten gefallen war.

Noch tiefer konnte ein Mensch nicht sinken und an jedem anderen Ort würde sie bei den Schweinen im Stall schlafen. Hier aber nicht! Er mochte sie und daran würde nichts und niemand mehr etwas ändern können. Erst recht nicht jetzt, wo er das ganze Schicksal der Frau kannte. Fast fieberte er den abendlichen Treffen entgegen. Wenn er sie am Tage sah, so konnte er seinen Blick nicht von ihr abwenden. Jeden Abend versank er dann in ihren Augen, hing an ihren Lippen und versuchte krampfhaft seine Gefühle für sie im Zaum zu halten. Manchmal, wenn sie von der Bank aufstand und sich ihre Köpfe einander näherten, hatte er fast den Zwang, sie küssen zu müssen, doch in Anbetracht der Säufer in seiner Nähe ließ er es dann doch sein.

Er war zwar der Herr, aber das hatte er bisher nicht so sehr betont. Sie waren hier fast alle wie Freunde. In den anderen Burgen, in denen er manchmal zu Besuch war, da saßen die Knechte in der Küche bei den Mägden. Hier saßen sie im Saal. Zumindest, wenn er keinen Besuch hatte. Doch vielleicht war es bei den anderen ja auch so?

Am nächsten Tag jedenfalls war er zum Herzog von Sachsen geladen worden. Eine hohe Ehre oder aber auch ein neuer Auftrag? Diese Burg hatte der Herrscher damals seinem Vater gegeben und durch die Brücke war sie eine wahre Goldgrube geworden. Ein großer Teil der Gelder ging an den Herzog, aber der Rest war immer noch immens. Wollte ein anderer Graf diese Burg für sich haben? Gab es am Hofe eine Intrige gegen ihn? Konnte er es eventuell abwenden? Da war natürlich eine Verbindung mit Gwendolyn jetzt gerade das falsche Signal für den Herzog. Friedrich stand auf und ging in sein Zimmer. Am Tisch sitzend seufzte er.

Entweder konnte er Gwendolyn näher kommen oder die Burg weiterhin behalten. Eine schwere Entscheidung. War sie notwendig? Das blieb am Hofe zu erfragen. Doch wenn er die Burg behielt, so konnte er auch die Frau in seiner Nähe behalten. Am Hofe des Herzogs war dies gänzlich unmöglich. Er musste sich von Gwendolyn fern halten, um in ihrer Nähe bleiben zu können. Ärgerlich ließ er sich in sein Bett fallen und sah zur Decke des Zimmers. Warum konnte er nicht machen, was er wollte? Und was wollte der Herrscher von ihm?

Eine kurze Nacht des Grübelns folgte und danach machte er sich am Morgen mit Peter auf den Weg. Schon nach dem Mittag trafen sie dann auch am Hofe des Herzogs ein. Nach einer Verbeugung vor dem hohen Herrn setzte sich Friedrich auf den angebotenen Stuhl an der Tafel. Nur ein paar Berater des Herzogs waren in der Nähe. Mehr unauffällig hörten sie genau zu. „Ich habe erfahren, dass eure Frau vor kurzem gestorben ist", begann der Herrscher „Ja. Sie starb im Kindbett", sagte Friedrich und der Herzog legte seine Hand auf die Schulter des jüngeren. „Wollt ihr denn auch wieder heiraten?", fragte der ältere und Friedrich hörte den Unterton in der Frage. „Ja, aber noch nicht gleich. Lasst mir ein Trauerjahr", sagte er schließlich und der Herzog nickte. „Es sei euch gewährt und wenn ihr sucht", sagte der Mann und winkte nach hinten. Eine junge Frau erschien. Sicher noch keine vierzehn Jahre alt.

Die junge Frau machte einen tiefen Knicks und der Herzog sagte „Sie ist meine Nichte.", dann schickte er sie mit einer Handbewegung zurück in ihre Ecke. Friedrich sah ihr nach, doch da war kein Gefühl der Nähe bei ihm zu finden. Sollte er den Herzog damit verärgern, dass er die Frau ablehnte? Die Nichte des Herrschers? Das ging nicht! „Ich werde es mir überlegen", antwortete Friedrich. Der hohe Herr nickte und setzte dazu „Wartet nicht zu lange.", dann ließ er ein paar Becher Wein holen und sie stießen an.

Nach dem Wein machte sich Friedrich auf den Heimweg. Schweigend ritt er den Weg entlang. Ja oder Nein? Die Nichte heiraten? Oder bei Gwendolyn bleiben? Oder beides? Es fühlte sich falsch an, aber er hatte noch ein Jahr Zeit. Nun zog ihn die Aussicht auf ein Gespräch mit Gwendolyn nach Hause. Er trieb die Sporen in die Seite seines Pferdes. Nur keinen Augenblick mit ihr verpassen!

53. Kapitel

Kräutermond

Mit bunten Blättern an den Bäumen war der Herbst über das Land gekommen und sicher würden in ein paar Wochen keine Kräuter und Blumen mehr in dem kleinen Garten wachsen. Für Gwendolyn war nun die Erntezeit gekommen. Zusammen mit Arikana brachte sie die Gräser, Kräuter und Blumen zum Trocknen in einen Raum der Burg, den ihr der Herr zur Verfügung gestellt hatte. In den letzten Wochen waren immer mehr Frauen und Mädchen zur Burg gekommen, um sich Hilfe bei ihr zu holen. Manchmal saß Gwendolyn stundenlang ununterbrochen auf dem Stein vor dem Burgtor und gab Kräuter und gute Ratschläge aus. Aber weiter von der Burg fort traute sie sich immer noch nicht. Zu tief saß bei ihr immer noch die Angst vor dem, was da wohl passieren konnte. Zwar waren die beiden Räuber tot und der Müller bestraft, aber sie war ehrlos und außerhalb auch schutzlos. Zu gefährlich schien ihr die Welt jenseits der schützenden Mauern zu sein.

Manchmal sah sie auf die Wagen der Händler und Reisenden, die nur etwas mehr wie zehn Schritte vor ihr über die Straße rollten. Dann zog es sie in die Ferne, aber im gleichen Atemzug dachte sie daran, dass eine Frau alleine nicht überleben konnte. Einige der Mägde hatten ihr, hinter angstvoll vorgehaltener Hand, erzählt, wie die Männer in den Dörfern mit den Frauen umgingen. In der Stadt gab es die Hübschlerinnen und die Frauenhäuser, da konnten die unverheirateten Männer ihren „Trieb" loswerden. Doch hier in den Dörfern auf dem Lande blieben nur das fahrende Volk oder schutzlose Mägde, bei denen die Männer, manchmal gruppenweise, zu ihrem „Glück" kommen wollten. Die Frauen wurden dabei sowieso nicht gefragt. Da hatten es die Hübschlerinnen in der Stadt noch besser. Denen stand ein Zimmer, Verpflegung und auch Lohn für ihre Dienste zu. Den jungen Mädchen in den Dörfern nicht.

Gwendolyn sah in den Raum und roch die Gräser. Alles war für den Winter vorbereitet, denn auch dann würden die Frauen sicher zu ihr kommen. Ob sie sich dann aber in die Kälte vor dem Tor setzen würde, das wusste sie noch nicht. Das würde die Zeit bringen. Arikana ging zurück zur Küche und Gwendolyn blieb im Gang stehen. Ihr Blick fiel auf die Tür des Zimmers, in dem der Herr wohnte. Ihr Verhältnis zu ihm hatte sich auch etwas geändert. Seit er wusste, dass sie keine Dirne gewesen war, war er sehr viel Freundlicher, aber es blieb beim Reden. Damals hatte er im Hof der Burg gesagt „Wenn du magst, so kannst du auf meiner Burg bleiben.", so als ob sie eine Wahl gehabt hätte. Diese Burg war ihr Schutz geworden. So wie die Mauern sie nach außen schützten, so hatte sich ihre Seele vor den Schmerzen der Welt abgekapselt.

Sie stand vor der Tür und legte ihre Hand gegen das Holz. Sicher war er auf der anderen Seite. Gwendolyn dachte an den Mann. Doch nicht als Mann, sondern wie an einen Freund. Oder war da schon mehr entstanden? An manchen Abenden redeten sie ewig in dem kleinen Saal am Feuer. Da lag dann immer so ein Gefühl in ihr, das nicht dort sein durfte, dass sie aber auch nicht loswurde. Langsam schritt sie den Gang entlang und dachte an die letzten Monate. Es gefiel ihr hier ganz gut in dieser Burg. Sie stand nun irgendwie unter dem Schutz des Herrn. Auch die Knechte ließen sich nicht mehr in der Mägdekammer sehen, sehr zum Leidwesen von Simone. Aber Gwendolyn konnte sich nicht vorstellen, dass es der Freundin wirklich gefallen hatte, was Utz da so mit ihr fast jede Nacht getan hatte.

Sie dachte an das, was ihr die Mutter damals noch in Leipzig darüber erzählt hatte. Mit roten Ohren hatte sie der älteren Frau zugehört, die ihr erklärt hatte, dass die körperliche Liebe nur in der Ehe oder in der Beilage, wenn sie der Herr gestattet hatte, erlaubt war. Jede andere Form, zum Beispiel auf der Suche nach körperlichem Wohlbefinden und Lustgewinn, so wie es Simone tat, galt vor der Kirche als verwerflich und wurde streng bestraft.

Oft hatte sie die Frauen und Männer in Leipzig am Schandpfahl stehen sehen, wenn durch die Pfarrer ein unkeusches Berühren, übermäßiges Verlangen oder auch nur unvorsichtig geäußerte unzüchtige Fantasien festgestellt wurden. Gwendolyn dachte daran, dass dies vielleicht nur die offizielle Meinung der Kirche war. Insgeheim wurde das von den Menschen wohl nicht so streng gesehen. Zumindest, wenn sie an Simone dachte. Sie selbst konnte sich das nicht vorstellen. Zu stark war noch die Erinnerung an die Schmerzen, die ihr die beiden Männer im Wald oder Utz im Kerker zugefügt hatten.

Gleichzeitig erschauderte sie bei dem Gedanken, was wohl passieren würde, wenn der Herr bei ihr zudringlich werden würde. Konnte sie ihn dann einfach so abweisen? Ihr Schicksal und ihr Leben hingen ja an seinem Wohlwollen. Konnte man dann einfach so „Nein!" sagen? Sie dachte daran zurück, wie sie Utz auf Abstand gehalten hatte, mit vorgehaltener Waffe, das wäre in diesem Falle nicht möglich. Ein Nein würde ihren Rauswurf aus der Burg und damit ihr Ende bedeuten!

Langsam ging sie über den Hof und betrat den Kräutergarten, der nun ziemlich kahl aussah. Auch die meisten Blumen waren schon verblüht. Nur die Rosen zeigten noch einige Blüten. Vorsichtig zog sie einen Zweig zu sich. Die Blüten dufteten herrlich und sie versenkte ihre Nase in dem Blütenkelch. Jetzt noch den Duft in sich aufsaugen, der dann für lange Zeit dahin sein würde. Die tief hängenden Wolken über der Burg kündeten schon vom bald folgenden Schnee und dieser würde dann die Blüten für lange Zeit verschwinden lassen.

Gwendolyn zog den Dolch aus der Scheide an ihrem Gürtel und trennte einen kleinen Zweig mit drei Blüten von dem Strauch ab. Vorsichtig entfernte sie die Dornen und trug die Blüten zurück in das Haus. Dort suchte sie sich einen Becher und goss Wasser aus einem Krug hinein, dann stellte sie die Rosen im Becher auf den Tisch im Saal. Vor den grauen Fenstern brachten die roten Tupfen etwas mehr Farbe in den tristen Raum. Still betrachtete sie die Blumen. Es war auch eine Erinnerung an die Herrin, die diese Blüten so gern gemocht hatte. Langsam zog der Duft der Rosen durch den Raum. In Gedanken hing sie dem Sommer nach und sah nun nur noch die guten Seiten ihres Lebens. Die schlechten blendete der Rosenduft nun aus.

54. Kapitel

Nur eine List?

Das Jahr, das ihm der Herzog eingeräumt hatte, war zu Ende und Friedrich wusste, dass er eine Entscheidung treffen musste. Er war nun verwitwet und der Herrscher hatte ihm seine Nichte angeboten. Ein Angebot, welches man nicht ablehnen konnte. Nicht ablehnen durfte! Und doch wollte Friedrich genau dies. Nur wie? Gab es eine Möglichkeit, dieses Angebot abzulehnen und dennoch auf der Burg zu bleiben? Wenn er offiziell die Frau ablehnte, dann würde er den Herzog damit vor den Kopf stoßen und dann wäre er vogelfrei! Er brauchte eine List. Der Herzog musste ablehnen, aber er durfte nicht seine Ehre und Bündnistreue in Zweifel ziehen. Was nun? Sollte er Gwendolyn nach einer Idee fragen? Doch was würde sein, wenn sie fragte, warum er nicht wieder heiraten wollte?

Friedrich sah aus dem Fenster zum Hof hinunter. Dort stand Peter mit seiner Partnerin. Vielleicht hatte sie einen Plan? Sie gehörte doch früher zum fahrenden Volk und war weit herumgekommen. Unter einem Vorwand rief er sie in den Saal, sie verabschiedete sich unten von Peter und kam zu ihm nach oben gelaufen. Im Saal angekommen machte sie ihren Knicks und er bot ihr am Kamin einen Sitzplatz an, denn das, was er vorhatte, das brauchte Verschwiegenheit. Würde nur ein Wort von seinen Überlegungen nach draußen gelangen, so war er wirklich vogelfrei.

Konnte er dieser Frau trauen? Er musste es, um nicht getraut zu werden! Nach ein paar Momenten der Stille begann er „Von diesem Gespräch darf außer uns beiden niemand etwas erfahren." Die Frau nickte und kam ihm etwas mit dem Kopf entgegen, damit er leiser reden konnte. „Der Herzog von Sachsen hat mir ein Trauerjahr eingeräumt, bevor er mich mit seiner Nichte verheiraten will. Dieses Jahr ist nun um und ich will sie nicht heiraten." „Ist sie so hässlich?", fragte die Frau und er erwiderte „Das ist nicht der Grund. Gibt es eine Möglichkeit, diese Trauung zu verhindern?" Die Magd lehnte sich im Stuhl zurück und dachte nach. Sie stützte ihren Kopf in die Hand und er hing an ihren Lippen, die hoffentlich einen Ausweg aus seiner Not fanden.

Dann stand sie auf und sagte leise „Ich werde die Karten befragen, wenn euch das recht ist." Friedrich zuckte zurück. Wahrsagen war Teufelswerk! Doch hatte er die Frau nicht vielleicht genau deswegen mit seiner Frage bedrängt? Vielleicht wussten die Karten einen Weg zu weisen, den er nicht finden konnte und wenn er dafür bei Gwendolyn bleiben konnte und nicht die andere Frau heiraten musste, so wollte er es riskieren. Schließlich nickte er und die Magd verschwand.

Nach einem Augenblick erschien sie wieder in der Tür und hatte ein kleines, buntes Bündel aus Stoff bei sich. Mit einer Handbewegung bat sie ihn an den Tisch. Dort wickelte sie das Tuch aus und breitete es über den Tisch. Ein Stapel von bunten Karten kam zum Vorschein. „Schließt eure Augen und denkt an eure Frage", sagte die Frau und begann die Karten schnell zu mischen. „Ihr könnt die Augen wieder öffnen", sagte sie nach kurzer Zeit und begann in einem seltsamen Kreuzmuster zehn der Karten auf den Tisch zu legen. Friedrich hoffte, dass jetzt keiner der Knechte in den Saal kam, um ihn etwas zu Fragen. Die Situation wäre dann mehr als gefährlich geworden. Warum hatte er die Tür eigentlich nicht abgeschlossen? Dann begann die Frau mit der Hand über die Karten zu fahren und dabei etwas Unverständliches zu murmeln, das wie eine Beschwörungsformel klang. Immer unheimlicher wurde es ihm. War es richtig, was er hier machte?

Dann blickte sie auf und sagte leise „Die Karten verlangen dir ein großes Opfer ab." Friedrich zuckte zurück. Was sollte er opfern? Wen? Die Frau schob die Karten zusammen und schlug sie wieder in das Tuch ein. Offensichtlich hatte sie sein zögern bemerkt. Nun wollte sie aufstehen, doch er hielt sie zurück. „Sprich! Was soll ich opfern?" Nun zeigte die Frau auf die beiden Stühle am Feuer und sie wechselten wieder zum Kamin. Die Frau nahm ein paar Kräuter aus ihrem Beutel und warf sie in das Feuer. Eine Wolke aus wohlriechenden Duft zog durch den Raum. „Nun sprich schon!", forderte er sie auf, weil sie immer noch schwieg. Sie beugte sich vor und begann „Was ist der Zweck einer Heirat?" „Es ist eine Verbindung. Ein Geschäft. Ein Treuebeweis." „Nein!", antwortete sie und er überlegte weiter. Schließlich sagte er „Erben zeugen!" und nun stimmte sie ihm zu „Wann ist demnach eine Ehe ungültig?" „Wenn es keine Erben gibt?", fragte er ungläubig, „Nein!", antwortete sie und schüttelte den Kopf „Das kann ja niemand vorher wissen." Dann machte sie eine Bedenkpause und kam mit dem Kopf noch näher „Wenn der Mann unfähig ist, einen Erben zu zeugen!" Nun lehnte sie sich zurück und Friedrich schoss das Blut in den Kopf. Dieser Vorschlag war so ungeheuerlich, dass er sofort aufspringen und die Frau hätte packen können.

Er sollte behaupten, kein richtiger Mann mehr zu sein! Nun stand die Frau auf und fragte „Ist euch eure Freiheit dieses Opfer wert?" Dann ging sie und er blieb zurück. Lange sah er ihr nach. Wenn man sich mit dem Teufel einließ, dann war das Opfer immer etwas höher. Ewig saß er am Feuer und dachte hin und her. Die andere Frau heiraten und dann hier mit Gwendolyn und ihr leben? Oder den Herrscher anlügen und dann unbehelligt und unbeweibt, hier leben? Doch es wäre eine Lüge, ein Bruch der Treue! Eine schwere Entscheidung! Aber er durfte nicht lügen! Das war gegen seine Ehre, also blieb ihm keine andere Wahl, als die Frau zu heiraten! Oder etwa nicht? Was tun?

Der Ritter erhob sich, öffnete die Tür und rief nach der Magd, die wenig später in den Saal kam. „Ich kann den Herzog nicht anlügen. Ich habe ja schon einen Sohn!" „Ihr sollt ja auch nicht lügen", antwortete die Frau. „Aber wie soll das denn gehen?", fragte er nun schon ziemlich aufgebracht, da die Frau nicht wirklich mit der Sprache herauskam und scheinbar immer in Rätseln sprach. Wenn sie nicht die Partnerin von Peter wäre, dann wäre sie jetzt schon im Kerker!

„Raus mit der Sprache und zwar jetzt! Was meinst du?", fragte er erbost und schlug mit der Faust auf den Tisch, dass es krachte. Aber die Frau zuckte noch nicht einmal, sondern beugte sich vor und begann zu flüstern „Nehmen wir mal an, ein Pferd hätte euch an eine bestimmte Stelle getreten. Dann könnte es doch sein ..." die Frau unterbrach ihre Antwort, um ihm die Möglichkeit zum Überlegen zu geben. Friedrich setzte sich und begann den Gedanken aufzunehmen. „Aber wäre es nicht immer noch eine Lüge?", fragte er, nun schon viel ruhiger. Die Frau setzte sich zu ihm und erklärte „Ich bereite euch einen Trank zu. Ich werde auch zum Hof des Herzogs mitkommen und dort aussagen, dass ihr vollkommen unfähig seid, eine Ehe zu vollziehen." „Ist das eine List oder eine Lüge?", fragte Friedrich, mehr sich selbst als die Frau. „Bereite mir den Trunk. Morgen brechen wir auf!", sagte er schließlich und die Frau verließ, nach einem Knicks, das Zimmer.

55. Kapitel

Die Frage der Ehre

Die Karten hatten es genauso vorher gesagt. Sofia hatte es ihr einst beigebracht und es waren auch ihre Karten gewesen. Natürlich hatte Arikana bemerkt, wie erbost der Mann über ihren Vorschlag gewesen war und sie hatte auch eine Weile gezögert, es ihm vorzuschlagen. Aber nur diese eine Möglichkeit gab es, diese Hochzeit zu verhindern und gleichzeitig sein Gesicht zu wahren. Nun suchte sie nach den entsprechenden Kräutern, die sie für den Trank brauchte. Nur dann konnte sie mit gutem Gewissen schwören, was sie sich überlegt hatten. Einst hatte ihr Sofia, unter dem Siegel der Verschwiegenheit, das Rezept verraten. Sie hatte es einmal bei einem Mann gebraucht, der nicht für ihre Liebesdienste gezahlt hatte. Noch lange danach hatte die Freundin lachend die Geschichte erzählt, wie der Mann dann vor ihr auf den Knien gelegen hatte und sie angebettelt hatte, den Fluch wieder von ihm zu nehmen.

Ein kleiner Trunk und für etwa zwei Wochen war der Mann nicht in den Lage gewesen, seinen Mann zu stehen. Danach verflüchtigte sich die Wirkung von selbst wieder. Das war im Moment genau das richtige Mittel, um dem Herzog nicht die Wahrheit zu sagen und trotzdem nicht zu lügen. Mit dem Korb streifte sie durch den kleinen Wald und hatte schon bald die notwendigen Kräuter zusammen. In der Küche braute sie daraus einen Trank, bis sich Martha über den strengen Geruch des Gebräus beschwerte. Nun wusste sie, dass er gelungen war.

Sofia hatte ihn damals mit einem Knoblauchtrunk kombiniert, um den Geruch zu unterdrücken, aber sie brauchte das ja nicht. Der Herr wusste ja, was er da zu sich nahm. Mit dem Becher und dem darin befindlichen Getränk ging Arikana in den Saal nach oben, wo der Herr noch genau so in dem Stuhl am Feuer saß, wie sie ihn Ewigkeiten zuvor verlassen hatte. Offensichtlich dachte er immer noch darüber nach, ob es wohl richtig war. Sie hielt ihm das Gefäß hin und er sah sie an. „Und die Wirkung lässt auch wieder nach?", fragte er. Arikana nickte und erklärte „Wenn sie zwei Wochen gewartet haben, dann ist alles so, wie es immer war." Der Mann sah in den Becher „Das stinkt ja", sagte er, dann setzte er den Becher an und trank ihn mit einem Zug aus. „Und schmecken tut es auch widerlich", setzte er noch hinzu und verzog das Gesicht „Aber es wirkt!", erklärte Arikana und nahm den Becher wieder entgegen. „Nun können wir morgen früh los reiten", sagte der Herr, während Arikana einen Knicks machte und sich aus dem Raum entfernte. Wie sie es versprochen hatte, redete sie mit niemandem über den Trunk, nicht einmal mit Peter, der sie am nächsten Tag zum Herzog begleiten würde. Doch dazu musste der Herr ihn sicher erst noch einweihen. Sonst konnte der Plan doch noch scheitern.

Am nächsten Morgen trafen sie sich am Stall. Der Herr, Peter und sie sollten nach Meißen reiten, wo sich der sächsische Herzog Georg gerade auf der dortigen Burg aufhielt. Peter hatte die Pferde gesattelt und fragte Arikana „Wie reitest du?", verständnislos sah sie ihn an. Was sollte die Frage und er zeigte auf den Sattel. „Ich habe auch noch den Seitsattel der gnädigen Frau." Arikana schüttelte den Kopf. „Ich reite so, wie du auch!", erklärte sie, zog sich den Rock vorn hoch, setzte den Fuß in den Steigbügel und schwang sich behände auf den Rücken des Tieres. Peter nickte und half dem Herrn, indem er ihm den Steigbügel hielt. Dann saß er als letzter auf. „Weiß Peter Bescheid?", fragte Arikana den Herrn und dieser nickte.

Zu dritt jagten sie aus dem Tor hinaus und folgten der Straße. Nach einer Weile verließen sie den Wald und ritten nun an Feldern und Dörfern entlang. Noch weit vor dem Abend sahen sie den Burgberg von Meißen vor sich. Davor überquerten sie einen Fluss auf einer Brücke und waren schon wenig später vor dem Tor der Burg. Der Herr sah sie noch einmal beide wortlos an. Wie Verschwörer nickten sie sich zu, dann ritten sie in den Hof hinein.

Ein bewaffneter Mann empfing sie und brachte sie in den Palas der Burg, die eher wie ein Schloss aussah. Über breite Treppen stiegen sie nach oben, bis sie in einem Saal angekommen waren, der so groß war, dass ihr Saal da sicher fünfmal hineingepasst hätte. Bewundernd sah Arikana die prachtvolle Ausschmückung an. An der Stirnseite saß auf einem Stuhl der Herzog in prächtigen Gewändern, umringt von einer Anzahl von Beratern und Höflingen. Der Herr ging allein zu ihm hinüber und Arikana wusste, dass er dem Herzog nun die Geschichte von dem Pferdetritt erzählen würde.

Der Herzog winkte sie zu sich und Arikana ging nach vorn, machte einen tiefen Knicks vor dem hohen Herrn und wartete auf seine Frage. „Und du kannst es bezeugen?", fragte der Mann nur. Sie entgegnete ihm „Jawohl hoher Herr. Seit jenem unglücklichen Tag kann mein Herr nicht mehr seinen Mann stehen." „Das ist aber mehr als tragisch", sagte der Herzog, sah den Ritter an und wendete sich danach wieder ihr zu „Ich habe gehört, dass du vom fahrenden Volk auf die Burg gekommen bist." Arikana wunderte sich, woher er das wohl wusste, konnte aber dem nur zustimmen. „Kannst du auch tanzen?", fragte der Herrscher weiter und auch da konnte sie nur zustimmen. „Dann tanz heute Abend auf der Feier für uns!", legte der Herr fest und schickte sie mit einer Handbewegung zurück. Wenig später waren sie zu dritt wieder aus dem Saale hinaus.

In der Burgküche erhielt Arikana eine Suppe und setzte sich damit auf eine Bank im Hof. Die beiden Männer waren offensichtlich nicht hungrig. Es dauerte eine Weile, dann versank die Sonne und die Dämmerung legte sich über die Burg. Zusammen mit dem Herrn ging sie wieder die Treppe hinauf und Arikana sah durch die offene Tür in den Saal hinein. In diesem Raum, in dem der Herzog sie zuvor empfangen hatte, waren nun die Bänke an den Tischen mit vielen Männern besetzt und in der Mitte war eine große Fläche freigeräumt worden, wo sie tanzen sollte.

Peter war bei den Knechten zum Abendessen und der Herr wurde vom Herzog zu sich gewunken. Er nickte ihr kurz zu, dann ging er zum Herrscher und wurde von diesem direkt neben sich gesetzt. Vom Vorraum aus sah sie zu den Männern hinein. Von irgendjemanden hatte sie sich ein Tamburin geben lassen, denn sie war ja nicht darauf vorbereitet gewesen, hier zu tanzen. So wartete sie nun auf das Zeichen des Herzogs. Ein paar Männer mit Instrumenten gingen an ihr vorbei und nun würde sie bestimmt gleich gerufen werden. Noch nie hatte sie vor solch einem hohen Herrn getanzt und ihr Herz klopfte bis zum Halse.

Einer der Diener erschien in dem Vorraum und holte sie ab. Mit dem Manne zusammen ging sie auf die Fläche zwischen den Tischen. Der Herzog winkte seinem Diener zu und dieser löste ihren Gürtel. Überrascht wartete sie, was passieren würde. Doch sie sagte nichts und rührte keine Hand zur Gegenwehr. Das hätte sicher den Herzog nur verärgert. Was hatte der Mann vor? Dann streifte der Knecht Arikana Kleid und Unterkleid über den Kopf und so stand sie nun nackt zwischen den grölenden Männern. Das Tamburin bedeckte ihren Schoß nur notdürftig. Überall auf ihrer Haut spürte sie die Blicke der Männer. Nackt hatte sie noch nie getanzt, doch nun war es für eine Entgegnung zu spät. „Und nun tanz!", rief der Herzog. Die Kapelle ließ ihre Instrumente ertönen und Arikana begann ihren Tanz. Rings um sie schlugen die Männer den Takt mit den Händen auf der Tischplatte, die ebenfalls zu tanzen begann. Arikana versuchte ihnen nicht in die Gesichter zu sehen.

Zum Glück war Peter gerade nicht mit im Raum. Ihm hätte es sicher nicht gefallen, dass sie sich hier so zeigte. Immer weiter ging der Tanz, dann machte der Herzog wieder ein Handzeichen. Die Musik verstummte und Arikana stoppte ihre Bewegungen. Wieder suchte das Tamburin seinen Platz vor ihrem Unterleib, während sie schnaufend und mit klopfendem Herzen nur zwei Schritte vor dem Herrscher stand. Der Herzog drehte sich zur Seite und sah den Herrn an. Er sagte laut, so dass es auch Arikana hören konnte, „Ich sehe, dass ihr der Einzige hier seid, dem seine Hose jetzt noch passt. Daher will ich euch nun glauben und meine Nichte einem anderen Manne zur Frau geben." Dann schickte er Arikana aus dem Raum. Der Diener gab ihr am Ausgang Gürtel, Kleid und Unterkleid zurück, womit sie sich schnell anzog. Hinter ihr im Saal setzte die Musik wieder ein und der Herrscher rief „Und nun lasst uns feiern!" dann fiel die Tür hinter ihr zu.

Schämte sie sich für diesen Tanz? Nicht wirklich, auch wenn sie nun alle nackt gesehen hatten. Der Plan von ihr und dem Herrn war zumindest aufgegangen. Er hatte seine Ehre behalten. Und sie die ihre?

56. Kapitel

Ein neuer Weg

Der zweite Winter auf der Burg war nun für Gwendolyn vorbei. Endlich begann wieder die Sonne den Schnee von den Wegen zu tauen. Sie hatte sich gut eingelebt und kam nun mit allen Bewohnern gut zurecht. Auch die Frauen der Umgebung kannten sie nun fast alle. Jeden Tag hatte sie im Winter in einer kleinen Kammer im Torhaus gesessen und den Frauen geholfen. Da sie dafür kein Geld nahm, brachten die Frauen kleine Geschenke mit, die sie ihr dann als Dank für ihre Bemühungen übergaben. Da waren bunte Tücher dabei gewesen, ein kleiner Kamm und auch ein paar Schmuckstücke hatte sie bekommen. Gwendolyn fühlte sich dadurch beschämt, aber sie konnte die Gaben auch nicht ablehnen, da sonst die Frauen beleidigt sein würden.

Die allabendlichen Gespräche mit dem Herrn waren auch sehr schön. Sie sprachen über alles Mögliche und natürlich gefiel ihr der Mann, auch wenn sie dies ihm gegenüber niemals zugeben würde. Zu groß war der standesmäßige Unterschied zwischen ihm, als Grafen, und ihr, als Magd. Völlig unvorstellbar, dass da etwas anderes als Gespräche kommen konnten. Es blieb eine körperliche Distanz, die aber durch die seelische Nähe der beiden Menschen wieder verringert wurde. Wenn sie zusammen am Feuer saßen, dann redeten sie nicht wie Herr und Magd, sondern wie zwei Menschen, die sich mochten.

Sie konnte sich in seinen Augen verlieren und jede unbeabsichtigte oder zufällige, Berührung jagte Schauer durch ihren Körper, ließen ihr Herz schneller schlagen. Aber er war nun mal der Herr! Arikana hatte ihr gesagt, wie schön das Zusammensein mit Peter war und Simone hatte nun auch wieder einen Knecht gefunden, mit dem sie ihre Nächte teilen konnte, doch Gwendolyn schreckte vor diesen Gedanken immer noch zurück, auch wenn sie sich manchmal in ihren Kopf schoben. Es durfte nicht sein!

Zum Glück hielt auch der Herr diese körperliche Distanz, auch wenn er mit seinen Lippen den ihrigen manchmal bedenklich nahe kam. Da es im Winter immer früh dunkel gewesen war, waren die Gespräche mitunter auch ziemlich lang gewesen. Nun kam das Ende der kalten Jahreszeit und damit wurden die dunklen Stunden langsam weniger. Das Kräuterlager hatte sich bedrohlich geleert und es würde noch eine Weile dauern, bis wieder neue Kräuter im Garten wuchsen. Auch darüber redete sie mit dem Herrn. Sie mochte ihn, sie mochte ihn wirklich, aber mehr durfte nicht sein! Aber es war schwierig für sie, den nötigen Abstand zu halten. Sie hatte im Winter oft gesehen, wie sich Peter und Arikana geküsst hatten, auch wenn die beiden das nur heimlich im versteckten gemacht hatte. Zwei- oder dreimal hatte sie die beiden aber dennoch dabei erwischt. Natürlich war das nicht erlaubt, aber wo es keinen Kläger gab, da würde der Herr auch kein Urteil fällen. Zumal er Peter auch als Freund mochte. Jetzt musste sie auf andere Gedanken kommen! Sonst würde sie noch ihr Herz oder ihren Kopf verlieren.

Da traf es sich gut, dass die Wege nun wieder Schneefrei wurden. Bisher hatte es Gwendolyn zwar vermieden, die schützende Burg zu verlassen, doch nun kamen auch Frauen zu ihr, um sie zu Geburten zu holen. Die Hilfe bei der Geburt der Herrin, auch wenn das schon ewig her war, hatte sich offensichtlich herumgesprochen. Nun kämpfte die Angst vor dem Weg in ihr mit dem Pflichtgefühl, den Frauen helfen zu wollen. Helfen zu müssen! Denn es gab niemanden anders, der es hätte tun können. Die Medici hoben nur abwehrend die Hände. Geburtsbegleitung war seit alters her

Sache der Frauen. Selbst ein Medicus dufte den Unterleib der Frauen nicht so einfach berühren. Das blieb den Hebammen vorbehalten und davon gab es hier nun mal nicht so viele. Die Einzige, die helfen konnte, war Gwendolyn. Und solange noch nichts in ihrem Garten wuchs, solange hatte sie dort auch keine Arbeit.

In dieser Zeit hätte sie dann ja auch den Frauen helfen können, wenn sie sich nur trauen würde, einen Fuß vor die Burg zu setzen. Offensichtlich erkannte auch die Freundin ihr Dilemma, denn schließlich bot Arikana ihr an, das sie und Peter sie begleiten würden und daraufhin stimmte Gwendolyn endlich zu. Zu dritt machten sie sich auf den Weg in das Dorf. Bis dorthin war es nicht sehr weit, allerdings mussten sie auf dem Weg durch den Wald und an der Lichtung des Überfalles vorbei. Immer langsamer ging sie, bis sie an der Stelle stehen blieb. Wie angewurzelt verharrte sie in der Angst. Dabei dachte sie an jene verhängnisvolle Nacht zurück, bis Arikana sie am Arm zog und sie schnell diesen Ort der Schande hinter sich ließen. Nun lief sie immer schneller und schon bald waren sie an der Hütte angekommen.

Da es aber schon die fünfte Geburt der Frau war, reichte die Zeit noch nicht mal aus, um den Mantel auszuziehen. Warum die Frau sie dabei haben wollte, war Gwendolyn nicht ganz begreiflich, aber vielleicht war es auch nur gewesen, damit sie sich ihrer Angst vor dem Weg durch den Wald stellen musste. Viel gelöster und fröhlicher ging sie wieder zurück und selbst an der Lichtung im Wald kam das dunkle Gefühl nicht mehr wieder zurück. Die nächsten beiden Male kam Peter noch mit, danach nur noch Arikana und schließlich machte es Gwendolyn auch nichts mehr aus, alleine durch den Wald zu streifen, um Kräuter zu finden. Die Angst war gebannt!

Natürlich hatte sie dabei immer den Dolch an ihrem Gürtel. Sicher war sicher. Aber mittlerweile kannte sie fast jeder in den Dörfern. Die Frauen mochten sie und die Männer tolerierten ihre Anwesenheit, auch wenn keiner von ihnen nach etwas zu fragen wagte. Ein Mann fragt eine Frau nicht! Das war unter ihrer Würde, denn jede Frau stand in der Rangordnung noch weit unter dem ärmsten Mann. Das war nun mal das Los der Frauen und Gwendolyn hatte sich damit abgefunden, nur noch Magd zu sein.

Manchmal dachte sie an ihre Jugend zurück, wo sie mit den Jungen im Garten gerauft hatte. Diese Zeiten waren lange vorbei! Sie kannte die Regeln und sie befolgte sie. Daher tolerierten sie auch die Männer. Einfache Regel: erstens keinen Mann ansprechen, sondern nur antworten. Zweitens keinen Mann ansehen, sondern die Augen niederschlagen.

Unter den Frauen war es da sehr viel entspannter. Da waren sie alle untereinander gleich und halfen sich. Der Frühling wurde immer wärmer und schon bald konnte der Mantel in der Burg bleiben. Immer weiter wurden die Wege, die Gwendolyn zurücklegen musste und an manchen Tagen blieb sie dann in den Dörfern auch über Nacht. Wenn sie dann am folgenden Tag zurück zur Burg kam, sah sie schon den besorgten Blick des Herrn. Offensichtlich sorgte er sich um sie. Machte er das, weil sie seine Magd und damit sein Eigentum war?

Oder gab es dafür auch noch andere Gründe?

57. Kapitel

Das Tor zum Paradies

Der Geistliche stand, auf seinen Wanderstab gestützt, am Rande des Waldes und sah auf das kleine Dorf hinunter. Es waren nur fünf Hütten und ein paar Ställe, aber auch da war sicherlich etwas für ihn zu holen. Es war der Frühling des Jahres 1505 und der Schnee war schon eine Weile geschmolzen. Eigentlich war er ja ein Mönch des Dominikanerordens, aber wenn er nicht hier mit den Ablassbriefen unterwegs gewesen wäre, so hätte man ihn sicher aus dem Orden geworfen. Zwar sahen es die meisten Geistlichen nicht ganz so eng, wenn es um ihre Pflichten ging, doch selbst für deren Auffassungen von den Regeln des Ordens trieb es Bruder Johann ziemlich bunt. Er spielte, er trank übermäßig, vergnügte sich mit den Frauen und lebte auch sonst ziemlich zügellos. Doch mit diesen Ablassbriefen, die er in der umgehängten Ledertasche hatte, da hatte er einen Weg gefunden, gut durch sein Leben zu kommen. Von den eingenommenen Gulden ging die Hälfte nach Rom und diente dem Aufbau des Petersdoms und die andere Hälfte teilte er sich mit dem Erzbischof Albrecht von Brandenburg. Mit der Angst der Menschen vor dem Feuer der Hölle ließ sich ein gutes Geschäft machen. So zog er nun auf den Wegen der Reisenden durch Sachsen und hielt die Hand auf. Dabei schürte er weiter die Angst der Menschen und kassierte anschließend ab.

Der Mönch sah nach oben auf die tief hängenden Wolken und machte sich auf den kurzen Weg zur ersten Hütte. Mit großen ausladenden Schritten ging er den Feldweg dahin und als er nahe genug an der ersten Hütte war, rief er „Sobald das Geld im Kasten klingt, die Seele in den Himmel springt!" Das war so sein Werbespruch geworden. Die ersten Kinder liefen ihm entgegen und auch die älteren Menschen sahen aus den Hütten heraus. Es dauerte wieder nicht allzu lange, bis sich ein Kreis von Menschen um ihn gebildet hatte. Wie immer begann er mit seiner Predigt. Er schilderte die Qualen der Seelen im Fegefeuer so plastisch, dass sich die Menschen immer wieder bekreuzigten.

„Ich will euch einen Weg in das Paradies weisen", rief er und holte wieder mit seinen Schilderungen aus, zum Schluss sagte er „Wenn ihr mir euer Geld gebt, dann werden eure toten Verwandten auch nicht mehr in der Hölle schmoren müssen, sondern in den Himmel kommen. Ihr selbst könnt ebenfalls vorsorgen. Ein Gulden und eure Sünden sind euch vergeben", sagte er und hielt die Zettel hoch, die mit dem päpstlichen Siegel versehen waren. Auf einer freien Stelle musste nur noch der Name des Sünders und die Sünde eingetragen werden. Wie immer waren es fast alle, die sich von einer oder mehreren Sünden freikaufen wollten. Die Feder kratzte über das Papier und trug die Namen ein, während er das Papier auf den Rücken eines der Männer ablegte.

Zwanzig Zettel, zwanzig Gulden! Einfache Rechnung und ein lukrativer Gewinn. Machte fünf Gulden für ihn, die er in der nächsten Schänke umzusetzen gedachte. Er verwahrte den Beutel mit den Münzen in seiner Tasche und machte sich wieder auf den Weg. Im nächsten Dorf gab es eine Schänke, dies hatte er gerade von einem der Bauern erfahren und dort würde er dann, nachdem er auch dort abkassiert haben würde, die Nacht verbringen. Der dunkle Himmel zwang ihn schneller zu gehen, denn er wollte ja nicht noch vom Regen überrascht werden.

Gerade als er den ersten Hof erreichte, begann der leichte Nieselregen auf ihn herabzufallen, wodurch er beschloss, sofort in die Schänke zu gehen und erst am nächsten Tag die Bauern des Dorfes von ihren Sünden und Gulden zu erlösen. Das Haus war schnell gefunden und er betrat den düsteren Raum, in dem schon die Männer an den Tischen saßen und im Schein von ein paar Talglichtern und des Feuers im Kamin ein Kartenspiel spielten. Auf dem Tisch lagen silbern glänzende Münzen und die Männer sahen erschrocken zu ihm auf. Der Mönch begann zu lächeln. „Erwischt!", dachte er. Hier wurde um Geld gespielt! Und nach der geltenden Ordnung war das Kartenspiel verpönt und dem Teufel persönlich zugeschrieben. Glücksspiel um Geld erst recht! Das hinderte ihn jedoch nicht daran, selbst zu spielen. Aber damit hatte er für den nächsten Tag schon mal ein paar Sünder, die von ihrem Spiellaster befreit werden wollten.

Er setzte sich an einen der Tische, lehnte seinen Wanderstab an die Wand und begann mit einem Bier, das ihm der Wirt schnell brachte. Hier konnte er nur gewinnen. Heute Abend beim Spiel und am nächsten Morgen mit den Sünden seiner Gegenüber beim heutigen Spiel. In Gedanken rieb er sich die Hände und nahm einen Schluck von dem Bier. Dann winkte er den Wirt zu sich, bestellte etwas zu Essen und das Zimmer für die Nacht. Mit einer Verbeugung verschwand der Wirt, nachdem er ihm einen der Gulden gegeben hatte. Während er auf das Essen wartete, sah er sich um. Eine der Bedienungen schien genau die Richtige für die nächste Nacht zu sein. Drall und rund, so wie er es mochte. Und dann brachte sie ihm auch noch sein Mahl. Er lächelte sie an und sie machte einen Knicks.

Der Mann sah sich die Spieler am Nachbartisch an. Aufmerksam beobachtete er alle Männer, während er das gebratene Hühnchen verzehrte. Nachdem er mit seinem Mahl fertig war, setzte er sich zu den Männern, legte ein paar Münzen auf den Tisch und begann sich zu beteiligen. Gleichzeitig hielt er aber die Ohren offen, denn alles, was er erfuhr, war blanke Münze wert. Er erhielt seine zwei Karten und hob sie auf. Ein König, ein Ass. Prächtige Karten! Mit der Hand schob er ein paar seiner Münzen zur Mitte.

Am Nachbartisch redete ein Mann darüber, dass seine Frau wohl in der Nacht ihr Kind bekommen würde und eine Kräuterfrau ihr dabei half. Der Mönch war für den Moment so aufgeregt, dass er den Einsatz verpasste und verlor. Dann drehte er sich zu dem Manne um und sagte „Du weißt aber schon, dass diese Kräuterfrauen oft mit dem Teufel im Bunde stehen!" der angesprochene Mann zuckte zusammen.

„Du hast dir den Teufel in dein Haus geholt!", setzte der Mönch nach und der Mann stand auf. Angstvoll wollte er zu der Tür gehen, als der Geistliche aufstand und sagte „Wir werden das Böse bannen!" dann nahm er seinen Wanderstock, als wenn es die heilige Lanze der Erzengel Georgs wäre und trat zu dem Manne. Gemeinsam verließen sie die Schänke, das Spiel war erst mal vergessen.

58. Kapitel
Schwere Zeiten

Sie stand in dem halbdunklen Raum des Bauernhauses über die Frau gebeugt. Noch hatte Gwendolyn nicht viel zu tun. Nur warten und der Frau die Hand halten. Sie hatte Arikana mitgenommen, da es die erste Geburt der Frau war und da war eine helfende Hand immer noch besser. Seit ein paar Stunden schrie die Frau schon in den Wehen, aber der Abstand war noch nicht kurz genug, als dass Gwendolyn irgendetwas für sie hätte tun können. Hier waren nur sie drei Frauen in dem Raum. Der Mann war, wie vermutlich jeder andere Mann in dieser Situation auch, in die Schänke gegangen. Damit er nicht im Wege stand, wie er gesagt hatte. Doch das Gebären war nun mal Frauensache. Langsam wurde es nun auch draußen dunkel und nur das kleine Talglicht und das Feuer im Kamin beleuchteten die Frauen.

Das flackernde Licht warf dunkle Schatten an die Hauswand. „Hältst du bitte mal ihre Hand?", fragte sie Arikana und diese wechselte den Platz. Die Freundin setzte sich an das Kopfende des Bettes und wischte der jungen Frau die Stirn ab, während sich Gwendolyn zum Tisch begab. Sie öffnete die Tasche, die sie dort abgelegt hatte und suchte ein paar Kräuter heraus. „Ich mache dir einen kräftigenden Trunk. Damit du die Nacht gut überstehst", sagte sie und blickte die Frau an, die immer noch auf dem Bett lag. „Wenn es dann soweit ist, wirst du dich an die Wand stellen und mit dem Rücken gegen die Wand pressen. Dann musst du besonders stark sein", erklärte Gwendolyn und rührte die Kräuter in einen Kessel mit heißem Wasser. Die junge Frau nickte, aber Gwendolyn sah die Angst in ihrem Blick. Der Schweiß der Anstrengung stand der jungen Frau auf der Stirn und glitzerte im Licht. Schließlich füllte Gwendolyn mit einer Schöpfkelle das Getränk in einen Becher um.

Mit dem dampfenden Trunk in der Hand ging sie zum Bett hinüber, als die Tür hinter ihr aufgerissen wurde und ein Mönch im Habit der Dominikaner in den Raum gestürzt kam „Las ab von deinem Hexenwerk!", brüllte er sie an und stieß ihr seinen Wanderstock vor die Brust, als ob er sie damit durchbohren wollte. Immer weiter drängte er Gwendolyn damit zurück, bis sie mit dem Rücken an der Wand stand. Der Mann griff sich den Becher und schmetterte diesen an die Wand, wobei das tönerne Gefäß in dutzende Splitter zerbarst. „Du bist mit dem Teufel im Bunde!", brüllte er weiter und erst jetzt sah Gwendolyn, das viele andere Männer hinter ihm her in die Hütte drängten. Die anderen beiden Frauen schrien vor Angst auf.

„Ich bin keine Hexe", sagte Gwendolyn, doch der Mann schrie sie an „Schweig Weib!". Dann packte er sie am Arm und drehte sich zu den Männern um. „Habt ihr einen Raum, wo sie verwahrt werden kann?", fragte er und einer der Männer rief „Im Hause des Dorfschulzen!" dieser rief daraufhin von hinten „Ja! Bringt sie zu mir in die Scheune!" Der Mönch ließ sie los, doch er presste sie weiter mit seinem Stab gegen die Wand, dann packten zwei der Männer ihre Hände und zogen sie hinter sich her. Nun ging der Mönch hinter ihr her und sie spürte die Spitze des Stockes in ihrem Rücken.

Es war kein weiter Weg und wenig später wurde sie in den Schuppen gestoßen. Ein paar Fackeln wurden gebracht und die Männer stellten sich in dem Raum auf. Sie sah sich nun zehn Männern gegenüber. Einer davon packte sie und band ihr die Hände hinter dem Rücken zusammen. Der Mönch begann eine Predigt über die Taten des Teufels und versetzte die Männer damit in eine solche Angst, dass sie sich weiter von Gwendolyn zurückzogen. Der Mann redete sich in Rage und zog über sie und die Frauen im Allgemeinen her. Nach seiner Meinung waren sie Einfallstore des Bösen und Buhlerinnen des Teufels. Jeder Einspruch der Frau wurde sofort abgeschmettert und schon alleine die Tatsache, dass sie das Wort ungefragt an die Männer richtete, wurde schon als Hexenwerk gedeutet.

Nun wich auch Gwendolyn langsam zurück, bis sie mit dem Rücken an der Wand stand. Mit jedem Male, dass der Mönch das Wort „Hexe", erwähnte wurde es Gwendolyn immer wärmer. In dieser aufgeheizten Stimmung brauchte nur noch einer rufen „Verbrennt sie!" und sie würde den nächsten Morgen nicht mehr erleben. Doch offensichtlich hatte der Mönch etwas anderes mit ihr vor. Immer weiter zog er über sie her und auch über die Männer, die seiner Meinung nach sie, und damit den Teufel, in das Dorf „eingeladen" hatten. Der Mann wedelte mit seinem Wanderstock umher und zeigte immer wieder auf sie. Dann wurde er ganz ruhig und sagte zu ihr „Gestehe einfach, dass du eine Hexe bist!" doch daraufhin schüttelte sie nur den Kopf. „Da seht ihr es. Verstockt ist sie auch noch! Zieht sie auf!", rief er nun noch lauter, dass Gwendolyn zusammenzuckte. Zwei der Männer stürzten nach vorn, wohl froh, dass der Mönch nicht mehr über sie selbst schimpfte. Sie sahen sich um, fanden aber in dem Schuppen nichts, wo sie den Wunsch des Dominikaners erfüllen konnten.

Der Dorfschulze zeigte auf einen Haken an der Decke und auch ein Seil war nun schnell geholt. Wenig später zogen die Männer ihr die Arme hinter dem Rücken hoch. Gwendolyn schrie auf und verlor den Boden unter den Füßen. Ihre Arme zerrten an ihrem Körper und sie hörte das Knacken in den Schultern. „Gestehe endlich!", schrie sie der Pfarrer an. Doch Gwendolyn sagte kein Wort.

Vor lauter Schmerz konnte sie nur schreien. Dann schlug der Geistliche ihr mit der flachen Hand ins Gesicht und sagte zu den Männern „Wenn sie gestanden hat, so könnt ihr sie verurteilen. Das würde einen Teil eurer Sünden von euch waschen." Dann drehte er sich zum Ausgang des Schuppens um. „Für alle anderen Sünden würde sicher ein Ablassbrief helfen! Die könnte ihr noch bei mir in der Schänke erwerben. Ein Gulden und euer Glücksspiel ist keine Sünde mehr!", rief er, den Griff der Tür schon in der Hand, dann ging er und ließ sie mit den Männern zurück.

Was würden sie mit ihr machen, um ein Geständnis von ihr zu erpressen? Mit ängstlichen Augen sah sie zu den Männern, die langsam näher kamen. Wenn sie nicht gestand, so würden sie ihr weiter Gewalt antun, wenn sie gestand, so würde sie auf dem Scheiterhaufen landen. Sie pendelte an der Schuppendecke und war dem Tode näher als dem Leben.

59. Kapitel

Pfarrersstündchen

Da hätte er doch wegen dieser Hexe beinahe sein eigenes leibliches Wohl vergessen gehabt. Doch die Frau hatte ihm Glück gebracht. Er selbst hatte durch sie und natürlich durch das Glücksspiel der Männer, zwanzig Gulden mit seinen Ablassbriefen verdient. Einen davon hatte er an die dralle Magd aus der Schänke gegeben, die daraufhin sehr bereitwillig ihr Mieder für ihn lüftete. Zwar wusste er, dass es hier in Sachsen durch den Herrscher keine solchen Verfolgungen der Hexen gab, wie es im Süden, im Lande der Bayern, gang und gäbe war, aber dennoch saß die Angst der Menschen vor Hexen, dem Teufel und der Hölle so tief, dass sich damit gut verdienen ließ. Das ganze Geschäftsmodell der Ablassbriefe basierte ja auf dieser Angst. Wenn er selbst nicht so verschwenderisch mit den Münzen gewesen wäre, so wäre er jetzt sicher schon reich. Doch so wie er lebte, reichten die Münzen oft nur ein paar Tage.

Da kam es ihm gut zu pass, dass ab und zu mal eine Frau als Hexe beschuldigt werden konnte und damit die Menschen wieder mit etwas mehr Angst in die Beutel griffen. Für sich selbst hatte er einen der Briefe schon vorbereitet und seinen Namen darauf geschrieben. Das Datum und die Sünden hatte er leer gelassen und so konnte er jederzeit, falls er sein letztes Stündlein nahen sah, noch schnell mit Gott ins Reine kommen. Es hatte schon sein Gutes, im Dienste des Herrn unterwegs zu sein.

Am schönsten war aber, dass er gerade neben der Magd lag. Sie war eingeschlafen und ihr Unterrock, der nicht allzu lang war, war verrutscht und gab einen Teil ihres Körpers frei. Sie war genauso, wie er die Frauen mochte. Breite Hüften, große Oberweite und nicht allzu hässlich im Gesicht. Diese Frau hier interessierte ihn. Die Hexe hatte er schon vergessen, kaum dass er den Schuppen hinter sich gelassen hatte. Sie war eben nur Mittel zum Zweck gewesen. Eigentlich so wie die Magd. So ließ es sich leben! Das Geld, das er mit der Hexe verdient hatte, hatte ihm die Nacht mit der Magd versüßt. Und es waren sogar noch ein paar Gulden für ein üppiges Nachtmahl übrig geblieben.

Der Mönch schubste die Magd an, die sich daraufhin im Bett räkelte. „Hole uns doch mal einen Krug Wein und zwei Becher", sagte er, als sie endlich wach war, und die Magd ging, in dem Unterkleid, welches kaum ihren Hintern bedeckte, aus dem Zimmer. Wenig später war sie mit dem Krug zurück. Es war sicher der beste Wein, den der Wirt zu bieten hatte, wie der Pfarrer beim ersten Schluck feststellte. Gemeinsam leerten sie den Krug und dann widmete er sich wieder der üppigen Oberweite der Magd.

Mit den ersten Strahlen der Sonne des neuen Tages setzte er sich im Bett wieder auf. Er hatte zwar nur kurz geschlafen, dafür aber sehr gut. Die Magd stand auf und zog sich ihr Kleid wieder an. Er selbst warf sich den Habit über und begab sich in die Schankstube. Bei einem ausgiebigen Mahl in der Früh, das ihm ebenfalls wieder die Magd servierte, informierte ihn der Dorfschulze, was bisher mit der Hexe geschehen war. „Und ihr hab kein Geständnis erhalten?", fragte er. Der Dorfschulze verneinte es „Was seid ihr den für Männer?", fragte der Geistliche und griff zum Becher, in dem der schöne rote Wein funkelte. Während er daraus trank, erzählte der Dorfschulze ihm, dass sie mit einer Wasserprobe die Schuld oder Unschuld der Frau feststellen wollten.

Der Pfarrer knallte den Becher auf den Tisch „Schuld oder Unschuld?", brüllte er den Mann an und der zuckte zusammen. „Sie ist schuldig und wenn ihr nicht so vollkommen unmännlich gehandelt hättet, dann hätte jetzt das Geständnis der Frau hier auf dem Tisch gelegen." Er hielt der Magd den Becher wieder hin und murmelte „Dummes Bauernpack! Alles muss man selber machen." Nach dem nächsten Schluck sah er den Dorfschulzen an und schob einen der Ablassbriefe hinüber. Der Mann kramte in seinem Beutel und gab einen Gulden, doch der Mönch sagte „Für solch einen Frevel, eine Hexe am Leben zu lassen, zahlst du zwei Gulden!" „Aber ich werde sie doch nicht am Leben lassen", sagte der Dorfschulze, kramte allerdings trotzdem den zweiten Gulden aus seinem Beutel. Zähneknirschend schob er das Geldstück über den Tisch.

Der Geistliche nickte, steckte die Münzen in seinen Beutel und trank den Becher aus. „Und nun zu der Hexe!", sagte er, „Wann wollt ihr die Wasserprobe machen?", fragte er und der Dorfschulze sagte „Jetzt!" „Na dann! Auf geht es!", setzte der Mönch hinzu, stand auf und schlug der Magd noch einmal mit der flachen Hand auf den Hintern. Dann verließen sie die Schänke. Der Schulze holte aus einem Lager einen leeren Sack, dann gingen sie über den freien Platz hinüber zum Haus des Schulzen. Der Pfarrer warf noch einen Blick auf den Teich und fragte „Ist der auch tief genug?" bei all dem, was er hier so erlebt hatte, fehlte nur noch, dass der Teich zu flach war. Aber der Schulze nickte „Eine Kuh würde darin versinken", setzte er hinzu „Aber die Hexe wird ja sowieso oben schwimmen!", ergänzte er und wendete sich dem Schuppen zu. Einige Männer hatten sich dort schon vor der Tür versammelt und warteten nur noch auf sie.

Zusammen betraten sie den Schuppen wieder. Die Frau lag gefesselt am Boden. Sie hatten sie noch nicht mal hängen lassen. Er schüttelte den Kopf und musste die Männer nun auch noch anweisen, wie sie die Frau in den Sack bekamen. Die stellten sich aber auch so was von dämlich an. Am liebsten hätte er es selbst gemacht.

Für ein paar Augenblicke hatte er vergessen, dass sie nur Mittel zum Zweck gewesen war. Damit aber seine Drohung mit dem Teufel ernst genommen werden würde, musste die Hexe nun auch noch zu Tode kommen. Zwar nicht mehr für dieses Dorf, aber er konnte das ja im nächsten für seine Predigt benutzen und eine verbrannte Hexe sprach sie schnell in den Dörfern herum.

Endlich war die Frau im Sack und die Männer zogen sie aus dem Raum. „Und jetzt in das Wasser mit ihr!", rief der Pfarrer und zeigte mit seinem Wanderstock auf den Teich, der nur ein paar Schritte entfernt war.

60. Kapitel

Schrecken der Nacht

Arikana hatte wie erstarrt dort an der Hüttenwand gestanden, als die Männer die Freundin aus dem Raum gezerrt hatten. Erst die Schreie der schwangeren Frau, als die nächste Wehe kam, rissen sie aus ihrer Apathie. „Was nun?", dachte sie und sah zwischen der offen stehenden Tür und der Frau im Bett hin und her. Der Freundin helfen? Oder der Gebärenden? Oder beiden? Konnte sie Gwendolyn überhaupt helfen? Alleine gegen alle Männer? Sicher nicht! Aber der anderen Frau, hier neben ihr, die vor Schmerzen schrie, der konnte sie sehr wohl helfen. Arikana schloss die Tür, zog die Frau aus dem Bett und stellte sie, wie es Gwendolyn erklärt hatte, mit dem Rücken gegen die Wand. Dann kniete sie sich vor die Frau und rief, als die nächste Wehe kam, „Pressen!", es dauerte aber noch weitere fünf Wehen, bis endlich der Kopf des Kindes zu sehen war. Mit der nächsten hatte Arikana dann das Kind aus dem Leib der Mutter gezogen, die daraufhin erschöpft an der Wand herab zu Boden rutschte.

„Jetzt schnell der Freundin helfen!", dachte Arikana, säuberte das Kind und drückte es der Mutter in die Hand. Anschließend legte sie sich den Gürtel mit dem Dolch um die Hüften, nahm sich die Tasche vom Tisch und ging nach draußen. Vor der Hütte sah sie sich um. Wo hatten sie die Freundin hingebracht? Es war mittlerweile vollkommen dunkel und sie lauschte in die Nacht. Nicht weit entfernt hörte sie die Frau schreien. Sie sah auch mehrere Männer mit Fackeln dort stehen.

„In der Nacht werden sie wohl nichts mit ihr anstellen!", überlegte sie sich, trotz der immer noch ertönenden Schreie der Freundin. Der Mond kam hinter den Wolken hervor und nun hatte

Arikana genug Licht, um über den Platz zu schleichen. Die Stimme der Freundin leitete sie und Arikana kam zur hinteren Schuppenwand. Dort sah sie durch einen Spalt im Holz, dass Gwendolyn von der Decke hing. Die Männer standen um sie herum. Sie legte ihr Ohr an die Wand und hörte den Gesprächen der Männer zu. Dabei hörte sie auch von der Wasserprobe am Morgen und erschrak. Wie sollte sie Gwendolyn helfen. „Peter!", fiel ihr ein. Dem Partner würde sicher etwas einfallen. Doch die Burg war weit entfernt und sie würde rennen müssen, um vor dem Morgen dort zu sein und dann war Peter ja noch nicht hier. Dazu kam dann auch noch, dass das Burgtor in der Nacht verschlossen war und ja erst bei Sonnenaufgang wieder geöffnet werden würde.

Selbst wenn sie es noch in der Nacht schaffen konnte, die Burg zu erreichen, sie würde keine Hilfe holen können. Die Freundin war verloren! Arikana rutschte an der Wand herab und saß mit dem Rücken zur Wand. „Ich muss es trotzdem versuchen!", dachte sie, stand auf und rannte los, so schnell es das blasse Licht des Mondes zuließ. Aber sie kam keine zwanzig Schritte weit, dann verhedderte sie sich im Kleid und fiel zu Boden. „So geht das nicht", murmelte sie, legte die Tasche zur Seite, zog den Dolch und schlitzte das knöchellange Kleid vom Gürtel beginnend abwärts in der Mitte auf.

Dann zog sie die beiden Enden durch den Gürtel und verknotete sie. Nun würde sie rennen können. Den langen Dolch schob sie wieder in die Scheide am Gürtel zurück, überlegte kurz, ob sie ihn nicht zurücklassen sollte, entschied sich dann aber, ihn doch mitzunehmen. Die Tasche ließ sie jedoch liegen.

Sie lief so schnell, wie sie noch nie in ihrem Leben gelaufen war!

Die Sorge um die Freundin trieb sie vorwärts. Mit gewaltigen Schritten rannte sie den Weg entlang. Zum Glück kannte sie diesen Weg ziemlich gut, weil sie ihn mit Gwendolyn schon sehr oft gegangen war. Arikana gönnte sich keine Pause auf dem Weg. Immer schneller trieb sie die Sorge um die Freundin vorwärts.

Schließlich verschwand der Mond hinter einer besonders dicken Wolke und Arikana stoppte ihren Lauf. Sie konnte nun nichts mehr sehen, dafür hörte sie, durch das Rasseln ihres Atems, einen Wolf in der Nähe heulen. Der Mond verschwand! Nun musste sie in völliger Dunkelheit weiter. Arikana flehte um mehr Licht, aber die Wolken wurden immer dichter! Nun rannte sie weiter, ohne wirklich zu sehen, wohin sie lief. Ein paar Mal stolperte sie über Steine und Äste am Wegesrand. Doch sie verringerte nicht ihr Tempo. Nun trieb sie auch noch der Wolf zusätzlich voran.

Wie lang konnte den der Weg noch sein?

Mit einem Schrei prallte sie gegen einen Baum und sie spürte, wie Blut über ihr Gesicht lief. Aber auch das konnte sie nicht aufhalten. Endlich zeigte sich der Mond wieder und sie konnte das Tempo erhöhen. Die aufgeplatzte Augenbraue hatte sie sich schnell mit einem Stück vom Kleid verbunden. Endlich ging es bergauf und sie wusste, dass am oberen Ende des Berges die Burg stand. Durch den Anstieg verringerte sich ihr Tempo und Arikana überlegte dabei, wie sie Einlass in das gesicherte Gebäude erlangen konnte. Sie wusste, dass einer der Männer immer oben auf dem Turm war, aber wie sollte sie ihn auf sich aufmerksam machen?

Peter hatte ihr einmal erzählt, dass die Ritter früher ein Horn dabei gehabt hatten, um die Wachen zu rufen. Aber sie hatte nichts! Nur ihre Stimme. Am Wegesrand lag, kurz vor der Burg, ein dicker, kurzer Ast. Diesen hob sie auf und lief damit weiter. Unmittelbar vor dem Tor brach sie völlig erschöpft in die Knie.

Auf den Ast gestützt brauchte sie ein paar Augenblicke, bis sie wieder so weit zu Atem gekommen war, dass sie auch aufstehen konnte. Aber nun brachte sie keinen Laut mehr heraus. Arikana trat an das Burgtor heran und begann mit dem Ast dagegen zu schlagen. Schlag für Schlag hämmerte gegen das Holz. Nach dem zwanzigsten Schlag hatte sie endlich wieder genug Luft, um laut zu rufen „Hilfe! Peter! Hier ist Arikana! Hilf mir!" und weiter ein paar Schläge, dann rief sie wieder und hämmerte gegen das Tor. Unablässig verprügelte sie das Tor und ließ ihre ganze Kraft daran aus. Ihren Zorn, ihre Hilflosigkeit, ihre Verzweiflung!

Der Lärm musste doch sicherlich bis zum Wachposten auf dem Turm zu hören sein. Würde der Mann Peter informieren? Pausenlos folgten Schläge und Rufe, bis das Tor sich öffnete und sie in die Arme von Peter fiel. „Was ist los?", fragte er. Sie sah, dass die halbe Besatzung der Burg, einschließlich des Herrn, hinter Peter stand. „Die Männer im Dorf! Der Pfarrer! Sie wollen Gwendolyn töten! Bei Sonnenaufgang!", sagte sie mit der letzten Stimme. Peter sah nach oben. Der Himmel begann langsam blau zu werden „Das wird knapp!", sagte er laut und nun rannten die Knechte in die Burg hinein. Arikana saß auf dem Stein am Burgtor und versuchte wieder Luft zu bekommen. Konnten sie es noch schaffen? Verzweifelt sah sie auf den östlichen Horizont.

61. Kapitel

Probe der Geduld

Sie hing nur Fußbreit über dem Boden. Gerade hoch genug, das ihre Zehen den Boden nicht mehr berühren konnten. Gwendolyn wusste aber nicht, wie lange sie schon so hing. Ihre Arme konnte sie schon nicht mehr spüren, aber sie waren noch dran, sonst würde sie nicht hier hängen können. Am Anfang hatte sie geschrien „Ich bin das Eigentum eures Herrn. Ich bin seine Dienerin. Seine Zoffmagd." Ob das nun geholfen hatte oder die Männer einfach keine Ahnung hatten, wie eine Befragung durchzuführen war, das war ihr nicht bekannt, jedenfalls hatte Gwendolyn bisher nur ein paar Schläge erhalten. Das Hängen war aber schon an sich schlimm genug. Einer der Männer hatte ihren Mund mit der Faust getroffen und sie konnte das Blut schmecken, das aus der aufgeplatzten Lippe lief. Die Männer standen um sie herum und diskutierten, was sie mit ihr anstellen sollten.

Doch die Angst vor dem Zorn des Herrn schien tief zu sitzen. „Und wenn wir den Pfarrer noch einmal fragen? Der hat sicher einen Ratschlag, wie wir diese verstockte Hexe zu einem Geständnis bringen können", sagte einer der Männer und kam mit seiner Fackel ihrem Gesicht bedrohlich nahe. Sie spürte die Hitze und zog schnell den Kopf zurück, damit ihr Haar kein Feuer fing. „Das könnten wir machen", antwortete einer der anderen Männer und verließ die Scheune. Wenig später kam er zurück und sagte „Der schläft schon." „Das sollten wir auch tun. Aber was machen wir nun mit ihr?", fragte der Dorfschulze und zeigte auf Gwendolyn, die in der Mitte der Männer hin und her pendelte.

Unschlüssig sahen sich die Männer an. „Wir müssen einen Beweis finden, dass sie eine Hexe ist. Dann kann ihr auch der Herr keinen Schutz mehr gewähren. Dann muss sie brennen!", sagte der Dorfschulze und nun überlegten alle, wie man eine Hexe erkennen konnte. Der Pfarrer hätte es sicher gewusst, aber der schlief ja schon. „Wir können sie ja nicht ewig so hängen lassen", sagte schließlich einer der jüngeren Männer und löste das Seil, wodurch Gwendolyn auf den Boden sank. Immer weiter wurde der Strick nachgelassen und da sie keine Kraft mehr hatte, lag sie wenig später zwischen den Männern auf dem Boden des Schuppens. Von oben herab sahen die Männer auf sie herunter und sie konnte sich kaum noch rühren. „Wir wissen aber immer noch nicht, ob sie nun eine Hexe ist", sagte der junge Mann, „Der Pfarrer hat es aber gesagt!", entgegnete der Dorfschulze „Der Pfarrer liegt auch mit der drallen Rita im Bett!", rief einer der Männer und alle lachten. „Lasst mich doch einfach gehen", bat Gwendolyn leise, doch die Männer lehnten das ab. Einer packte sie an den Armen und zog sie zur hinteren Wand, wo sie sich sitzend daran anlehnen konnte. Nun waren die Männer im Halbkreis vor ihr.

„Wir könnten doch mit ihr eine Wasserprobe machen", sagte schließlich einer der Männer und der junge Mann fragte nach „Eine Wasserprobe? Was ist denn das?" „Das haben wir früher immer gemacht, um festzustellen, ob jemand mit dem Teufel im Bunde ist", sagte der Dorfschulze und trat nun direkt vor Gwendolyn hin. Er leuchtete mit der Fackel in ihr Gesicht. Dann begann er zu erklären, dem jungen Mann und auch Gwendolyn, „Wir warten bis zum Sonnenaufgang. Dann stecken wir sie in einen Sack, werfen sie in den Dorfteich und warten." „Und dann?", fragte der junge Mann. Der Dorfschulze richtete sich auf und drehte sich zur Ausgangstür. Im Weggehen sagte er nur noch „Schwimmt sie oben, ist sie eine Hexe. Geht sie unter, so war sie unschuldig." „War?", fragte der junge Mann und der Dorfschulze nickte.

Lachend verließ er den Raum und rief durch die offene Tür zurück „Zwei Männer werden sie bewachen und fesselt sie ordentlich, damit sie nicht entkommt." Dann fiel die Tür zu und Gwendolyn starrte auf die Männer. „Eine Wasserprobe!", rauschte es durch ihren Kopf. Wenig später war sie an Armen und Beinen gefesselt, lag mit dem Rücken auf dem Boden und konnte nur noch den Kopf bewegen. Zwei der Männer hatten sich eine Bank geholt und in den Schuppen getragen. Dort saßen sie nun und unterhielten sich leise. Gwendolyn konnte nur einzelne Worte verstehen. Offensichtlich unterhielten sie sich über Hexen im Allgemeinen und besonders über sie.

Es würde noch eine lange Nacht werden. Da lag sie nun im Halbdunkel an der Hüttenwand und ihre Gedanken kreisten durch ihren Kopf. Am nächsten Tag würde sie sterben, so viel war sicher. Auf Rettung konnte sie nicht mehr hoffen. Der Herr würde sie sicher erst gegen Mittag zurückerwarten und erst danach sehen, wo sie blieb. Natürlich wusste er, in welchem Dorf sie war, aber wenn die Männer sie bei Sonnenaufgang in den Teich warfen, dann kam jede Rettung zu spät. Die junge Frau, wegen der sie hier war, fiel ihr wieder ein und damit auch Arikana, die ja bei ihr geblieben und nicht hierher geschleppt worden war. Konnte die Freundin die Rettung sein? Aber was konnte sie schon gegen all die Männer hier ausrichten? Nichts! Ein paar Tränen liefen über Gwendolyns Gesicht. War das Kind nun schon geboren? Sie wusste es nicht. Der Mann war auch nicht in der Scheune gewesen. Von Zeit zu Zeit wechselten ihre Bewacher und nur daran konnte sie erkennen, wie die Zeit verging. Die Nacht im Kerker fiel ihr wieder ein und damit ihre Furcht vor Utz. Zumindest ließen die Männer sie hier in Ruhe.

Dann musste es Morgen geworden sein, denn es kamen mit einem Male wieder mehr wie ein Dutzend Männer in den Schuppen.

Von draußen fielen, durch die offen gebliebene Schuppentür, die Strahlen der Sonne zu ihr herein. Der Dorfschulze war als letzter hereingekommen und hatte einen Sack in der Hand, der eigentlich für einen Menschen viel zu klein war. Wie sollte sie da hineinpassen?

Einer der Männer durchtrennte die Fesseln mit einem Messer und zog sie auf die Füße. Dann wurde ihr das Kleid über den Kopf gezogen und sie stand im Unterkleid zwischen den Männern. „Nun steckt sie schon in den Sack!", rief der Pfarrer, der nun ebenfalls wieder in dem Schuppen eingetroffen war. Gwendolyn wehrte sich mit Händen und Füßen, aber was hatte sich schon für eine Chance gehabt?

Eine Frau gegen mehr als zehn Männer?

Der Dorfschulze zog ihr schließlich den Sack über den Kopf und mit vereinten Kräften zwangen die Männer Gwendolyn hinein. Sie spürte, wie einer den Sack zuband und sie über den Boden geschleift wurde. Vor Verzweiflung schrie sie. Es waren nur etwas weniger wie fünfzig Schritte bis zum Teich. Ihr letzter Weg vor dem Ende! Dann spürte sie, wie sie von den Männern hochgehoben und getragen wurde. Sie begann zu beten.

62. Kapitel

Fliegende Hufe

Sie hatten sich auf die Hälse der Pferde herab gebeugt und sausten einfach nur so dahin. Nachdem Arikana sie wach getrommelt hatte, waren sie auf die Pferde gesprungen und losgejagt. Die Frau und Peter ritten direkt hinter ihm her. Für Friedrich war es eine Jagd gegen die Zeit. Immer heller wurde es und die Hufe donnerten auf den Steinweg. Arikana schloss zu ihm auf. Wieder saß sie breitbeinig im Sattel und der zerschlitzte Rock gab ihre Beine zur Gänze frei. Sie hatten sie mitgenommen, weil sie den Weg kannte und wusste, wo die Magd war. Der blutverschmierte Verband um ihre Stirn klebte an ihrem Haar, aber das war der Frau im Moment wohl ziemlich egal. Sie alle wollten Gwendolyn retten!

Schon länger hatte er bemerkt, dass Gwendolyn ihm nicht egal war, aber die Aussicht, sie für immer zu verlieren, trieb ihn zur größtmöglichen Geschwindigkeit. Immer wieder trieb er die Hacken in die Seite des Pferdes. Auch die Frau tat dies, doch bei ihren nackten Füßen in den Steigbügeln hatte das nicht dieselbe Wirkung, wie bei seinen Sporen. Trotzdem schaffte sie es, mit ihm auf einer Höhe zu bleiben. „Da war ein Pfarrer. Der hat gesagt, das Gwendolyn eine Hexe sei. Sie wollen sie bei Tagesbeginn einer Wasserprobe unterziehen", rief sie gegen das Donnern an. Noch schneller trieb Friedrich sein Pferd den Weg entlang. Wie weit konnte das Dorf noch sein?

Die Mähne seines Pferdes schlug ihm immer wieder in sein Gesicht. Würden sie es noch rechtzeitig schaffen? Direkt vor ihnen ging gerade die Sonne auf und das Dorf war noch nicht zu sehen. Immer mehr trieb er das schnaufende Pferd an. „Dort!", rief die

Frau neben ihm und zeigte nach vorn. Endlich waren die Dächer des Dorfes zu sehen und wenig später jagten sie mit den Pferden zwischen die Häuser hinein. Eine Gruppe von Männern stand direkt vor ihnen und zwei davon trugen einen Sack. Friedrich riss sein Schwert heraus und sprang von dem Pferd. „Stellt den Sack ab!", brüllte er die Männer an, die direkt an der Kante des Dorfteiches standen. Langsam setzten sie ihre Last zu Boden und der Dorfschulze trat vor. Er machte eine tiefe Verbeugung und sagte „Gnädiger Herr. Wir wollen prüfen, ob diese Frau eine Hexe ist!"

Friedrich trat auf ihn zu und legte ihm die Spitze des Schwertes auf die Kehle. „Diese Frau wohnt in meiner Burg", sagte er ruhig und leise, „Willst du Wurm behaupten, dass ich Hexen in meinem Hause beherberge? Wenn ja, so kostet es dich deinen Kopf!" Der Mann wich erschrocken zurück, hatte aber vergessen, dass er am Rande des Beckens stand. Mit einem „Platsch" fiel er in den Teich und versuchte strampelnd und prustend wieder an das Ufer zu kommen. Arikana hatte inzwischen den Sack geöffnet und Gwendolyn aus dem Behältnis befreit. Er sah die vor Schreck aufgerissenen Augen der Frau und half ihr auf.

Arikana erkannte offensichtlich gerade erst jetzt, dass sie durch den nach oben gezogenen Rock praktisch mit nackten Unterkörper zwischen den Männern stand. Schnell löste sie den Knoten und zog den Rock zurecht. „Wo ist das Kleid von Gwendolyn?", fragte er und einer der Männer lief los „Und wo ist dieser Pfarrer?", fragte Friedrich weiter. „Der ist wie ein Hase in den Wald gerannt", sagte Arikana. „Jetzt helft ihm schon da raus", sagte Friedrich und zeigte auf den Dorfschulzen, der immer noch vergeblich versuchte, das schlammige Ufer zu erklimmen und immer wieder in den Teich fiel.

Das Kleid wurde gebracht und Arikana half Gwendolyn beim Anziehen. Auch der Schulze war wieder an Land und verbeugte sich viele Male. „Jetzt haut ab, bevor ich euch alle auspeitschen lasse!", rief Friedrich und die Männer des Dorfes verschwanden in ihre Häuser. „Das war wirklich mehr als knapp", sagte Peter und steckte sein Schwert zurück. „Was ist mit dem Kind?", fragte Gwendolyn, „Mutter und Kind geht es gut", antwortete Arikana. Dann verschwand sie kurz und kam wenig später mit der Tasche zurück, in die Gwendolyn immer die Kräuter tat.

„Und nun wieder zurück zur Burg", legte Friedrich fest, aber als er aufsitzen wollte, stellte er fest, dass die Pferde von dem eiligen Ritt völlig erschöpft waren. Also würden sie ein Stück des Weges laufen müssen und die Pferde hinter sich herziehen. Langsam gingen sie von dem Dorfplatz zurück zum Weg und von dort folgten sie der Strecke, die sie erst vor wenigen Augenblicken gekommen waren. Gwendolyn lief neben ihm her und so konnten sie sich etwas unterhalten. „Ich habe solche Angst um dich gehabt!", sagte er und sie sah ihn überrascht an. „Gnädiger Herr. Ich bin doch nur eine Magd. Jederzeit austauschbar", antwortete sie, woraufhin er den Kopf schüttelte. „Für mich bist du schon lange nicht mehr nur eine Magd", sagte er nachdenklich. „Ich nehme dich zur Frau", sagte er schließlich und sie blieb erschrocken stehen.

„Aber Herr! Ich bin unwürdig und entehrt!", entgegnete sie, doch er schüttelte nur den Kopf. „Diese Einwände lass ich nicht mehr gelten. Zu lange habe ich gezögert und hätte dich fast verloren", erwiderte er bestimmt und ließ dazu keinen weiteren Einspruch von ihr mehr zu. „Wenn ihr es wünscht, so werde ich euch eine treue Frau sein mein Herr", antwortete nun Gwendolyn und setzte sich wieder in Bewegung. „Das mit dem Herrn ist nun auch vorbei. Ich bin Friedrich!", sagte er und lächelte sie an. Gwendolyn nickte ihm zu.

Gwendolyn drehte sich zu Arikana um, die unmittelbar hinter ihr lief und Friedrich konnte sehen, wie sich die beiden Frauen ein paar Blicke zuwarfen. „Dann wirst du meine Herrin!", sagte Arikana und Gwendolyn nickte. Sie sah zu ihm herüber und fragte „Bekomme ich dann Arikana als Zoffmagd?", dabei lächelte sie ihn so entwaffnend an, dass er nur zustimmen konnte. Lachend setzte er hinzu „Das kann ja was werden. Da sind wir noch nicht mal getraut und du stellst schon Forderungen." Gwendolyn lächelte nur und nahm seine Hand. So gingen sie weiter. Hand in Hand, allen Männern und Arikana voran. Wie ein kleiner Festzug, die Pferde hinter sich her ziehend.

Nach einer Weile hatten sich die Pferde wieder erholt und sie konnten aufsitzen. Er nahm Gwendolyn vor sich auf das Pferd. Damit saß sie Quer, die Beine auf einer Seite herunterhängen lassend, vor ihm und strahlte ihn einfach nur an. „Als meine Frau kann dir so etwas auch nicht mehr passieren", sagte er und zeigte mit dem Daumen hinter sich. „Dann bist du die Herrin!", setzte er hinzu.

63. Kapitel
Hochzeitsvorbereitungen

Er hatte sie mit dieser Entwicklung sehr überrascht. Gerade eben hatte sie noch mit ihrem Leben abgeschlossen und nun war sie, auf dem Weg zur Burg, auch auf dem Weg in eine neue Zukunft. Er hatte sie nicht gefragt. Der Mann hatte es einfach festgelegt. Männer fragten eine Frau nicht. Sie hätte ihm sowieso nicht widersprechen können. Nicht widersprechen dürfen. Noch war sie seine Magd. Und auch ihr Herz hätte es nicht gekonnt. Das hatte sie schon lange an ihn verloren. Nun ritt er mit ihr zurück zu seiner Burg. Den ganzen Weg sah sie nicht nach vorn, sondern sah dem Mann in die Augen. Er wusste, dass sie entehrt war, aber es war ihm jetzt völlig egal. Sie hatte ihn jedoch vorsichtshalber noch einmal daran erinnert.

Es dauerte gar nicht lange, dann erreichten sie das Tor und ritten hindurch, wie ein König mit seinem Gefolge, der seine Königin mit sich führte. Es waren nur zwei Knechte auf der Burg geblieben. Alle anderen waren ihnen gefolgt und Friedrich hatte wohl zu ihrer Rettung so viele Männer wie nur irgend möglich mitgenommen. Im Hof der Burg hielten sie an und Peter sprang von seinem Pferd, dann fing er Gwendolyn auf, die sich vom Pferd gleiten ließ. Die Arme taten ihr immer noch weh, aber sonst war sie unbeschadet geblieben. Nun brachten die Knechte die Pferde in den Stall und die beiden Frauen rannten, Hand in Hand, die Treppe zur Mägdekammer hinauf. Erst dort fiel Gwendolyn der Freundin um den Hals. „Ich danke dir.", erst jetzt traute sie sich, ihre Gefühle zu zeigen.

Arikana löste sich von ihr, machte einen Knicks und sagte „Hoheit.", dann lachte sie. „Wir bleiben trotzdem Freundinnen", sagte Gwendolyn, „Ja. Wenn es die anderen nicht sehen", entgegnete Arikana. Wieder fielen sie sich um den Hals. „Jetzt haben wir aber noch eine Menge vorzubereiten", stellte Arikana schließlich zutreffend fest. „Ich habe gar keine Ahnung, wie solch eine Trauung hier abläuft", entgegnete Gwendolyn „Ich auch nicht!", setzte Arikana hinzu „Ich war bisher auf vielen Trauungen, aber meist nur von Bauern", ergänzte sie. „Ich weiß, wen wir fragen können. Martha weiß es sicher!", erklärte Gwendolyn und schon liefen sie die Treppe wieder hinab zur Küche. Martha stand am Kessel und fuhr die beiden Mägde an „Wie seht ihr denn aus? Und wo sind eure Hauben?" die beiden Frauen sahen sich erschrocken an. Die ältere Frau hatte recht! Arikanas Gesicht war von dem Blut aus der Augenbraue verschmiert und die Nacht, gefesselt im Schuppen, hatte auch Gwendolyn sichtbar zugesetzt.

„Wir gehen uns erst mal waschen!", legte Gwendolyn fest und zog die Freundin zum Brunnenhaus hinter sich her. Gegenseitig zogen sie sich die Kleider aus und dann wuschen sie sich, im Unterkleid, in einem Eimer. Gwendolyn sah sich die Wunde Arikanas an, aber die hatte sich schon geschlossen. „Jetzt brauchen wir noch neue Kleider!", sagte Arikana und sah sich das Kleid von Gwendolyn an. „Und du ein neues Unterkleid", setzte Gwendolyn lachend hinzu und zeigte auf den aufgeschlitzten Unterrock. „Ich habe damit besser laufen können, aber nun tun mir die Beine weh", erklärte Arikana lachend. Im Unterkleid liefen sie zur Kammer, in der die Freundin mit Peter wohnte. Dann gingen sie, nun neu gewandet, zurück zur Küche. „Schon besser", sagte Martha und zeigte auf den Tisch. Dort lag schon Gemüse, das geputzt werden sollte.

Gwendolyn schüttelte den Kopf und ging zu der Frau „Der Herr hat mich gefragt, ob ich seine Frau werde", sagte sie. Mit einem Schrei ließ Simone ihr Messer fallen und rannte zu ihr.

Dann umarmten sich die beiden Freundinnen. Am Gesichtsausdruck von Martha konnte man sehen, dass diese Entwicklung sie vollkommen überrascht hatte. Für ein paar Augenblicke rang sie um Worte, bevor sie einen Knicks machte und „Gräfin", sagte.

„Ich habe noch ein paar Fragen", entgegnete Gwendolyn, dann setzten sie sich auf eine Bank. „Ich weiß nicht, wie so eine herrschaftliche Trauung abläuft", setzte Gwendolyn fort und Martha begann zu erklären „Wie jede andere auch. Pfarrer, Kirche, Feier, Hochzeitsnacht." dann setzte sie noch fragend hinzu „Aber mir fehlt ab nun sicher eine Magd. Oder? Du wirst mir sicher Arikana entführen." Gwendolyn nickte. „Na gut. Ich suche mir eine neue Magd und ihr kümmert euch um das Kleid", sagte Martha und stand auf. Die beiden Freundinnen nickten und liefen wieder in das Haus zurück. „Ein Kleid! Ein schönes Kleid! Ich habe aber keins", rief Gwendolyn aufgeregt. „Lass dir doch eines nähen!", entgegnete Arikana. Gwendolyn sah durch das Fenster zum Burgtor „Ich möchte erst mal nicht mehr da raus!", sagte sie ängstlich. „Dann hole ich eine Schneiderin her!", erklärte Arikana und ging, um Peter zu suchen. Nun stand Gwendolyn alleine im Gang und hatte Zeit zum Überlegen.

Kirche, Pfarrer, Feier und Hochzeitsnacht hatte Martha gesagt. Im Moment, nach dieser Nacht, hatte sie Respekt vor dem Pfarrer. Es würde ja aber hoffentlich nicht dieser Mönch sein, der sie eine Hexe genannt und durch seinen Zorn fast getötet hatte. Vor der Hochzeitsnacht hatte sie ebenfalls Angst. Immer wieder schoben sich die Erinnerungen an die Schmerzen in ihren Kopf. Auch wenn Arikana und Simone gesagt hatten, dass es schön war, konnte sie es dennoch nicht glauben. Bei anderen vielleicht, bei ihr wahrscheinlich nicht! Aber sie durfte sich dem Herrn auch nicht verweigern. Sie sah, wie Arikana ein Pferd aus dem Stall holte und los ritt. Die Freundin hatte doch auch in der letzten Nacht nicht geschlafen, dennoch war sie sofort losgeeilt. Selbst hätte sie im Moment im Stehen einschlafen können, so schwer wurden gerade ihre Augenlider.

Trotzdem ging Gwendolyn nicht in ihr Bett, sondern in den Saal hinüber, der gerade leer war. Der Stuhl am Feuer war so verlockend. Einer der Knechte hatte das Feuer sicher erst vor kurzem angezündet. Die Flammen waren noch nicht so groß. Gwendolyn setzte sich in den Stuhl und dann kam der Herr in den Raum. Die Frau sprang auf, doch er winkte ab und kam zu ihr.

„Die Trauung ist dann übermorgen", sagte er und setzte sich zu ihr. Sie nickte und die Wärme des Feuers zog ihr erneut die Augen zu. Er legte seine Hand auf die ihre und sofort war sie wieder hellwach. Nun erzählten und erzählten sie beide abwechselnd. Von der Nacht, von der Jagd, von der Rettung. Solange er vor ihr saß, war sie wach. Als er den Raum wieder verließ, kam die Müdigkeit zurück. Gwendolyn sank im Stuhl zusammen und schlief ein.

Als sie im Traum wieder den Mönch vor sich sah, schrie sie auf und war sofort wach. Der Herr stand vor ihr und sie fiel ihm um den Hals. Noch zitterte sie wegen des Traumes, doch in seinen starken Armen verflog die Furcht schnell.

Blieb nur noch die Angst vor der Hochzeitsnacht. Konnte Friedrich ihr auch diese nehmen?

64. Kapitel

Feiern in der Burg

Solch eine Feier wollte gut vorbereitet sein! Arikana war mit dem Pferd schnell im Dorf gewesen und hatte eine Magd gefunden, die gut nähen konnte. Mit dem Angebot, auch auf der Burg übernachten zu können, brachte sie die Frau zu Gwendolyn. Erst dort holte sie die Schläfrigkeit ein. Als die Magd bei Gwendolyn saß, schlurfte Arikana in das Zimmer und fiel bäuchlings in ihr Bett. Die Frau war eingeschlafen, bevor sie das Bett berührt hatte. Als sie erwachte, war es immer noch hell, aber Peter sagte ihr, dass es schon der nächste Tag war. Arikana sprang aus dem Bett. Dann sah sie an sich herunter. Sie trug nur noch das Unterkleid, also musste Peter sie ausgezogen haben, denn sie selbst konnte es gar nicht gewesen sein. Schnell zog sie sich wieder an, merkte aber bei jedem Schritt, dass ihr die Beine wehtaten. Dann eilte sie, so schnell, wie ihre Beine es zuließen, zu ihrer Freundin Gwendolyn. Diese stand in der Mitte des Saales und die Magd kniete vor ihr. Sie steckte schon den Kleidersaum ab.

Gwendolyn rief „Na? Ausgeschlafen?" dann lachte sie und setzte hinzu „Das wird ja was! Meine Zoffmagd hat verschlafen!" nun lachten sie beide und Arikana sagte „Ein schönes Kleid." die Freundin nickte „Morgen werde ich Friedrich heiraten." „Morgen schon?", fragte Arikana erschrocken. „Ich gehe Martha helfen. Oder brauchst du noch etwas?", fragte sie und als Gwendolyn den Kopf schüttelte, ging sie schnell wieder aus dem Raum. Auf dem Burghof wurde gerade ein Schwein geschlachtet, das sicher einer der Bauern gerade geliefert hatte. Auf der Burg gab es ja keine Schweine. Nur Pferde und Hühner. In der Küche war schon eifrige Geschäftigkeit. Es wurden Kuchen, Torten und Brot gebacken. Alles, was man heute schon für die Feier machen konnte. Arikana griff sich eine der Schürzen und ging zum kneten des Teiges an den Tisch neben Simone. „Na du Langschläferin?", stichelte die Freundin. Offenbar hatte es schon jeder in der Burg erfahren, dass sie verschlafen hatte. Aber nach der Anstrengung des Laufes war das bestimmt normal. Trotzdem schämte sich Arikana dafür und ihre Ohren wurden ganz warm. Nun knetete sie doppelt so schnell wie Simone, um die verlorene Zeit wieder aufzuholen.

Schon bald waren alle Bretter mit Kuchen und Broten belegt, die dann nach und nach in den Backofen wanderten. Der würde sicher bis zum Fest nicht mehr kalt werden. So viele Backwaren lagen in der Küche und wollten alle noch in die Wärme des Backofens. Dann begann die Vorbereitung des täglichen Essens am Abend. Es würde, in Anbetracht des zu erwartenden Schlemmens am nächsten Tage, etwas kärglicher ausfallen. Nur eine Suppe und Brot würde es geben, dafür waren aber am nächsten Tag auch die Mägde zu der Feier eingeladen. „Habt ihr denn schon eine neue Magd gefunden?", fragte Arikana Martha, die neben ihr am Topf stand. Die ältere Frau schüttelte missmutig den Kopf. „Die Schneiderin, die ich mit zu Gwendolyn gebracht habe, scheint mir eine gute Magd zu sein. Vielleicht könntet ihr sie prüfen?", fragte Arikana und die ältere Frau nickte. „Ich werde sie mir dann mal ansehen." „Wenn ihr wollt, so kann ich sie dann hier herunter schicken. Das Kleid ist bestimmt schon fertig", entgegnete Arikana und Martha entließ sie aus der Küche. Die junge Frau rannte nach oben. Dort würde sie ab jetzt den Saal für den nächsten Tag vorbereiten.

Gwendolyn befand sich in dem Saal, lehnte in Gedanken vertieft im Stuhl am Feuer und am Tisch saß die Magd, die gerade die letzten Stiche am Saum durchführte. „Möchtest du hier auf der Burg arbeiten und bleiben?", fragte Arikana und die Magd nickte eifrig. Das gute Essen hier schien ein ausgezeichneter Beweggrund zu sein, auf der Burg zu wohnen und zu arbeiten. „Wenn du fertig bis, so kannst du dich in der Küche bei Martha melden. Die sucht noch eine Magd. Wenn du dich geschickt anstellst, so kannst du sicherlich bleiben.", erklärte Arikana, dann wendete sie sich wieder Gwendolyn zu, die immer noch in dem Stuhl saß. „Ich bin so aufgeregt. Ich will nichts falsch machen", sagte sie, als sich Arikana zu ihr kniete. „Du kannst nichts falsch machen", bestärkte sie die Freundin. „Tanzt du morgen Abend auf der Feier für mich?", fragte Gwendolyn und Arikana sah sie lange an, schließlich antwortete sie „Wenn es dein Wunsch ist, gern." Sie hatte schon so lange nicht mehr getanzt.

„Wer spielt dabei die Laute? Du?" „Nein. Simone hat geübt und wird sie spielen", antwortete Gwendolyn. Arikana stand auf und sah sich in dem Raum um. Dann lief sie los und holte einen Eimer mit Wasser. Wenig später kniete sie in dem Raum und schrubbte den Fußboden mit einem Stein, einem Lappen und viel Wasser. Der ganze Dreck, der sonst nicht abging, landete im Eimer und ein heller Boden kam zum Vorschein. „Lasst ihr mich mal weiter machen?", fragte Arikana, die sich kniend aufrichtete und sich die Stirn mit der Hand abwischte. Die beiden anderen Frauen gingen aus dem Raum und nun konnte sie weiter den Boden schrubben. Nach einem zweiten Mal blieb das Wasser im Eimer klar. Das war das Zeichen, dass alles sauber war.

Mit dem Eimer ging sie wieder in den Burghof und kippte das Wasser in den Abfluss. Dort überlegte sie sich wieder, dass sie noch nie zu solch einer hohen Hochzeit gewesen war. Schon oft war sie bei Bauern und Kaufleuten gewesen. Einmal sogar in einer kleinen Burg, aber bei der Hochzeit eines Grafen noch nie. Und nun war es auch noch die Hochzeit ihrer besten Freundin. Was blieb nun noch zu tun? Wenn sie ein paar Blumen gehabt hätten, so hätten sie den Saal noch etwas feierlicher dekorieren können, aber so früh im Jahr waren die meisten Blumen noch nicht erblüht. Was konnte sie zur Dekoration nehmen? Ihr Blick fiel auf die Wipfel der Bäume vor der Burg. Dort stand, zwischen vielen kahlen Baumkronen, ein Nadelbaum.

Der war doch schön grün! Konnte man mit diesem Grün den Raum schmücken? Sicherlich! Sie rief nach Peter und der erschien wenig später auf dem Hof. Arikana zeigte auf den grünen Baum, erklärte ihr Vorhaben und Peter machte sich mit einem Knecht und einer Säge auf den Weg über die Straße zu dem Baum. Wenig später hatten sie ein paar Zweige mitgebracht, die Arikana in dem Saal auf die Tische legte. Es roch würzig, nach dem Harz des Baumes.

65. Kapitel

Eine ungeliebte Pflicht?

Von der Trauung in der Kapelle hatte Gwendolyn nicht viel mitbekommen. Sie war einfach viel zu aufgeregt gewesen. Außerdem war es nach ein paar Augenblicken auch schon wieder vorbei gewesen. Sie hatten vor dem Pfarrer gekniet, der Mann hatte ihnen die Hände auf die Köpfe gelegt und danach mit einem Tuch ihre Hände verbunden. Nun saß sie hier in dem Saal und rings um sie herum wurde geschlemmt und getrunken. Das Schwein war am Spieß gebraten worden und jeder aß so viel, wie er nur konnte. Rülpsend und schmatzend saßen die Männer neben ihr. Nur sie konnte nichts essen. Keinen Bissen bekam sie herunter. Zwar war ja nun die Trauung vorbei, aber um diese Ehe wirklich rechtswirksam zu machen, musste sie noch vollzogen werden. Davor hatte sie die meiste Angst.

Fast schüchtern sah sie zu Friedrich hinüber. Ihr Herz schlug bis zum Halse bei seinem Anblick. Gwendolyn liebte ihren Mann und er liebte sie, das war schon mehr, als die meisten anderen Eheleute voneinander behaupten konnten. Doch nach ihren bisherigen Erlebnissen mit den Männern fürchtete sie die Schmerzen, die ja sicherlich wieder auf sie zukommen würden. Zwar hatten Simone und Arikana mehr als einmal erzählt, dass es schön war, aber sie traute den Beiden in dieser Sache nicht wirklich. Vielleicht war es ja für jede andere Frau wirklich so, aber für sie? Jedenfalls versuchte sie das unvermeidliche soweit wie möglich hinauszuzögern, aber in der Nacht würde es passieren. Spätestens wenn die Sonne am nächsten Tag wieder aufging, sollte es passiert sein, sonst würde diese Ehe wieder ungültig.

Simone hatte sich gerade die Laute geholt und Arikana war vom Tisch aufgestanden und hatte den Saal verlassen. Vermutlich zog sie sich nun für ihren Tanz um. Das hatte die Freundin schon lange nicht mehr gemacht und tat es vermutlich nur, weil Gwendolyn sie darum gebeten hatte. Die wilden Jahre beim fahrenden Volke waren für Arikana schon lange vorbei.

Die Zeit mit Peter hatte bei ihr Spuren hinterlassen und sie war nun sesshaft geworden. Simone setzte sich mit der Laute an die Seite und die Männer verstummten. Jeder war nun begehrlich, den Tanz von Arikana zu sehen. Das wollte sich keiner von ihnen entgehen lassen. Die Tür öffnete sich und alle Augen hingen an der Frau, die mit freiem Bauch und bunten, knielangen Streifenrock in den Raum trat. Bei jeder Bewegung klangen die Schellen, die sie sich um Handgelenke und Fußknöchel gebunden hatte. Sie nickte Simone zu und hob das Tamburin. Ein wilder Tanz setzte ein, zu dem die Männer mit ihren Krügen den Takt auf dem Tisch schlugen und die Frau noch zusätzlich antrieben.

Verschwunden schienen die Schmerzen, die Arikana durch den Lauf in der Nacht sicherlich immer noch hatte. Nur der Tanz zählte jetzt! Wie verzückt schwang sie sich von einer Seite des Saales zur anderen und zurück. Die Frau bewegte ihre Hüften und tanzte mit erhobene Armen. Eine Drehung nach der Anderen machte sie. Dann stoppte sie und die Musik verstummte. Johlend riefen die Männer ihr zu, dass sie weiter machen sollte, doch sie brauchte erst mal einen Augenblick. Gwendolyn sah, wie schwer die Freundin atmete.

Nach einer kleinen Weile des Verschnaufens nickte sie Simone wieder zu und weiter ging der wilde Tanz, bis die Freundin nicht mehr konnte. Schließlich verbeugte sie sich und setzte sich schnaufend in einen der Stühle, um sich auszuruhen. Nun wurde weiter gefeiert. Aber irgendwann kam dann der von Gwendolyn gefürchtete Moment, als Friedrich aufstand und ihre Hand ergriff.

Arikana war nun auch wieder da und begleitete die Freundin aus dem Saal auf ihr Zimmer. Nun würde sie sich dem Unvermeidlichen stellen müssen. Fast zitterte sie bei dem Gedanken daran. Vor dem Bett stehend half ihr die Zoffmagd aus dem Kleid und dann stand Gwendolyn im knielangen, ärmellosen, schulterfreien Unterkleid im Raum. Die Freundin nickte ihr zu, ging und Friedrich trat an sie heran. Noch war er angekleidet, doch sein Blick sagte ihr schon alles. Angstvoll wich sie langsam vor ihm zurück, bis das Gestell des Bettes sie stoppte. „Tu mir bitte nicht weh!", sagte sie leise. „Vertraue mir", entgegnete Friedrich und küsste sie.

Langsam strich er über ihr Haar, küsste zärtlich ihre Lippen, die Seite ihres Halses und fuhr mit seinen Fingerspitzen ihre Konturen durch das Unterkleid hindurch nach. Nach einer Weile des Streichelns begann der Mann sich auszuziehen. Als er nur noch das Unterhemd anhatte, hob er die Frau an und betete sie auf das Lager. Dann zog er sein Hemd hoch und sie konnte seine wachsende Erregung sehen. Gwendolyn versuchte nach hinten vom Bett zu entkommen, doch er hielt sie mit einer Hand an der Hüfte fest. Wieder sagte er „Bitte vertraue mir." Dann setzte er hinzu „Es wird bestimmt nicht wehtun." Sie nickte und er schob ihr Hemd mit einer Hand hoch. Friedrich legte sich zu ihr und schob sie in die Position, die er benötigte. Mit einer schnellen Bewegung glitt er zwischen ihre gespreizten Schenkel.

In Erwartung der folgenden Schmerzen biss sie die Zähne aufeinander, dabei verkrampfte sie sich und der Mann begann sie wieder zu streicheln. Es dauerte eine kleine Ewigkeit, bis sie sich soweit entspannt hatte, dass er mit seinem Tun fortfahren konnte. „Entspann dich", flüsterte er in ihr Ohr und sie ließ sich fallen. Vorsichtig schob er seine Hüften nach vorn und sie konnte ihn an ihrem Schoß spüren. Dann war der erwartete Druck plötzlich da und er glitt ein Stück in sie hinein, aber die Schmerzen blieben aus. Kurz hielt er inne und setzte dann langsam fort. Gwendolyn spürte, wie er zitterte, weil er so langsam vorgehen musste. Wieder hielt er inne und sie flüsterte ihm in sein Ohr „Du kannst jetzt weiter machen." Mit einem Stoß war er über die ganze Länge in sie gedrungen und sie hielt kurz die Luft an. Seine Bewegungen wurden nun schneller und bei Gwendolyn verschwand der Druck. Ein warmes Gefühl der Geborgenheit machte sich in ihr breit. Der Mann begann zu schnaufen, dann bäumte er sich auf und fiel zurück. Schwer atmend lag er kurz darauf neben ihr.

„Habe ich dir wehgetan?", fragte er, nachdem er wieder zu Atem gekommen war. Gwendolyn schüttelte den Kopf und streifte das Unterkleid wieder nach unten. Sie lag noch wach, als er neben ihr schon schnarchte. Aufmerksam hörte sie in sich hinein. Da war ein ganz neues Gefühl in ihr, dass sie zuvor noch nie gespürt hatte. Eine Art von Geborgenheit. Nichts konnte ihr mehr passieren. Sie war bei ihm Zuhause. Im Schein der Kerze sah sie an ihm herab und betrachtete den nun zusammengeschrumpften Eindringling, der ihr dieses warme Gefühl gebracht hatte. Dann zog sie die zur Seite gerutschte Decke über ihn und sich, blies die Kerze aus, die Arikana auf den kleinen Nachttisch gestellt hatte und versuchte zu schlafen, aber viel zu viele Gedanken rauschten noch durch ihren Kopf.

Die beiden Freundinnen hatten doch recht gehabt. Es hatte ihr gefallen, aber das durfte sie niemanden sagen. Es war Sünde, wenn es Spaß machte, hatte die Mutter gesagt. Ein seltsamer Gedanke.

66. Kapitel

Das Ende der Rosen?

Keine Woche hatte es nach der Trauung gedauert, dann machte der Tross des Herzogs in der Burg Station. Der ganze Hof war voller Wagen und Pferde. Noch nie waren hier so viele Menschen gleichzeitig gewesen. Friedrich hatte es gewusst, als der erste Reiter unten über die Brücke geritten war. Das Wappen des Herzogs war so groß gewesen, dass es selbst aus dieser Entfernung zu sehen gewesen war. Schnell hatte er noch Gwendolyn gesagt „Sage nichts!", doch ob sich das dem Herrscher gegenüber halten ließ, das war fraglich. Nun eilte er auf den Hof hinunter, denn der Herzog stieg gerade aus seinem Wagen aus. Er verbeugte sich vor dem hohen Herrn und der Herzog ließ ihn wieder aufstehen. „So so. Ihr habt also geheiratet!", sagte der Herzog verschmitzt. Friedrich wusste sofort, worauf der Mann hinaus wollte. „Wo ist den eure Frau?", fragte er und Friedrich ließ nach ihr schicken.

Doch nun hatte er keine Zeit mehr, ihr noch irgendetwas zu sagen. Wenig später war die Frau auf dem Hof und machte einen tiefen Knicks vor dem Herrscher. Der Mann sah die Frau prüfend an und fragte „Ist die Ehe auch vollzogen worden?", daraufhin antwortete Gwendolyn „Natürlich hoher Herr. Was denkt ihr von uns? Ich habe meinen jetzigen Mann mit Kräutern von seinem Leiden kuriert und zum Dank hat er mich geheiratet." Der Herzog nickte und betrat den Palas. Friedrich sah seine Frau erstaunt an, doch die flüsterte ihm ins Ohr „Arikana hat mir alles gesagt!", unmerklich nickte er und ging erleichtert mit ihr hinter dem Herrscher her.

Der Saal war schon wenig später so voller Menschen, dass kaum noch ein Platz für die bedienenden Mägde sein würde. Alle setzten sich. Friedrich rief zu seinen Mägden „Bringt Wein!", und ein Rennen setzte ein, bis jeder der Gäste einen Krug in den Händen hielt. Dann stießen alle an. „Schade, dass du so wenig Platz hast. Sonst könnte deine Magd wieder für uns tanzen", sagte der Herzog und lachte schallend. Dann wurde Becher um Becher, Krug um Krug geleert. Die Männer begannen zu singen und Friedrich überlegte, wo wohl alle schlafen wollten. So viele Zimmer gab es doch in der Burg gar nicht und bei der Feierlaune würden die Gäste bestimmt auch nicht heute noch weiterziehen.

Es war noch Tag, als der Herrscher an das Fenster trat und auf das Gärtchen zeigte. „Da soll ein Haus entstehen, in dem Reisende einen Platz finden werden", sagte er und Friedrich dachte daran, dass dies Gwendolyn wohl nicht gefallen würde. Doch er konnte den Wunsch des Herzogs ja auch nicht ausschlagen. Schließlich gehörte ihm die Burg und war nur Friedrichs Lehen, solange der Herrscher dies wollte. Nur wie sollte er dies seiner Frau beibringen, die diese kleine grüne Oase so liebte und eigentlich mehr Zeit dort verbrachte, als mit ihm. Er drehte sich zum Tisch zurück und sein Blick traf die Augen Gwendolyns. Hatte sie die Aussage des Herrschers gehört? Vermutlich nicht, denn die feiernden Männer waren einfach viel zu laut. Die Frau wollte aufstehen, doch der Herzog, der zum Tisch zurückgegangen war, hielt sie zurück. Er fragte sie und sie antwortete ihm. Friedrich war zu weit weg, um dem Gespräch zu folgen und hoffte, dass sich Gwendolyn nicht durch irgendeine unbedachte Aussage den Unwillen des Herrschers zuzog. Doch der Mann lachte immer wieder.

Dem Herrscher etwas vormachen zu wollen, dass war sowieso völlig unsinnig. Er hatte seine Informanten sicher überall. Damals hatte er ja auch gewusst, dass Arikana aus dem fahrenden Volke war, obwohl sie ihm das nicht gesagt hatten und er es der Magd an der Kleidung auch nicht ansehen konnte. Die Aussage Gwendolyns zu den Kräutern war vermutlich das Einzige gewesen, was der Herzog akzeptieren konnte. Alles andere hätte Ärger bedeutet. So wartete er am Fenster, gegen die Fensterbank gelehnt, bis der Herrscher die Frau wieder freigab.

Friedrich wendete sich nach draußen und schaute in den langsam dunkler werdenden Tag. Das war wohl das Ende der Rosen. Schade eigentlich! Auch er hatte sie gemocht, auch wenn er das als Mann und Krieger niemals zugeben würde. Jemand berührte ihn am Arm und er sah auf. Gwendolyn war neben ihn getreten. „Der Herzog war von mir ganz angetan. Er wusste schon so viel von mir", sagte sie. Friedrich nickte und sagte „Aber er hat es auf unseren Rosengarten abgesehen. Er will, dass wir dort ein Gästehaus bauen.", dabei fiel ihm ein, dass er „unseren" Rosengarten gesagt hatte. Gwendolyn sah in die Dämmerung hinaus und sagte „Dann muss es wohl so sein.", dann seufzte sie und fragte „Und wo schlafen die nun alle?" Friedrich zuckte mit den Achseln. „Überall, wo Platz ist", antwortete er schließlich. Gwendolyn verließ den Raum und er setzte sich zu dem Herzog. „Eure Frau gefällt mir", sagte der Herrscher, „Sie ist klug, schön und weiß sich zu benehmen", setzte er hinzu.

Kein Wort über die fehlende Ehre folgte. Es wurde weiter gefeiert und später erschien Gwendolyn wieder und sagte „Wir haben nun genug Betten für alle. Aber es wird eng." Es wurde ein langer Abend, bevor alle Gäste sich über die Räume der Burg verteilten. Gwendolyn führte den Herzog in ihr Zimmer und Friedrich fragte „Wo werden wir schlafen?" „Im Zimmer der Amme, bei Alexander." Dann kehrte Ruhe in das Gemäuer ein. Wirklich jeder freie Platz war belegt. Die Mägde schliefen in der Küche und die Knechte im Stall bei den Pferden, die dort auch sehr viele waren.

Die meisten der Männer hatten daher Posten auf der Mauer, dem Turm und am Tor bezogen, wo sie diese Nacht auch freiwillig bleiben wollten.

Der nächste Morgen kam sehr rasch und damit auch die Vorbereitungen des Aufbruchs. Vor dem Palas sah der Herzog zum Garten hinüber und sagte „Schade. Ich hätte die Rosen gern blühen sehen." „Hoheit. Das werdet ihr bei eurem nächsten Besuch", sagte Gwendolyn und Friedrich sah sie verwirrt an. Auch der Herzog schaute überrascht. Hatte er nicht angeordnet, dass der Garten verschwand? Gwendolyn machte einen Knicks und sagte dazu „Wir werden die Rosen in Kübel setzen und genau hier im Hof aufstellen." Der Herzog lachte und sagte „Friedrich, ihr habt eine vortreffliche Wahl getroffen. Eure Frau ist sehr klug.", dann machte Friedrich eine Verbeugung und der Herzog stieg ein. Er hörte noch, wie der Herrscher murmelte „In Kübeln. Warum fällt meinen Gärtnern so etwas nicht ein!", dann rollten die Wagen davon.

Friedrich sah seine Frau an und die strahlte zurück. Da war kein Kummer über das Ende des Gartens in ihrem Gesicht. „Hast du ihm alles gesagt?", fragte Friedrich seine Frau, nachdem nun alle wieder fort waren, und Gwendolyn nickte. „Er hat es schon gewusst. Selbst von meiner Entehrung hatte er schon Kenntnis. Ich glaube, er weiß alles, was in seinem Lande geschieht. Der Herzog hat gesagt, was vor der Ehe war, das zählt nicht mehr. Nun habe ich deine Ehre. Er hält große Stücke auf dich." Friedrich nickte und sah zum leeren Tor hinaus, während Gwendolyn nach Arikana rief, damit sie anfangen konnten, die Rosen auszugraben. „Wir brauchen noch Kübel!", rief ihm Gwendolyn zu, schon mit der Schaufel in der Hand.

67. Kapitel

Mutterfreuden

Fast ein Jahr war seit der Hochzeit vergangen und seit einigen Tagen kam Gwendolyn kaum noch alleine aus dem Bett. Es war gut, dass sie Arikana als Zoffmagd hatte, denn ohne die Freundin wäre sie vollkommen hilflos gewesen. Der Bauch wölbte sich vor ihr her und wenn sie erst einmal saß oder lag, so konnte sie aus eigener Kraft den Platz nicht mehr verlassen. Auch bei der Freundin wölbte sich ein kleiner Bauch, aber der würde sicher noch ein halbes Jahr wachsen. Im vergangenen Jahr waren sie oft zusammen unterwegs gewesen. Wenn sie hier in der Burg waren, dann hatten sie die Frauen nun in dem neuen Haus empfangen, das auf dem Platz stand, auf dem früher der Garten gewesen war. Es war ein zweistöckiges Gebäude geworden mit genug Platz, in dem sie die Frauen auch bei Wind und Wetter beraten konnte.

Als Herrin der Burg geziemte es sich wohl auch schlecht, wenn man vor dem Tor auf einem Stein saß. Zumindest hatte ihr Friedrich das Haus überlassen, solange keiner der Reisenden es benötigte, aber das war eher selten der Fall gewesen. Die Kräuter wuchsen nun vor der Burg und die Rosen hatten sich in den Kübeln ganz prächtig gemacht. Man konnte sie so auch, je nach Bedarf, in die Sonne oder in den Schatten tragen. In wenigen Wochen würden dann sicher auch die ersten Blüten zu sehen sein. Darauf freute sie sich schon den ganzen Winter, aber nun würde erst mal noch die Geburt ihres Kindes vor ihr stehen.

Auch dabei würde die Freundin ihr helfen. In der letzten Zeit hatten sie viele Geburten bei den Frauen der Dörfer unterstützt und sie war sicher, dass Arikana nun eine genauso gute Hebamme war, wie sie selbst. Im Herbst war Gwendolyn das letzte Mal unterwegs gewesen, danach hatte sie Friedrich nicht mehr von der Burg gelassen. Es war für sie in den Dörfern viel einfacher gewesen. Die Frauen hatte sie ja sowieso schon für sich gewonnen und die Männer musste sie nur einmal kurz schief anschauen, wonach sie sich meist kurz verbeugten und ihr aus dem Weg gingen. Es hatte schon seine Vorteile, wenn man die Herrin war. Auch wenn sie wusste, dass sie nur durch den Einfluss ihres Mannes auf dieser Position war.

Alleine könnte sie sich, auch als Gräfin, bei den Bauern nicht durchsetzen. Durch ihren Mann hatte sie aber diese Macht. Mit ihrem Mann hatte sie großes Glück gehabt. Er liebte sie immer noch, so wie sie ihn liebte. Das war nicht selbstverständlich, sondern eher die große Ausnahme in einer Zeit, in der die Hochzeiten nur aus geschäftlichen Gründen, oder zwecks Zeugung von Erben, geschlossen wurden.

Sie freute sich auf das Kind und doch hatte sie Angst vor den Schmerzen, die bei der Geburt zu erwarten waren. Schon oft hatte sie dabei geholfen, doch was wirklich auf sie zukommen würde, das konnte sie nur ahnen. Zu gern hätte sie die Mutter in der Nähe gehabt, doch sie hatte sich bisher geschämt, Johanna alles über ihr bisheriges Leben zu schreiben. Zu ähnlich war ihrer beider Schicksal. Vielleicht würde die ältere Frau sie ja auch verstehen, doch im Moment fühlte Gwendolyn sich noch nicht stark genug, der Mutter gegenüberzutreten. Dabei würde sie doch in ein paar Tagen selber Mutter sein.

Jetzt in diesen Tagen, in denen sie ja sowieso nicht viel anders tun konnte, dachte sie viel über sich, die Mutter und die Schwester nach. Erst jetzt konnte sie vieles vom Verhalten der Mutter verstehen und gleichzeitig blieb in ihr die Angst vor der Geburt und dem darauf folgenden Kindbett. Dabei dachte sie an Gundel und deren Schicksal. Schließlich beschloss sie, Arikana und Peter in den Wald zu schicken, um die Baumrinde zu besorgen, für den Fall, dass das Fieber bei ihr kommen würde. Gerade als die beiden das Burgtor verlassen hatten, zog sich die erste, noch leichte, Wehe durch ihren Körper. Sofort war Simone an ihrer Seite, doch diese konnte ihr nur wenig helfen. Gwendolyn musste warten, bis die Freundin aus dem Wald zurückkommen würde. Aber das konnte noch Stunden dauern.

Mit zusammengebissenen Zähnen wartete sie nun. Wehe um Wehe warf sie auf dem Bett umher und die Abstände wurden immer kürzer. Nun konnte sie nicht mehr warten. Durch die Zähne presste sie die Frage an Simone „Bist du bereit?" und die Freundin konnte nur nicken. Auf sie gestützt wälzte sich Gwendolyn aus dem Bett heraus und schob sich mit dem Rücken gegen die Wand. Sie ging leicht in die Hocke und stemmte sich, mit gespreizten Beinen gegen die Wand. Immer wieder presste sie sich in die nächste Wehe hinein. Erst jetzt konnte sie ermessen, was die Frauen durchgemacht hatten, denen sie bisher geholfen hatten. Immer kürzer waren die Abstände und es schien sie zu zerreißen. Schrei für Schrei begleiteten die Wehen und nur sie zwei waren da. Alle anderen hielten sich irgendwo draußen auf, obwohl es wohl nicht zu überhören war, was hier gerade passierte.

Zu zweit versuchten sie ein neues Leben auf die Welt zu pressen. Als sich etwas in ihr in Bewegung setzte, öffnete sich die Tür und Arikana stürzte in den Raum. Im nach unten knien rief sie „Ich kann schon den Kopf sehen." Dann fasste sie zu und Simone war sichtbar froh, dass die viel erfahrenere Freundin ihren Platz einnahm. Mit dem letzten Schrei drückte Gwendolyn ihr Kind in die

Hände der Freundin, dann rutschte sie an der Wand nach unten und hockte auf dem Boden.

Völlig erschöpft saß sie dort immer noch, nachdem Arikana das Kind schon gesäubert hatte „Es ist ein Mädchen", sagte sie und drückte die Kleine Gwendolyn in den Arm. Der Schrei des Kindes hatte sowohl die Amme, als auch Friedrich in das Zimmer gerufen.

Die Amme nahm ihr das Kind ab, Arikana half ihr auf und Friedrich gab ihr einen Kuss. „Wie soll das Kind heißen?", fragte er und Gwendolyn antwortete ihm „Barbara." „Ein sehr schöner Name", sagte die Amme und Friedrich konnte ihr da nur zustimmen. Wenig später lag Gwendolyn im Bett und versuchte zu ruhen. Nun war sie also Mutter, doch die restliche Arbeit der Kindererziehung würde die Amme übernehmen. Wollte sie dies? Konnte sie dies? Es gehörte doch irgendwie zu den Mutterfreuden dazu. Nach dem Schmerz der Geburt kam nun die Freude des Mutterseins.

68. Kapitel

Ein Wiedersehen

Bei ihrem Schrei waren alle Bewohner des ganzen Hauses in die Küche gelaufen und vermutlich hatte man sie auch auf der Straße gehört. „Gwendolyn lebt!", rief sie und wedelte mit dem Brief vor den Augen der Menschen herum. „Ja! Natürlich. Warum auch nicht?", fragte Carola, denn sie konnte ja nicht wissen, was Johanna meinte. Dann begann sie zu erzählen, von dem Brief und dem Verschwinden Gwendolyns. „Da hast du uns also fast fünf Jahre lang belogen?", fragte Meister Siegbert streng und daraufhin konnte Johanna nur kleinlaut „Ja." sagen. Dann setzte sie hinzu „Ich dachte, es würde Carola das Herz brechen.", dabei sah sie zu ihrer Tochter hinüber, die nun ihren kleinen Bruder hochhob. „Was hat sie nun geschrieben?", fragte die Tochter und Johanna klappte den Brief noch einmal auf. Laut las sie vor.

„Werte Frau Mutter,

Es ist nun schon eine Weile her, dass ich von euch Abschied genommen habe. Es geht mir soweit gut. Ich bitte Euch nur, auf meine Schwester Carola besonders gut achtzugeben. Sie müsste nun vor der Entscheidung stehen, wie ich sie damals getroffen habe. Ich habe mich vermutlich falsch entschieden, denn ich wurde durch das Schicksal genauso hart bestraft, wie es euch einst passiert ist. Bitte lasst Carola nicht dasselbe zustoßen, wie mir und Euch.

Geschrieben im Jahre des Herrn 1508 auf der Burg Kriebstein von Eurer Tochter Gräfin Gwendolyn von Schleinitz - Eulau."

„Eine Gräfin? Meine Schwester ist eine Gräfin?", fragte Carola, „So steht es hier. Und ein Siegel ist auch daran", betonte Johanna und zeigte allen den Brief. „Das ist seltsam", sagte Hans, „Ich bin in den letzten Jahren sicher ein Dutzend Mal an dieser Burg vorbei gefahren", setzte er hinzu. „Ist es weit bis dorthin?", fragte Johanna aufgeregt. „Mit dem Wagen etwa einen Tag", entgegnete Hans. „Und mit dem Pferd?", fragte Johanna, „Nur ein paar Stunden", antwortete Hans und nahm den Brief. Aufmerksam las er die Zeilen ebenfalls. „Dann lass uns morgen dorthin reiten!", sagte Johanna, ungeachtet der Tatsache, dass das nur der Mann entscheiden durfte. Er sah auf und nickte. „Du willst wirklich reiten?", fragte er und zog die Stirn in Falten. Johanna überlegte, wann sie das letzte Mal auf einem Pferd gesessen hatte und nickte dann doch. „Na gut", legte Hans fest „Und nun lasst uns essen", sagte Siegbert, „Und feiern!", setzte Hans hinzu. Es wurde ein langer Abend und eine kurze Nacht.

Bereits in der Morgendämmerung war Hans nach unten gegangen, um die beiden besten Pferde zu satteln und mit all dem zu beladen, was sie für die kurze Reise brauchen würden. Die vier Satteltaschen würden genug Platz bieten, hatte er gesagt und Johanna war vor lauter Aufregung im Zimmer auf und abgelaufen. Noch vor dem Frühmahl wollten sie aufbrechen, denn sie wollte keinen Augenblick länger warten, die totgeglaubte Tochter wieder in die Arme schließen zu können. Es klopfte und Carola kam, mit ihrem zweijährigen Bruder auf dem Arm, in das Zimmer. Vermutlich hatte auch sie nicht schlafen können. „Werte Frau Mutter", sagte sie, „Grüßt mir meine Schwester", setzte sie hinzu und Johanna strich ihr über den Kopf. „Das mache ich sehr gern. Pass auf dich auf, während wir unterwegs sind", belehrte sie die Tochter und diese erwiderte „Meister Siegbert und Bärmuth werden sicher ein Auge auf mich haben." Dann machte sie einen Knicks und verschwand aus dem Zimmer.

Hans erschien in der offenen Tür und Johanna legte sich den Gürtel mit dem langen Dolch um. Auch der Mann trug nun ein Schwert an seiner Seite. Gemeinsam gingen sie nach unten, doch trotz der frühen Stunde waren schon alle Bewohner des Hauses auf den Beinen. Jeder wollte noch einmal einen Gruß für Gwendolyn mitgeben, auch wenn einige der Lehrlinge sie nur aus den Erzählungen von Carola kannten.

Ihr Mann half ihr beim Aufsitzen und schon ritten sie los. Innerhalb der Stadt hatte Johanna noch Zeit, sich wieder an das Reiten auf einem Pferd zu gewöhnen. Schon jahrelang hatte sie nicht mehr auf solch einem Tier gesessen. Der Seitsitz machte es ihr auch nicht viel leichter. Früher, als junge Frau, da hatte sie breitbeinig mit hochgezogenem Rock auf dem Pferd gesessen, doch jetzt musste es eben auch so gehen. Nach dem Stadttor zog Hans am Zügel seines Pferdes und die Tiere begannen schneller zu werden. Vermutlich ritt der Mann aber, aus Rücksicht auf sie, immer noch langsamer, als er es gekonnt hätte.

Für Johanna sah es so aus, als ob sie der Sonne entgegenflogen, so schnell waren sie unterwegs. Sie gönnten sich keine Pause und ritten dann nach Süden. Immer weiter folgten sie dem Weg, den Hans schon so oft gefahren war, ohne zu wissen, dass die geliebte Tochter nur ein paar Schritte neben der Straße wohnte. Schon bald galoppierten sie auch durch den Wald, doch sie hatte nur Augen für den Weg. So, als wolle sie das ferne Ziel zu sich ziehen, hingen ihre Augen am Ende des Weges. Dann sahen sie endlich die Spitze des Burgturmes und Hans ließ das Pferd nun im Schritt gehen. Unmittelbar vor dem Tor der Burg war eine Gruppe von Frauen und Johanna lenkte ihre Schimmelstute genau dorthin.

Dann stoppte sie das Tier und ließ sich von der Seite des Pferdes zu Boden rutschen. Aus der Gruppe der Frauen kam ihr die Tochter entgegen. Sie blieb vor ihr stehen und machte einen Knicks „Werte Frau Mutter. Ich freue mich Euch wohlbehalten und gesund zu sehen." Johanna machte ebenfalls einen Knicks „Gräfin. Es ist mir ein Vergnügen." Dann fielen sich die beiden Frauen, nach diesem offiziellen Teil der Begrüßung, weinend um den Hals.

Zu dritt betraten sie die Burg. Hans zog die beiden Pferde hinter sich her, die ihm dann einer der Knechte abnahm und in einen Stall brachte. Gwendolyn zeigte ihnen die Burg und erklärte alles. Eine Frau mit einem kleinen Kind erschien und Gwendolyn sagte „Das ist die Amme mit eurer Enkeltochter Barbara." Johanna strich dem Kind über den Kopf, dann sagte Gwendolyn „Und das ist mein Mann. Friedrich." Dabei zeigte sie auf einen Mann, der gerade aus einem der Gebäude der Burg trat und auf sie zukam.

Johanna machte einen Knicks und Hans eine Verbeugung. Dann gingen alle zusammen in das Haus hinein. „Nun erzählt doch mal. Wie ist es euch ergangen?", fragte Gwendolyn die Eltern und Johanna begann zu erzählen. Mit den Worten „Carola wird einen unsere Gesellen, Sebastian, heiraten. Hans wird ihm das Kontor übergeben und wir werden ein paar Reisen machen. Italien soll sehr schön sein", beschloss Johanna die Erzählung und wartete nun begehrlich auf die Schilderungen der Tochter.

69. Kapitel
Kinderspiele

Barbara saß auf ihren Knien und spielte mit einer Blume, während Gwendolyn die Tochter ganz fest hielt. Die Kleine war jetzt drei Jahre alt und nur durch sie hatte Gwendolyn wieder an Carola gedacht, weil sie die Schwester früher genauso gehalten hatte. Die Mutter war nun schon wieder zwei Wochen abgereist, aber sie hatten sich beim Abschied versprochen, sich nun regelmäßig zu schreiben. Ein Kurier brauchte ja nur ein paar Stunden bis Leipzig. Dass die Schwester nun mit ihrem Mann das Kontor übernahm, das freute Gwendolyn, auch wenn sie sich fragte, warum der Vater es an die Tochter übergab, wo er doch einen Sohn hatte. Auch wenn der noch klein war, so war das Kontor doch eigentlich sein Erbe. Doch vermutlich würde der Bruder, den Gwendolyn noch nie gesehen hatte, in ein paar Jahren den Meistertitel von Siegbert, seinem Großvater, übernehmen. Die Tochter holte Gwendolyn mit ihrem Lachen zurück zu sich. Sie strich der Kleinen über den Kopf. Die Erziehung teilte sich Gwendolyn mit der Amme, die auch auf Arikanas Sohn aufpasste, wenn die Freundin im Lande unterhalb der Burg unterwegs war. Irgendwie beneidete Gwendolyn die Freundin, denn Friedrich ließ sie nicht mehr aus der Burg und so musste sie die Frauen hier betreuen.

Die Amme betrat mit Paul und Alexander den Raum. Eine Frau und drei Kinder, das konnte ja nicht gut gehen. Zumal Alexander nur Unsinn im Kopf hatte. Manchmal musste Friedrich den Sohn zur Ordnung rufen, aber wenn sich Gwendolyn und die Amme das Aufpassen teilen konnten, so wie jetzt, dann ging es. Ulrike hatte in all den Jahren ein Gespür für Alexander entwickelt. Wenig später hatte Gwendolyn zwei Kinder auf dem Schoß und Ulrike war hinter Alexander her. Die Tür öffnete sich erneut und Arikana kam strahlend in das Zimmer herein. „Draußen ist schönes Wetter", sagte sie und setzte sich an den Tisch, dann zog sie ihren Sohn auf ihren Schoß. Im Gang fiel scheppernd die Rüstung in den Flur. „Alexander?", fragte sie und Gwendolyn bestätigte dies lachend. Die beiden Frauen saßen nebeneinander und die Kinder spielten miteinander. Sie würden wie Geschwister aufwachsen. Arikanas Sohn Paul war ein halbes Jahr jünger als Barbara. Obwohl doch Arikana länger mit ihrem Partner zusammen war, schien sie gewartet zu haben, bis Gwendolyn schwanger geworden war. Zufall oder Absicht? Arikana kannte sich ja auch gut mit Kräutern aus. Doch Gwendolyn würde nie fragen und die Freundin auch nie antworten.

„Wäre es nicht schön, wenn mein Sohn deine Tochter heiraten würde?", fragte die Freundin, „Schön schon", antwortete Gwendolyn und setzte hinzu „Aber der Sohn einer Magd und die Tochter eines Grafen? Andersherum wäre das schon möglich." „So wie bei dir und deinem Mann?", fragte die Freundin und daraufhin konnte Gwendolyn nur nicken. „Vielleicht mit dem nächsten Kindern", setzte sie lachend hinzu. Noch waren sie ja jung und wer wusste schon, was passieren konnte. Erneut hörten sie draußen etwas zu Boden fallen und Ulrike schimpfte. Die beiden Freundinnen mussten wieder lachen. Dann stürmte Alexander in den Raum und fuchtelte mit einem Schwert, das größer war, als er selbst. „Alexander!", sagte Gwendolyn mahnend und der Junge ließ das Schwert fallen. Irgendwie hatte der fünfjährige sie als Mutter akzeptiert, aber Ulrike kam besser mit ihm klar. Wieder sauste der Junge aus dem Zimmer, nur um kurz darauf, von der Amme verfolgt wieder zu erscheinen. „Wo ist den dein Vater?", fragte Gwendolyn den Jungen und der antwortete nur „Pferd."

Also war Friedrich entweder im Stall oder fortgeritten. Die Amme schloss die Tür und stellte sich davor, wodurch der Junge nicht mehr aus dem Zimmer flüchten konnte. Schwer atmend stand die Frau einfach da und sah auf die beiden anderen Kinder. In ein paar Jahren würde die Frau es sicher schwerer haben. Nur ein Kind zu verfolgen, das war schon anstrengend, aber drei Kinder? Sie setzte den quengelnden Jungen an den Tisch und begann mit ihm irgendwas zu spielen. Dabei sang sie ein altes Kinderlied, das den Jungen sofort ruhig stimmte.

Gwendolyn horchte diesem Lied hinterher und stimmte ein. Sie dachte an die Mutter, die es ihr einst vorgesungen hatte und an Carola, der sie es dann vorgeträllert hatte. Nun war es ihre Tochter Barbara, die dieses Lied hörte. Sie strich der Tochter über den Kopf und hoffte, dass der Fluch, der über den Frauen ihrer Familie zu liegen schien, nun endlich gebrochen war. Barbara sollte es einmal besser haben, zwar ging es Gwendolyn nun auch gut, aber der Weg, den sie zu ihrem Glück hatte gehen müssen, bereitete ihr in manchen Nächten immer noch Schmerzen. Nach all der Zeit schreckte sie immer noch schreiend aus dem Schlaf, wenn sie sich wieder auf der Lichtung des Todes sah. Oder an Utz im Kerker dachte.

Langsam stand sie vom Tisch auf und trat an das Fenster. Im Hof sah sie, wie ihr Mann gerade mit Peter und zwei weiteren Knechten durch das Tor ritt. Vermutlich war mal wieder irgendwo Gericht zu halten gewesen oder eine Abgabe wurde fällig. Der Mann winkte vom Pferd aus zu ihr herauf, saß ab und drückte Peter die Zügel in die Hand. Dann kam er zum Palas herüber. Wenig später saß er mit im Saal und strich seinem Sohn über den Kopf. Sie sah ihren Mann an und wusste doch, welches Glück sie gehabt hatte. Alles hatte sich trotz der Schmerzen gut gefügt. Von seinem täglichen Arbeiten berichtet Friedrich ihr kaum mal etwas. Das wollte er alles draußen lassen. Hier und jetzt zählte für ihn nur seine Familie. In ein paar Stunden würde sie hier alle diesen Tag mit einer kleinen Feier beschließen, so wie sie es jeden Tag machten, seit sie sich an diese Burg zurückerinnern konnte.

Friedrich stand auf und kam zu ihr um den Tisch herum. Er beugte sich über sie und streichelte ihr Haar, dann küsste er sie. Er war als Herr der einzige, der das in der Öffentlichkeit tun durfte. Das warme Gefühl der absoluten Geborgenheit stellte sich in Gwendolyn ein. In seinen Armen war sie sicher. Sie drückte Barbara der Freundin in den Arm, womit Arikana nun zwei Kinder auf ihrem Schoß hatte.

Dann stand sie auf und küsste Friedrich ebenfalls. Gwendolyn zwinkerte der Freundin zu und zog ihren Mann hinter sich her. Als sich die Tür des Schlafzimmers hinter ihr schloss, wurden die Küsse immer länger und Gwendolyn drückte sich ihrem Mann entgegen.

70. Kapitel

Der Ruf der Pflicht

Der letzte Besuch des Herzogs war nun auch schon wieder ein paar Wochen her. Immer wieder hatte der Herrscher sie besucht. Dazwischen hatte ihn der Alltag in seinen Bann gezogen. Eigentlich mochte Friedrich diese Tätigkeiten, die an diesem Lehen mit hingen. Gericht halten, Entscheidungen treffen und für seine Leute sorgen, aber es war eher langweilig. Dafür liebten ihn seine Untertanen, weil er die Abgaben, die sein Vater noch deutlich angezogen hatte, wieder auf ein Maß gesenkt hatte, das noch nie zuvor so niedrig gelegen hatte. Seit der Herzog wieder von der Burg fortgezogen war, dachte er daran, woher der Herrscher wohl all die Informationen bekommen hatte, die er kannte. Es war irgendwie schon seltsam gewesen, dass der Mann alles über Gwendolyn zu wissen schien. Doch anscheinend hielt er auch große Stücke auf ihn.

Der Herzog war nur ein paar Jahre älter als Friedrich und auf eine seltsame Art waren sie sich irgendwie ähnlich. Sie verstanden sich gut, auch wenn man das von einem Herrscher nicht erwarten würde. Doch Friedrich hätte seine Frau auch gegen den Herzog verteidigt, wenn es nötig gewesen wäre. Offensichtlich hatte der Herrscher allerdings für sie Verständnis. Alles ziemlich seltsam, wo Friedrich doch die Hand seiner Nichte mit einem Trick ausgeschlagen hatte und er konnte sich kaum vorstellen, dass der Herzog nicht schon lange dahinter gekommen war, dass es ein Trick gewesen war. Trotzdem war er ihm freundlich begegnet und wohlgesonnen.

Und nun war eine Botschaft des Herzogs eingetroffen, die ihn und Peter zu sich nach Meißen rief. Was hatte das wohl zu bedeuten? Sofort machte sich Friedrich mit seinem Schildknappen auf den Weg zum Hof des Herrschers, wo sie auch noch am Abend eintrafen. Allerdings war es wohl da schon für Gespräche zu spät. Deshalb saß er einfach am Tisch des Herzogs Georg von Sachsen und feierte mit den Männer des Hofstaates mit.

Diesmal waren auch ein paar Frauen anwesend, darunter auch Barbara, die Frau des Herzogs. Dabei musste er an die eigene Tochter denken, die ja auch Barbara hieß. Doch anscheinend war es der Frau schon bekannt, denn sie bedachte ihn mit einem gütigen Lächeln. Aber sie richtete kein Wort an ihn. Als Frau hatte sie unter all den Männern anscheinend nicht viel zu sagen, auch wenn der Regent auf sie zu hören schien. Nach einer ziemlich langen Feier kam Friedrich dann endlich in ein Bett, das in einem der Gästezimmer der Burg stand. Noch lange grübelte er, was wohl der Grund seines Hierseins war, doch das würde er nun erst am nächsten Tag erfahren.

Zur Audienz am nächsten Morgen erschien er zusammen mit seinem Knappen. Der Herzog winkte ihn zu sich und Friedrich kniete sich vor ihn hin. „Friedrich. Ich habe wohl beobachtet, wie ihr euer Lehen führt. Ich brauche gute Leute um mich und ich brauche euch als Berater bei mir", sagte der Herzog und ließ Friedrich sich wieder erheben. „Hoheit. Wenn es euer Wunsch ist und ich es vermag, so will ich gern an eurer Seite sein", antwortete Friedrich und machte eine Verbeugung. „So sei es denn", antwortete der Herzog und setzte hinzu „Übergebt euer Lehen und im nächsten Monat erwarte ich euch und eure Frau in meinem Schloss." Friedrich machte eine weitere Verbeugung und entfernte sich aus dem Saal. Mit Peter ging er die Treppe hinunter und stand kurz darauf auf dem Hof.

Er sah sich um und betrachtete das Schloss, dass wohl bald seine neue Heimstatt werden würde. Es war groß und auch für seine Frau würde es hier etwas mehr zu tun geben. Hier konnte sie mit den anderen Frauen des Hofes ins Gespräch kommen. Nur einen Garten gab es hier nicht. Allerdings hatten sie den ja nun auch in der eigenen Burg nicht mehr.

Was würden wohl seine eigenen Aufgaben werden? Berater beim Herzog. Worin sollte er ihn beraten? Neue Aufgaben warteten auf ihn und er würde seine neuen Pflichten gewissenhaft erfüllen. Zusammen mit Peter ging er zum Stall hinüber und dort holten sie die Pferde. Wenig später waren sie auf dem Rückweg. Wem würde er seine Burg wohl übergeben? Seinen Nachfolger würde der Herzog jetzt erst bestimmen. Friedrich hatte gar nicht gefragt, was wohl der Herrscher als Ausgleich für den Verlust des Lehens und des Brückenzolls für ihn vorgesehen hatte.

Es musste immer noch genug sein, um davon gut zu leben, auch wenn er dann ja keine Burg mehr zu unterhalten hatte, was den größten Teil seiner Gelder verschlungen hatte. Sollte er noch einmal umkehren und den Herzog nach der Apanage fragen? Das würde sich sicher auch noch klären. Langsam ritten sie weiter. Unterwegs fragte Peter „Können wir auch mitkommen? Ich, Arikana und mein Sohn?" „Natürlich! Was für eine Frage!", antwortete Friedrich, „Du bist wie ein Bruder für mich und unsere beiden Partnerinnen sind doch auch freundschaftlich verbunden. Ich würde euch niemals zurücklassen", setzte er noch hinzu. Dann überlegte er, wie er es den Frauen beibrachte.

Er dachte an die Bälle, die sicher am Hofe kommen würden und daran, wie sich Gundel darauf gefreut hätte. Sicherlich freuten sich auch Gwendolyn und Arikana über die Frauen am Hofe. In der eigenen Burg war ja nicht so viel los.

Doch die Kräuter würden sie nun vielleicht nicht mehr so oft mit in das Land zu den Bäuerinnen nehmen. In Meißen und Dresden gab es nicht viele Bäuerinnen. Das waren Städte mit Bürgerinnen, aber auch da würde sich Gwendolyn, als Tochter eines reichen Kaufmannes, sicher gut bewegen können. Wenn man es so nahm, dann hatte der Umzug, mal vom Geld abgesehen, nur Vorteile.

Bald schon sahen sie den Berg mit der Burg darauf vor sich. Wie immer waren einige Frauen auf der Straße. Ein paar gingen aufwärts, ein paar kamen abwärts. Sicher waren sie auf dem Weg zu Arikana oder Gwendolyn. Eigentlich verloren nur diese Frauen hier. Wenig später ritt Friedrich vor Peter in den Hof. Und während der Knappe die Pferde in den Stall brachte, sah sich Friedrich um. Das alles hier würde schon bald hinter ihm liegen. Schade eigentlich. Es war eine schöne Zeit gewesen, aber das Beste daraus würde er mitnehmen: Frau und Kinder!

71. Kapitel

Abschied und Ankunft

Sie stand im Hof und hielt eine der Rosenblüten in der Hand. Nun lag das Leben in dieser Burg hinter ihr. Fast sechs Jahre hatte Gwendolyn hier gelebt. Sie legte ihre Hand auf den kleinen Bauch, denn sie war schon wieder guter Hoffnung. Im nächsten Frühling würde dann ihr zweites Kind zur Welt kommen. Aber dann schon in Dresden oder Meißen. Arikana kam mit den beiden Kindern aus dem Palas und ihr folgte die Amme mit Alexander. Die zwei Wagen waren schon hinter Gwendolyn aufgefahren und die Fuhrmänner spannten die Pferde an. Die Frau sah sich um und blickte dann zum Himmel. Ein schöner Herbsttag würde es werden. Die Wache des Herzogs, die sie begleiten würden, sattelten gerade ihre Pferde. Friedrich und Peter kamen auch auf den Hof. Gerade hatte ihr Mann die Burg an den Nachfolger übergeben und alles war verladen.

In einen Wagen würden Frauen und Kinder reisen, der zweite würde ihre Habe transportieren und am Abend wären sie bestimmt schon in Meißen. Gwendolyn freute sich auf die Frauen bei Hofe und die Bälle, die es dort sicher gab. Arikana hatte ihr von dem Fest erzählt, wo diese tanzen musste. Aber solche Feste gab es sicher auch für die Frauen. Und die Stadt Dresden war nicht fern, wo die Bürgerinnen, ähnlich wie in Leipzig auch, ihr Leben in vollen Zügen genossen. „Schade um die Rosen", sagte Gwendolyn, als Friedrich zu ihr trat. Sie zog den Duft der Blüte in ihre Nase. „Ich habe drei Kübel mit Rosen aufladen lassen. Du wirst dich also auch weiterhin daran erfreuen können", sagte Friedrich. Dabei wäre sie ihm fast um den Hals gefallen, konnte sich aber gerade noch zurückhalten. Immer wieder hatte Friedrich sie darauf hingewiesen, in der Öffentlichkeit damit vorsichtig zu sein.

Martha trat aus der Küche und Gwendolyn lief zu ihr hin. Noch bevor sie die Frau umarmen konnte machte diese einen Knicks und sagte „Hoheit." Doch Gwendolyn ließ sich davon nicht stören. Sie zog die Frau an sich und fragte „Willst du nicht doch mit uns kommen? Wir brauchen sicher eine gute Köchin in Meißen?" doch die ältere Frau schüttelte den Kopf. „Nein. Mein Platz ist hier. Aber ich wünsche dir viel Glück." Dann umarmten sie sich wieder. Von Simone hatte sich Gwendolyn schon verabschiedet. Gwendolyn drehte sich zum Wagen um und stand damit vor einem der Rosensträucher, die nun überall im Hof standen.

Plötzlich kam ihr eine Idee. Sie sah zum Tor hinaus. Es war noch etwas Zeit, bevor es losgehen sollte. Daher zog sie den Dolch aus der Scheide an ihrem Gürtel und schnitt einen Zweig ab. Damit verließ sie den Hof und ging vor die Burg. Vor Gundels Grab kniete sie sich hin und legte den Rosenzweig darauf. „Ich weiß, wie gern du in Dresden gewesen wärst. Aber dein Sohn wird nun an deiner Stelle dorthin reisen", sagte Gwendolyn leise. Dann stand sie auf. Ein paar Frauen aus den Dörfern kamen auf sie zu, um sie zu verabschieden. Von drinnen rief Friedrich nach ihr und sie löste sich schweren Herzens von den Frauen.

Langsam ging sie hinein und dachte daran, wie sie diese Burg das erste Mal betreten hatte. Entehrt, geschändet, blutend und zu Fuß. Nun verließ sie diese als Gräfin und in einem Wagen des Herzogs. Noch einmal drehte sie sich zu den Frauen um. Sie hatten ihr ein paar bunte Tücher und auch Äpfel für die Reise gegeben. Nur noch ein paar Augenblicke des Verweilens waren ihr geblieben. Friedrich rief laut „Gwendolyn!" und sie sagte fast entschuldigend zu den Frauen „Mein Herr ruft mich!", schnell durchschritt sie das Tor in den Hof.

Sie sah zu dem Wagen. Arikana saß vorn auf dem Kutschbock und hatte die Peitsche in der Hand. „Komm da herunter!", rief Gwendolyn nach oben und stützte die Hände in die Hüften.

„Lass mich doch", antwortete die Freundin. „Das fehlte noch. Meine Zoffmagd auf dem Kutschbock mit der Peitsche in der Hand. Du bist doch nicht mehr beim fahrenden Volk!", rief sie nach oben. Die Freundin sprang in den Hof und stieg lachend ein. Gwendolyn folgte ihr. Peter und Friedrich ritten los. Der Wagen fuhr an und die Wachen folgten.

Gwendolyn winkte den Frauen vor der Burg zu und dann ging es los in ein neues Leben. Zum Hof des Herzogs von Sachsen, nach Meißen.

ENDE

Zeitliche Einordnung der Handlung:

5800 Steinzeit

Anfang des Buches „**Schicha und der Clan des Bären**"

Ende des Buches „**Schicha und der Clan des Bären**"

5500 Steinzeit

400 –

387 die Kelten fallen in Rom ein

300 –

218 der karthagische Feldherr Hannibal überquert die Alpen

200 –

100 –

73 Flucht von Spartacus aus der Gladiatorenschule in Capua

71 Tod von Spartacus und Ende des Sklavenaufstandes

55 Expedition Caesars nach Britannien

44, 15. März, Kaiser Caesar wird in Rom ermordet

0 –

0 Anfang des Buches „**Die Rache der Barbarin**"

9 Niederlage des Feldherrn Varus gegen die Cherusker unter Arminius

10 Ende des Buches „**Die Rache der Barbarin**"

34 Anfang des Buches „**Das Schwert des Gladiators**"

43 Beginn der Eroberung Südbritanniens

50 Colonia (heute Köln) wird zur Stadt erhoben

54 Nero wird römischer Kaiser

54 Anfang des Buches „**Die römische Münze**"

56 Ende des Buches „**Das Schwert des Gladiators**"

57 Anfang des Buches **„Die Tochter aus dem Wald"**

58 große Teile der Stadt Colonia brennen nieder

64 Brand Roms und daraufhin erste Christenverfolgung

68 Aufstände in Gallien und Spanien

68 Selbstmord Kaiser Neros

68 die Bataver, ein germanischer Stamm, erheben sich und belagern Colonia

70 die Stadt Colonia erhält eine acht Meter hohe Stadtmauer

75 Ende des Buches **„Die römische Münze"**

75 Ende des Buches **„Die Tochter aus dem Wald"**

79, 24. August, Ausbruch des Vesuvs und Untergang Pompejis

80 Einweihung des Kolosseums in Rom

85 wird Colonia die Hauptstadt der römischen Provinz Germania inferior

98 Trajan wird römischer Kaiser

100 –

161 Marc Aurel wird römischer Kaiser

200 –

300 –

306 Konstantin der Große wird römischer Kaiser

324 Konstantin bekennt sich zum Christentum und macht diese zur Staatsreligion

375 die Hunnen unterwerfen die Alanen und die Goten oder vertreiben diese aus ihren Siedlungsräumen

376 Anfang des Buches **„Sturm über den Stämmen"**

376 Flucht der Donaugoten vor den Hunnen und teilweise Aufnahme der Goten in das römische Reich

384 Ende des Buches **„Sturm über den Stämmen"**

400 –

406 Rheinübergang der Vandalen und Einfall in das römische Reich

407 die Vandalen und andere germanische Stämme ziehen plündernd durch Gallien

409 Weiterzug der Vandalen und Alanen nach Spanien

410, Ende August, Eroberung Roms durch die Westgoten

429 die Vandalen und Alanen setzen unter Geiserich von Spanien nach Afrika über

439 die Stadt Karthago fällt an die Vandalen

451 Feldzug des Hunnen Attila nach Gallien

452 die Hunnen fallen in Italien ein, ziehen sich aber bald wieder zurück

453 nach Attilas Tod zerbricht das Hunnenreich

455 Plünderung Roms durch die Vandalen unter Geiserich

500 –

700 –

764 Anfang des Buches **„In den finsteren Wäldern Sachsens"**

772, im Sommer, Zerstörung der Irminsul

772 Anfang der Sachsenkriege Karls des Großen

782 Blutgericht von Verden (Aller)

783, im Sommer, Gefechte mit Beteiligung sächsischer Frauen

785 Taufe Widukinds in der Königspfalz Attigny

787 die ersten Überfälle der Nordmänner auf Westeuropa finden statt

790 Überfälle der Nordmänner auf Schottland und Irland

792 letzte größere Erhebungen der Sachsen gegen die Franken

792 Zwangsdeportationen der Sachsen und Neuvergabe von sächsischem Land an fränkische Siedler

793 Überfall und Plünderung des Klosters Lindisfarne durch Nordmänner

795 Überfall von Wikingern auf das Kloster Iona in Irland

799 Beginn der Wikingerüberfälle auf das Frankenreich

796 Karls Belehrung durch seinen Berater Alkuin

797 mit dem Capitulare Saxonicum wurden die Sondergesetze gegen die Sachsen gelockert

800 –

800 Kaiserkrönung Karls des Großen

800 König Godfred von Dänemark gerät im kriegerische Konflikte mit Karl dem Großen

800 erste nordische Siedler treffen auf den Färöern und auf Island ein

800 unzählige Angriffe der Nordmänner auf die sächsischen Küsten

802 das sächsische Volksrecht (Lex Saxonum) wird verabschiedet

802 Ende des Buches **„In den finsteren Wäldern Sachsens"**

804 Ende der Sachsenkriege

805 Anfang des Buches **„Westwärts auf Drachenbooten"**

810 dänische Wikinger greifen wiederholt die friesische Küste an

814 Tod Karls des Großen

825 Ende des Buches **„Westwärts auf Drachenbooten"**

840 erste Überwinterung der Wikinger im Frankenreich

840 norwegische Nordmänner überfallen Irland und gründen Dublin

844 Überfälle der Nordmänner auf Spanien

845 Plünderungen von Hamburg und Paris durch die Wikinger

858 schwedische Wikinger gründen Kiew

889 Wanzleben wird erstmals als Haufendorf erwähnt

900 –

913 Herzog Heinrich von Sachsen stellt ein ungarisches Heer bei Merseburg

926 Heinrich handelt mit den Ungarn einen zehnjährigen Waffenstillstand für Sachsen aus

937 Otto I. der Große, gründete das St.-Mauritius-Kloster in Magdeburg

938 die Ungarn ziehen erneut gegen die Sachsen

952 Anfang des Buches **„Der Gefolgsmann des Königs"**

955, 10. August, Schlacht gegen die Ungarn auf dem Lechfeld bei Augsburg

955 Otto beginnt einen großen Neubau des Doms zu Magdeburg

962, 2. Februar, Krönung Ottos zum Kaiser

968 Beginn des Baues der Burg Wanzleben

980 Ende des Buches „**Der Gefolgsmann des Königs**"

1000 –

1100 –

1142 Heinrich der Löwe wird Herzog von Sachsen

1143 Gründung Lübecks, der ersten deutschen Ostseestadt

1147 Anfang des Buches „**Im Zeichen des Löwen**"

1147 Wendenkreuzzug, dauert als Kreuzzug drei Monate

1152 Königskrönung von Friedrich Barbarossa in Aachen

1155 Kaiserkrönung Friedrich Barbarossas in Rom

1156 Besiedlungszug in Lommatzsch

1157 Gründung des deutschen Kaufmannsbundes

1159 Wiederaufbau Lübecks

1160 Anfang des Buches „**Kaperfahrt gegen die Hanse**"

1160 der slawische Burgwall Dobin, liegt am Schweriner See, wird zerstört

1160 Lübeck erhält das Soester Stadtrecht

1160 Gründung der Kaufmannshanse

1161 Vermittlung eines Handelsprivilegs an die Stadt Lübeck durch Heinrich den Löwen

1161 Gründung der Gotländischen Genossenschaft, als Vorstufe der Hanse

1162 Kloster Altzella, bei Nossen, wird gegründet

1163 Ende des Buches „**Im Zeichen des Löwen**"

1180 Heinrich verliert das Herzogtum Sachsen

1200 –

1200 Gründung des Petershofes in Novgorod als Außenstelle der Hanse

1200 Ende des Buches **„Kaperfahrt gegen die Hanse"**

1210 Anfang des Buches **„Die Sklavin des Sarazenen"**

1212 Kinderkreuzzug mit Ziel Jerusalem

1212 Friedrich II. wird König

1217 bis 1221 Fünfter Kreuzzug, Kreuzzug von Damiette in Ägypten

1220 Ende des Buches **„Die Sklavin des Sarazenen"**

1250 Anfang der Blütezeit der Städtehanse

1300 –

1307, 13. Oktober, Zerschlagung des Templerordens und Verhaftung aller Templer

1315 Beginn einer Hungersnot, die als „Der große Hunger" in zwei Jahren mit sintflutartigen Regenfällen, sehr kalten Wintern und vielen Überschwemmungen Millionen Menschen in Europa dahinrafft

1321 Anfang des Buches **„Frauenwege und Hexenpfade"**

1337 der hundertjährige Krieg zwischen England und Frankreich beginnt

1337 Ende des Buches **„Frauenwege und Hexenpfade"**

1340 der englische König Eduard III. fällt mit seinem Heer in Frankreich ein

1346 in der Schlacht von Crécy schlagen 8.000 englische Langbogenschützen die verbündeten europäischen und französischen Ritter vernichtend

1347 die Beulenpest erreicht die europäischen Häfen am Mittelmeer und breitete sich schnell überall aus

1356 mit der goldenen Bulle wird erstmalig festgeschrieben, dass der deutsche König durch Mehrheitswahl von sieben Kurfürsten bestimmt wird

1400 –

1431, 30. Mai, Jeanne d'Arc, die Jungfrau von Orléans, stirbt in Rouen auf dem Scheiterhaufen

1440 Johannes Gutenberg erfindet den Buchdruck mit beweglichen Lettern

1452, 15. April, Leonardo da Vinci wird in Anchiano bei Vinci geboren

1479 - Anfang des Buches „**Nur ein Hexenleben...**"

1482 Johann Tetzel beginnt sein Theologiestudium in Leipzig

1486 der Dominikaner Heinrich Kramer veröffentlicht sein Traktat „Der Hexenhammer", lateinisch „Malleus Maleficarum"

1487 - Ende des Buches „**Nur ein Hexenleben...**"

1487 - Anfang des Buches „**Rosen hinter Burgmauern**"

1492 Christoph Kolumbus erreicht die großen Antillen und entdeckt damit Amerika

1498 Vasco da Gama erreicht an Bord seiner Nau auf dem Seeweg um Afrika herum Indien

1500 –

1504 Johann Tetzel beginnt seine Tätigkeit im Ablasshandel

1509 Ende des Buches „**Rosen hinter Burgmauern**"

1517 Anfang des Buches „**Die Bruderschaft des Regenbogens**"

1517, 31. Oktober, Luther verkündet seine Thesen in Wittenberg

1518 Müntzer und Luther sind in Wittenberg

1520 Müntzer predigt in Zwickau

1522 das „Neue Testament" erscheint auf Deutsch

1523, zu Ostern, Katharina von Boras Flucht aus dem Kloster

1524 Bauern- und Handwerkeraufstände in Sachsen

1525, 15. Mai, Schlacht bei Bad Frankenhausen

1525, 27. Mai, Müntzer wird in Mühlhausen enthauptet

1525, 27. Juni, Heirat Luthers mit Katharina von Bora

1525, im Dezember, Kloster Buch wird geschlossen

1526 Niederschlagung der letzten Bauernaufstände

1527 Ende des Buches „**Die Bruderschaft des Regenbogens**"

1530 Reichstag zu Augsburg beschließt die Duldung des evangelischen Glaubens

1534 die gesamte Bibel ist nun auf Deutsch

1600 –

1612 Anfang des Buches **„Im Feuersturm"**

1617, 13. September, ein Stadtbrand verwüstet weite Teile Tangermündes

1618, 23. Mai, Fenstersturz zu Prag

1618 Anfang des dreißigjährigen Krieges

1619, 22. März, Grete Minde stirbt in Tangermünde auf dem Scheiterhaufen

1619 Ende des Buches **„Im Feuersturm"**

1620, 08. November, Schlacht am Weißen Berg bei Prag

1630 Anfang des Buches **„Im Schein der Hexenfeuer"**

1631 Eintritt Sachsens in den dreißigjährigen Krieg

1631, 10. Mai, Verwüstung der Stadt Magdeburg durch kaiserliche Truppen

1631 Anfang des Buches **„Die Räubermühle"**

1632 die Pest wütet in Sachsen

1632, 16. November, Schlacht bei Lützen

1634, 25. Februar, Albrecht von Wallenstein wird in Eger ermordet

1634 Ende des Buches **„Die Räubermühle"**

1639 schwedische Truppen brennen Dresden teilweise nieder

1641 nochmalige Zerstörung Dresdens durch die Schweden

1648 der „Westfälischer Friede" wird geschlossen

1648, 24. Oktober, Ende des dreißigjährigen Krieges

1650 Ende des Buches **„Im Schein der Hexenfeuer"**

1694 Friedrich August I. wird unerwartet neuer Herzog und Kurfürst von Sachsen

1697, 15. September, Friedrich August I. wird in Krakau zum polnischen König gekrönt

1700 –

1710 Anfang des Buches **„Anna und der Kurfürst"**

1712 Thomas Newcomen konstruiert die erste verwendbare Dampfmaschine

1715 Ende der „Kleinen Eiszeit", einer Periode relativ kühlen Klimas mit besonders kalten Zeitabschnitten seit 1675

1715 Ende des Buches **„Anna und der Kurfürst"**

1756 bis 1763 der Siebenjährige Krieg tobt in Mitteleuropa

1776 Gründung der Vereinigten Staaten von Amerika mit der Unabhängigkeitserklärung

1789, 14. Juli, Beginn der französischen Revolution in Paris

1793 Beginn des Interventionskriegs gegen Napoleon, an dem auch Sachsen teilnahm

1794 die Gesellen streiken in Dresden

1796 der Interventionskrieg endet mit einer Niederlage für die preußischen, österreichischen und sächsischen Verbündeten

1800 –

1800 Anfang des Buches **„Der russische Dolch"**

1806 Preußen und Russland verbünden sich gegen Napoleon. Sachsen schließt sich ihnen an

1806 Krieg der Verbündeten gegen Napoleon

1806, 14. Oktober, Schlacht bei Jena und Auerstedt, die Verbündeten werden von Napoleon vernichtend geschlagen

1806, 20. Dezember, das Kurfürstentum Sachsen tritt dem Rheinbund bei und wird durch Napoleon zum Königreich

1812 von Sachsen aus beginnt der Feldzug gegen Russland. Sachsen ist mit 21.000 Mann daran beteiligt

1812, 23. Juni, Napoleon überquert mit seinem Heer die Mehmel

1812, 17. August, Schlacht um Smolensk

1812, 7. September, Schlacht von Borodino

1812, 14. September, Napoleon rückt in Moskau ein

1812, 13. Oktober, Napoleon beschließt den Rückzug

1812, 3. November, Schlacht bei Wjasma.

1812, 26. bis 28. November, Schlacht an der Beresina

1812, 14. Dezember, Kaiser Napoleon macht, seinen Truppen auf dem Rückzug aus Russland vorauseilend, in Dresden Station

1813, 2. Mai, Schlacht bei Großgörschen, Sieg Napoleons gegen Russen und Preußen

1813, 20. und 21. Mai, Schlacht bei Bautzen, weiterer Sieg Napoleons gegen Russen und Preußen

1813, 26. und 27. August, Schlacht bei Dresden, Napoleon errang seinen letzten Sieg auf deutschem Boden

1813, 16. bis 19. Oktober, Die Völkerschlacht bei Leipzig brachte Napoleon eine verheerende Niederlage. Die sächsischen Truppen liefen zu den russischen und preußischen Truppen über

1813, 11. November, die belagerte Festungsstadt Dresden kapituliert

1815, 18. Juni, Schlacht bei Waterloo

1815 Ende des Buches **"Der russische Dolch"**

1900 –

Von Uwe Goeritz ebenfalls beim Verlag BoD erschienen (BoD – Books on Demand, Norderstedt, nähere Informationen finden Sie unter www.BoD.de)

„Schicha und der Clan des Bären" die ISBN lautet 978-3-7386-0262-3

108 Seiten für 7,90 Euro

„In den finsteren Wäldern Sachsens" die ISBN lautet 978-3-7357-7982-3

108 Seiten für 7,90 Euro

„Der Gefolgsmann des Königs" die ISBN lautet: 978-3-7357-2281-2

116 Seiten für 7,90 Euro

„Im Zeichen des Löwen" die ISBN lautet: 978-3-7347-5911-6

116 Seiten für 7,90 Euro

„Kaperfahrt gegen die Hanse" die ISBN lautet: 978-3-7386-2392-5

108 Seiten für 7,90 Euro

„Die Bruderschaft des Regenbogens"
die ISBN lautet: 978-3-7386-5136-2

112 Seiten für 7,90 Euro

„Im Schein der Hexenfeuer" die ISBN lautet: 978-3-7347-7925-1

112 Seiten für 7,90 Euro

„Die Räubermühle" die ISBN lautet: 978-3-8482-0893-7

112 Seiten für 7,90 Euro

„Der russische Dolch" die ISBN lautet: 978-3-7412-3828-4

116 Seiten für 7,90 Euro

„Das Schwert des Gladiators" die ISBN lautet: 978-3-7412-9042-8

116 Seiten für 7,90 Euro

„Frauenwege und Hexenpfade" die ISBN lautet: 978-3-7448-3364-6

116 Seiten für 7,90 Euro

„Die Sklavin des Sarazenen" die ISBN lautet: 978-3-7448-5151-0

308 Seiten für 9,90 Euro

„Die Tochter aus dem Wald" die ISBN lautet: 978-3-7448-9330-5

116 Seiten für 7,90 Euro

„Anna und der Kurfürst" die ISBN lautet: 978-3-7448-8200-2

312 Seiten für 9,90 Euro

„Westwärts auf Drachenbooten" die ISBN lautet: 978-3-7460-7871-7

120 Seiten für 7,90 Euro

„Nur ein Hexenleben ..." die ISBN lautet: 978-3-7460-7399-6

312 Seiten für 9,90 Euro

„Sturm über den Stämmen" die ISBN lautet: 978-3-7528-7710-6

124 Seiten für 7,90 Euro

„Die Rache der Barbarin" die ISBN lautet: 978-3-7528-4103-9

128 Seiten für 7,90 Euro

„Im Feuersturm – Grete Minde" die ISBN lautet: 978-3-7481-2078-0

312 Seiten für 9,90 Euro

Aktuelle Informationen und Neuerscheinungen finden sie immer im Internet unter:

www.Goeritz-Netz.de